한국의
고전을
읽는다

**7**

현
대
소
설

上

# 한국의
# 고전을
# 읽는다

**7**

현
대
소
설

上

휴머니스트

■ 일러두기

- 이 시리즈는 '오늘의 눈으로 고전을 다시 읽자'를 모토로 휴머니스트 창립 5주년을 기념하여 기획한
  것이다. 안광복(중동고 교사), 우찬제(서강대 교수), 이재민(휴머니스트 편집주간), 이종묵(서울대
  교수), 정재서(이화여대 교수), 표정훈(출판 평론가), 한형조(한국학중앙연구원 교수) 등 7인이
  편찬위원을 맡아 고전 및 필진의 선정에서 편집에 이르는 과정을 조율하였다.
- 이 시리즈는 서양과 동양 그리고 한국 등 3종으로 나누었고 문학과 사상 등 모두 16권으로
  구성하였다. 말 그대로 동서고금의 고전 250여 종을 망라하였다. 이 기획의 가장 흥미로운 특징은 각
  분야에서 돋보이는 역량과 필력을 자랑하는 250여 명의 당대 지식인과 작가들이 저자로 참여했다는
  점이다.

# 지식과 사유의 보물창고,
# 한국 현대문학 고전과의 대화

## 1

모름지기 고전은 끊임없이 새롭게 읽혀야 한다. 시대에 따라 새롭게 읽히면서 새로운 시대를 예비할 수 있도록 상징적 자양분과 인문적 지혜를 넉넉하게 갖춘 것이 고전이기 때문이다. 또 사람에 따라 거듭 새롭게 읽히면서 사람살이의 다양성과 전면성에 대한 창조적 성찰의 에너지를 제공하는 것 역시 고전의 몫이기에, 우리는 그렇게 말할 수 있다. 이런 고전의 성격은 시간적으로 먼 옛날의 고전이든 가까운 시기의 고전이든, 혹은 공간적으로 먼 외국의 고전이든 가까운 우리 고전이든 할 것 없이 엇비슷하다. 새롭게 읽힐 여지가 없는 텍스트라면 이미 고전이 아니다.

고전에 값하는 한국의 현대문학 작품들에 대해서는 이미 젊은 독자들도 많은 정보를 가지고 있으리라 믿는다. 학교의 수업 시간에도 공부했을 것이고, 도서관에서도 읽었을 것이며, 또 다른 경로를 통해서 접했을 것이기 때문이다. 자, 그렇다면 여기서 한번 차분히 생각해 보자. 당신이 지금까지 읽은 한국의 현대적 고전은 어떤 작품들이었던가. 그리고 거기서 읽어 낸 것은 어떤 것들이었던가. 그것은 당신에게 체화된 실감으로 다가왔는가, 감동적이었나, 미래의 창조적 기획에 도움이 되었는가, 새로운 상상력의 지렛대 역할을 했는가, 세계와 인간 삶의 질을 개선하기 위한 심미적 이성의 기획에 동참할 수 있는 지혜를 발견할 수 있었는가…… 아니면 학습을 위해 억지로 읽었는가, 그것도 아니라면 읽기 귀찮아서 그냥 지나치고 말았는가…… 혹은 읽었더라도 읽지 못한 많은 것들이 궁금하지 않은가…….

그 어떤 당신이라도 좋다. 당신 자신과 세상에 대한 나름의 애정을 지니고 있다면, 잠시 우리의 대화에 참여해도 좋을 것이다. 우리의 대화란 다른 게 아니다. 당신도 잘 알고 있을 한국 현대문학의 고전적 작품 세계를 통해 우리가 나갈 새로운 세계, 그 멋진 신세계를 꿈꿔 보자는, 말하자면 꿈의 대화다. 꿈도 없이 우리 어찌 이 세상을 견딜 수 있을 것인가. 그렇게 생각하는 당신일수록 우리의 대화 상대로는 적임자다. 꿈이라고, 웃기지 마라, 그저 그렇게 사는 거다, 그렇게 서둘러 세상의 비밀을 다 안 것처럼 말하는 당신이더라도 우리의 대화 상대로 알맞다. 오히려 더 적임자인지도 모른다. 무슨 얘기냐고?

당신이 새롭게 읽게 될 한국의 고전적 현대문학 작품들에는, 진정한 성장의 이데아를 갈구하는 당신에게 매우 의미 있고 유익한 영혼의 양식이 많이 들어 있다. 갈 길 몰라 방황하는 어린 영혼들에게 창조적 지상의 양식과 지상의 척도를 제공해 줄 수 있다. 결코 순탄치 않았던 한국 근현대사의 격랑 속에서 오로지 진실하고 선하고 아름다운 세상과 삶을 추구하고자 상상력의 예지를 보여 왔던 여러 시인과 작가들의 작품을 통해서, 당신은, 그 어떤 당신이라도, 당신만의 새로운 길트기 작업을 시도할 수 있으리라 믿는다. 여러 작품들에서 보이는 삶과 죽음, 사랑과 이별, 평화와 전쟁, 부유와 가난, 희망과 좌절, 기쁨과 슬픔, 자유와 억압, 평등과 불평등 등 삶의 의미 있는 요소들에 대한 다양한 상상력과 지혜를 통해 당신은 가장 한국적이면서도 세계적인 교양인으로 거듭날 수 있을 터이다. 그 문화적이고도 실질적인 감각과 교양을 통해 당신은 어떤 분야에서 일하더라도 가장 수월성 있는 자기 존재를 입증할 수 있을 것으로 확신한다.

## 2

한국 현대문학의 표정을 한눈에 조감하는 과정에서 당신은 15명의 시인과 30명의 소설가들의 문학 세계를 먼저 둘러보게 될 것이다. 물론 그 목록은 더 많이 추가될 수도 있었다. 그러나 책의 분량상 처음부터 제한을 가하지 않을 수 없었기에, 심사숙고 끝에 현재의 우리에게 가장 의미 있는 질문을 던지는 45명의 작가와 시인들의 세계로 모양 지어졌다.

이를 시와 소설로 가르고, 소설을 상·하권으로 나누어 3권으로 엮었다. 한국 현대문학의 주제와 스타일을 몇몇 국면별로 칸막이하는 것은 온당치도 않을 뿐더러 쉽지도 않은 일이었으나, 젊은 독자, 바로 당신과 소통의 편의를 위해 각 권을 몇 개의 장으로 나누었다.

여기 소설편 상권에서는 이광수·박태원·이태준·김유정 등의 소설을 통해 다채로운 근대의 외면 풍경과 내면 정경을 둘러보고, 김동인·홍명희·안수길·박경리 등의 역사소설들을 통해 역사의 수레바퀴 아래서 우리 민족과 민중들의 삶의 이력서를 점검하면서 역사적 이성의 현대적 가능성을 탐문하는 여정을 밟게 된다. 이문구·조세희·황석영·박완서의 소설들에서는 산업화 시대의 그늘과 인간적 삶의 진실 문제를 여실하게 환기하는 세계를, 강경애·강신재·오정희의 소설들을 통해서는 탈 난 여성성의 현장을 실감 있게 확인하면서 역동적인 여성성의 탈주를 통한 새로운 삶과 인식의 지평을 탐문하게 될 것이다.

### 3

물론 이런 칸막이들은 어디까지나 편의적인 것에 불과함을 당신도 잘 알 터이다. 그 이유는 여럿이다. 거기에 속한 시인과 작가들의 문학 세계 자체가 그 비좁은 임의적 울타리를 훨씬 넘어서는 것이라는 점이 그 으뜸 되는 이유라면, 새로운 시대의 젊은 독자들, 바로 당신에 의해 더욱 다각적이고 확산적으로 읽힐 수 있는 상징적인 에너지들이 많다는 점이 그 버금가는 이유다. 무엇보다 우리 시대의 젊은 독자들에 의해 선배 독자들의 독법이 역동적으로 수정되고 보완되며 발전되는 과정은 떠올리기만 해도 신명 나는 일이다. 이 책의 기획자는 물론, 이 기획에 동참한 모든 선배 대표 독자들은 그런 신명을 즐기고자 한다. 다시 말하건대 이 기획은 단지 한국 현대문학의 풍경을 젊은 독자들에게 일방적으로 전달하고자 수립된 것이 아니다. 바로 당신, 젊은 독자들에 의해 부단히 전복되기를 바라면서 기획된 것이다. 젊은 당신들의 창조적 전복에 의해 한국 현대문학의 지평이 새롭게 열리고, 한국과 한국인의 삶의 지평이 더욱 바람직한 방향으로 역동적으로 전개될 수 있기를 바란다. 미래는 오로지 당신들의 것이다.

끝으로 여러모로 성가신 기획에 흔쾌히 참여해 주신 우리 시대의 대표 독자 여러분께 심심한 감사의 인사를 올린다. 그리고 미래의 작가와 독자 여러분께도 미리 감사드린다. 이 기획의 대화에 적극적으로 동참하여 고전들을 주체적 능동적으로 읽고 창조적 에너지와 지혜를 넉넉히 충전하여, 자신의 미래와 세계를 활기차게 열어나갈 당신, 당신들에게, 영광 있으라.

2006년 11월
편찬위원을 대신하여 우찬제

# 차례

《한국의 고전을 읽는다》 7권 - 현대소설 ●

머리말   5

## I.   근대의 풍경

## II.   역사의 수레바퀴

# III. 산업화의 그늘과 진실

# IV. 여성성의 탈주

# I. 가족과 탈가족

# II. 분단 상흔과 초극의 상상력

# III. 운명과 존재

# IV. 자유 혹은 자기 세계의 지평

# I 근대의 풍경

내가 「무정」을 쓸 때에 의도로 한 것은 그 시대의 조선 청년의 이상과 고민을 그리고

아울러 조선 청년의 진로에 한 암시를 주자는 것이었다.

이를테면 일종의 민족주의·자유주의의 이데올로기를 가지고 쓴 것이다.

그 자유주의 속에는 청교도적 순결에 대한 동경을 나 자신이 가지고

있기 때문에 그 순결도 다분히 고조되었고 또 민족주의라 하지만

기독교적 박애 사상도 들어갔다고 믿는다.

— 이광수, 「다난한 반생의 도정」 중에서

## 이광수 (1892~?)

호는 춘원(春園). 평북 정주에서 장손으로 태어났다. 5세 때에 국문과 천자문을 깨우쳤다. 1905년 일진회 유학생으로 선발되어 일본으로 건너가 메이지 학원과 와세다 대학에서 공부하며 유학생 잡지 『학지광』을 편집했다. 1918년 귀국한 후 북경으로 가서 조선청년독립단 조직에 가담했고 이후 흥사단에 가입했다. 1921년 귀국한 이후 국내에 머물며 「허생전」, 「재생」, 「마의 태자」, 「단종애사」, 「이순신」, 「흙」, 「그 여자의 일생」 등의 소설과 「문사와 수양」, 「민족개조론」, 「민족적 경륜」 등의 논설을 써서 발표했다. 1939년에는 친일 문학인들의 모임인 조선문인협회 회장이 되었다. 이후 줄곧 친일 연설을 하며 전국을 순회했다. 해방이 되자 친일파로 지목되어 곤란을 겪었고, 1949년 반민법에 걸려 서대문 형무소에 수감되기도 했다. 6·25전쟁 중인 1950년 7월 납북되었다.

# 01

## 계몽소설의 빛과 그림자
# 이광수(李光洙)의 「무정」

김영민 | 연세대학교 국어국문학과 교수

## 지식인 독자, 한글 소설 「무정」을 만나다

1917년 1월의 《매일신보》는 무척 인기가 있었다. 어떤 독자는 신
문을 구해 보기 위해 매일 십리 길을 왕복하기도 했다. 《매일신보》
가 이렇게 크게 인기를 끈 것은 바로 이광수의 장편소설 「무정」 때
문이었다. 김기전이라는 한 지식인 독자는 신문이 배달되기를 기다
렸다가 신문이 오면 먼저 「무정」이 실린 난을 펼쳐 들고 큰 소리로
읽었다. 가족들은 모두 주변에 모여 앉아 「무정」의 스토리 전개에
가슴을 조였다. 그는 어떤 날은 소설을 읽다가 목이 메어 더 이상
소리를 내지 못했다고 고백한다. 그만큼 「무정」은 당시대 사람들에
게 감동적인 소설이었던 것이다.

이광수의 「무정」은 흔히 우리나라 최초의 근대적 장편소설로 평

가받는다. 우리가 「무정」을 중요하게 평가해야 할 가장 큰 이유는, 무엇보다 그것이 지식인이 읽은 최초의 한글 소설이었다는 점에 있다.

1910년대 중반까지도 우리나라의 지식인들은 한글 소설을 외면했다. 한글로 쓴 소설은 으레 교육 수준이 높지 않은 사람들을 대상으로 한 것이었다. 한글 소설의 주된 독자층은 여성들이기도 했다. 그러나 이렇게 한글 소설을 무시하고 외면하던 지식인, 특히 남성 지식인들을 끌어들인 최초의 소설이 이광수의 「무정」이었다. 이광수의 「무정」이 성공을 거둘 수 있었던 가장 큰 이유는 작품이 내세웠던 계몽성에 있다. 이광수가 지향했던 계몽성은 당시 갈 길을 몰라 방황하던 상당수 지식인들에게 자신들이 해야 할 일이 무엇인가를 생각하게 했다. 그들은 「무정」의 주인공 '형식'의 삶을 보며 자신도 식민지 조선을 위해 무언가 의미 있는 일을 해야 한다는 생각을 품을 수 있었다. 그들은 식민지 조선에서 무기력한 삶을 벗어날 수 있다는 새로운 의지를 품을 수 있게 되었던 것이다.

## 「무정」을 환영하는 목소리들

1917년 1월부터 6월까지 《매일신보》에 연재 발표된 「무정」의 큰 구도는 삼각관계 연애소설이다.

「무정」은 경성학교 영어 교사인 이형식과 김 장로의 딸인 선형, 그리고 박 진사의 딸이었던 영채 사이의 관계를 중심으로 이야기가 전개된다. 이형식은 김 장로의 딸 선형의 가정교사가 되어 영어를 가르친다. 김 장로는 예수교인이면서 돈 많은 재산가이다. 그의 딸

1910년대 서울 북촌의 부유한 양반가 전경. 김 장로의 집을 떠올려 볼 수 있다.

선형은 작년에 정신 여학교를 우등으로 졸업한 후, 명년에 미국으로 유학을 가려고 준비 중이다.

형식이 선형을 가르치고 온 날 저녁, 형식의 집에 영채가 찾아온다. 영채의 아버지 박 진사는 일찍 개명(開明)하여 자신의 재산을 털어 학교를 열고 어려운 학생들을 가르쳤다. 어릴 적 부모를 여읜 형식은 박 진사의 도움으로 공부를 할 수 있었다. 그러던 중 박 진사는 감옥에 가고, 형식과 영채는 헤어졌다가 7년 만에 다시 만난 것이다. 그동안 형식은 동경(東京, 도쿄)에 유학한 후 교사가 되었지만, 영채는 외가에서 자라다가 기생이 되었다. 감옥에 간 아버지를 구원하기 위해서였다.

영채는 비록 기생이 되었지만, 그동안 줄곧 형식을 생각하며 정절을 지켜 왔다. 그러나 형식을 만난 뒤 어느 날 영채는 경성학교 교주 김 남작의 아들 김현수와, 배 학감의 계략에 속아 정절을 빼앗긴다. 영채는 죽기로 작정한 후 평양으로 떠나고, 형식은 영채를 찾아 평양으로 쫓아갔으나 만나지 못한다. 그 무렵 김 장로는 형식을 사위로 맞고 싶다는 의사를 전한다. 선형과 함께 형식을 미국으로 보내 주겠다는 것이다. 형식은 선형과 약혼을 한다.

한편 기차를 타고 평양으로 가던 영채는 기차 안에서 병욱을 만나 그녀를 따라간다. 병욱은 동경에 유학하여 음악을 공부하고 있던 여학생이다. 병욱의 집에서 지내던 영채는 방학을 마치고 일본으로 가는 병욱을 따라 함께 일본으로 향한다. 영채와 병욱이 공부를 하러 떠나는 날, 형식과 선형도 미국 유학을 떠난다. 그들은 우연히 한 기차를 타고, 기차 안에서 만나 지나간 사정을 이야기한다. 기차가 삼랑진역에 닿았을 때, 수재로 인해 그곳에 머물게 된 일행은 수재민을 구호하기 위한 자선 음악회를 연다. 음악회를 무사히 마친 뒤 그들은 유학을 떠나며 차후 교육가가 되어 조선 사람을 구제할 일꾼이 될 것을 함께 다짐한다.

이광수의 작품 「무정」은 발표 당시에도 많은 사람들의 관심을 끌었지만, 이후 한국 문학사에서도 매우 긍정적인 평가를 받았다. 이광수의 작품에 대해서는 인색한 반응을 보이던 동시대의 경쟁 작가 김동인(金東仁)조차도, 이 작품에 대해서만은 긍정적 평가를 내리고 있다. 김동인은 이광수의 「무정」에 대하여 다음과 같은 말을 한 바 있다. "첫째, 우리말 구어체로 이만큼 긴 글을 썼다는 것은 조선문(朝鮮文) 발달사에 있어서 특기할 만한 가치가 있다. 둘째, 새로운 감정이 포함된 소설의 효시로서도 「무정」은 가치가 있다. 셋째,

이광수의 캐리커처와 1918년 단행본으로 출간된 『무정』 초간본 표지.

조선에서 처음으로 대중에게 환영받은 소설로서 가치가 있다. 넷째, 「무정」은 춘원의 대표작인 동시에 조선의 신문학이라 하는 대건물의 가장 중요한 주춧돌이다."

이후에도 많은 사람들이 「무정」의 중요성에 대해 정리했다. 그들이 내린 평가는 대체로, 「무정」이 한국 근대문학의 주춧돌이자 거작(巨作)이 된다는 것이었다. 내용상으로 보면 당시대의 모든 민족적·사회적·도덕적 문제들이 포함되어 있고, 형식상으로 보면 새로운 산문 문체를 사용하고 있다는 것이 그 정리의 핵심을 이룬다.

## 계몽과 반봉건의 길

계몽성은 흔히 근대문학의 가장 중요한 특질 가운데 하나로 분류된다. 계몽이란 합리적이지 않은 권위로부터 벗어나는 일을 의미한다. 따라서 이는 이성(理性)에 대한 신뢰 및 인간이 자기 존중과 자기 결정의 자율권을 갖는 일과도 연관된다. 이광수 문학의 성격을 결정짓는 가장 커다란 요소 가운데 하나는 바로 이 계몽성과 반봉건(反封建) 의식이다.

　이광수 문학의 계몽성과 반봉건 의식은 그의 초기 논설들에서부터 쉽게 발견할 수 있다. 반봉건적 의식을 드러내는 그의 초기 논설로는「조선 가정의 개혁」및「조혼의 악습」,「혼인에 대한 관견」및「혼인론」,「숙명론적 인생관에서 자력론적 인생관에」및「자녀중심론」등을 들 수 있다.「조선 가정의 개혁」에서 이광수는 조선의 가장(家長)은 마치 전제군주와 유사하다고 비판한 후 가족 구성원의 의사를 존중하고 그들 각각의 개인적 인격을 존중할 것을 제안한다. 아울러 그는 남존여비 사상을 비판하면서, 조선에도 조만간 남녀평등의 문제가 사회문제로 제기될 것임을 예상한다.「조혼의 악습」에서는 인간 생활의 생리적 측면, 윤리적 측면, 경제적 측면에 대해 접근하면서 조선의 대표적 폐습 가운데 하나인 조혼(早婚) 문제를 비판한다.「혼인에 대한 관견」이나「혼인론」역시 전통적인 혼인 제도가 지닌 문제점들을 들추어 비판한 글이다. 여기서는 혼인은 혼인 당사자들의 의사를 존중하면서 이루어져야 할 것임을 특히 강조한다.「자녀중심론」은 가족제도와 연관된 구습을 비판할 뿐만 아니라, 조선의 전통 의식 전반을 부인한 글이다.

　이광수는 서양의 근대화의 진전 과정에 대한 이해를 바탕으로, 비합리적인 권위와 속박으로부터 해방되는 일이 곧 조선 사회의 봉건성을 벗어나는 것이라고 판단하고 있었다. 이광수가 지녔던 반봉건적 의식과 계몽 의식은 그의 문학 활동의 주요 내용이자 토대가 된다. 이광수의 반봉건성과 계몽 의식은 그의 문학론의 큰 줄기를 이룰 뿐만 아니라, 주요 작품의 창작에도 반영되었다. 이러한 의식들이 그의 장편소설 「무정」에 구체적으로 작품화되어 나타나는 것은 당연한 일이다.

「무정」에서 제시되는 사회적 문제들은 매우 다양하다. 교육의 중요성, 조혼 문제의 심각성, 선각자의 사명과 그들이 시대에서 당하는 고난, 남녀평등에 대한 인식, 자녀 중심적 사고의 필요성, 수재민 구호를 매개로 한 민족에 대한 관심, 지구의 다른 한 쪽에서 일어나는 '구라파 대전'의 문제 등이 그러한 예이다.

이광수가 「무정」을 통해 묘사한 조선의 현실은 미개한 것이며, 조선인의 속성 가운데 하나는 게으름이다. 이광수는 무지한 조선을 깨우치는 길은 교육에 있고, 그 교육은 일본과 서양을 배우는 일에서부터 시작된다고 믿는다. 「무정」의 주인공들은 너나없이 이광수의 이런 생각을 대변한다. 겸손하게 행동하는 이형식이 '조선 사회에 대한 자랑과 교만함'을 가지는 이유도 '그가 서양 철학을 보았고 서양 문학도 보았기' 때문이다. 주인공 이형식의 다음과 같은 생각은, 특히 일본 문명을 바라보는 이광수의 시각을 노골적으로 드러낸다는 점에서 관심을 끈다.

> 그는 항상 말하기를, 우리 조선 사람의 살아날 유일의 길은, 우리 조선 사람으로 하여금 세계에 가장 문명한 모든 민족 — 즉, 일본 민족

만한 문명 정도에 달함에 있다 하고, 이러함에는 우리나라에 크게
공부하는 사람이 많이 생겨야 한다 하였다.

여기서 이형식은 일본을 세계에서 가장 문명한 민족으로 보고 있
다. 일본은 서양과 비교해 손색이 없는 문명한 국가라는 것이 작가
이광수의 판단인 것이다.

형식은 자신의 미국 유학 목적이 교육을 통한 조선의 계몽에 있
음을 거듭 강조한다. 신문기자 신우선과의 문답에서도 이는 분명히
드러난다.

"그러면 무엇을 배울텐가?"
"가 봐야 알겠지마는 교육을 연구하려네. 내가 지금껏 경험한 것도
교육이요, 또 지금 조선에 제일 중요한 것도 교육인 듯하고…… 하
니까 힘껏 신교육을 연구해서 일생 교육에 종사하려 하네."
"교육이라 하면?"
"물론 교육이라 하면 소학 교육과 중학 교육을 의미하는 것이지. 지
금 조선은 정히 페스탈로치를 기다리는 때인 줄 아네. 조선 사람을
전혀 새 조선 사람을 만들려면 교육밖에 무엇으로 하겠나. 어느 시
대 어느 나라가 아니 그렇겠나마는, 더구나 시급히 낡은 조선을 버
리고 신문명화한 신조선을 만들어야 할 조선에서는 만인이 다 교육
을 위하여 힘써야 할 줄 아네. 자네도 문필에 종사하는 때이니 아무
쪼록 교육열을 고취해 주게. 지금 교육은 참 보잘 것이 없느니……."

이광수는 김 장로의 사람됨에 대해 설명하면서 서양 문명의 우수성에 대한 자신의 생각을 거듭 드러낸다. 유학을 가는 기차 안에서 만난 영채와 선형 그리고 병욱 역시 미국과 일본 유학을 통한 조선 여자계에 대한 계몽의 꿈에 부풀어 있다. 이광수는 자신의 목소리를 소설 속에 직접 드러낸다. 서울에 아직 문명을 상징하는 소리가 부족하며, 또 그것을 이해하는 사람의 숫자 또한 부족하다는 것이 이광수의 생각이다.

> 실로 현대 문명은 소리의 문명이다. 서울도 아직 소리가 부족하다. 종로나 남대문통에 서서 서로 말소리가 아니 들리리만큼 문명의 소리가 요란하여야 할 것이다. 그러나 불쌍하다. 서울 장안에 사는 삼십여 만 흰옷 입은 사람들은 이 소리의 뜻을 모른다. 또 이 소리와는 상관이 없다. 그네는 이 소리를 들을 줄 알고, 듣고 기뻐할 줄을 알고, 마침내 제 손으로 이 소리를 내도록 되어야 한다.

이광수는 조선인들을 그대로 내버려 두면 마침내 북해도의 ‘아이누’나 다름 없는 종자[1]가 되고 말 것이라 탄식하게 된다. 작품의 마무리 부분으로 가면서 「무정」의 주인공들은 과학을 배우는 일과 그것을 대중에게 교육하는 일의 중요성에 대해 외친다. 그리하여 그들은 교육가가 될 사명감에 불타 유학길에 오른다. 조선에 대한

---

1) 북해도, 즉 홋카이도에서 살고 있는 미개인 아이누 족과 같이 어리석고 무지한 민족이 될 것을 우려하고 있다.

계몽의 의지를 지니고 일본으로 미국으로 떠나가는 것이다.

「무정」에는 변화하는 조선의 모습과 그 변화에 따른 도덕적 갈등이 또 하나의 중요한 요소를 이룬다. 동경 유학생 병욱은 영채가 지닌 도덕관을 낡은 도덕관이라 비판한다. 그는 영채에게 낡은 도덕의 사슬을 끊고 자유를 얻을 것을 권고한다. 영채와 선형 사이에서 갈등하는 이형식의 모습 역시 단순히 한 인간의 갈등과 방황의 수준에만 머무르는 것이 아니다. 이형식의 갈등은 당시 조선의 지식인이 선택해야 했던 '과거'와 '미래'라는 두 가지 삶의 방식 사이에서 일어나는 흔들림을 보여 준다. 영채가 과거에 자신을 교육시켜 준 박 진사의 딸이라면, 선형은 미래에 자신을 유학시켜 줄 김 장로의 딸이다. 전통 지향적 인물인 영채와 서구 지향적 인물인 선형 사이에서 지식인 이형식은 끊임없이 흔들릴 수밖에 없었다. 하지만 결국 이형식은 선형을 선택함으로써 그가 지향하는 세계가 어느 쪽인가 하는 점을 명시적으로 드러낸다.

## 일제하 계몽소설의 빛과 그림자

이광수의 「무정」이 지향했던 계몽성은 실제로 적지 않은 현실적 효과를 낳았다. 많은 사람들이 「무정」을 읽고 감동했으며, 「무정」의 주인공들처럼 행동하기도 했다. 「무정」에 열광했던 지식 청년들은 이른바 자유연애에 대한 관심을 표명했다. 이에 대한 반작용으로 유림(儒林)에서는 「무정」의 연재에 대해 항의하는 집회를 매일신보사 앞에서 열기도 했다. 「무정」의 결말 부분에서, 수해 현장을 지나던 주인공들이 자선 음악회를 열어 수재민을 위로하고 돈을 전하던 장면은 당시대 사람들에게는 적지 않는 감격으로 다가왔다. 「무정」에 대한 반응은 거듭되는 책의 중판(重版)으로도 나타났다. 신문 연재를 끝낸 뒤 「무정」은 곧바로 단행본으로 출간되었고, 수시로 재판을 찍었던 것이다. 때로는 「무정」의 주인공들에 대한 모방 행동도 적지 않았다. 소설 속에 나오는 수재민 위로 음악회 장면은 이후 삼남(三南) 지방이 수해를 당했을 때 현실로 재현된다. 전국 곳곳에서 젊은이들이 모여들어 음악회를 열며 수재민들을 위로하고 구호하는 행동을 보였던 것이다.

하지만, 「무정」은 적지 않은 문제점과 한계 역시 지니고 있는 작품이다. 무엇보다 김동인(金東仁)이 지적한 「무정」에 대한 비판은 경청할 만한 것이다. 김동인은, 이광수가 구(舊)여성 영채를 지나치게 미화함으로써 주제의 일관성을 잃고 있다고 지적한다. 김동인의 이러한 지적은 분명히 설득력이 있다. 이광수는 「무정」을 통해 신구(新舊) 도덕 및 가치관의 마찰을 드러내며 새로운 가치관의 수용을 주장한다. 하지만 그 과정에서 구여성 영채에게 상당한 관심을 갖고 호의적인 태도로 기술한다. 작품이 지향하는 바에 비해, 영채에 대한 서술 비중이 지나치게 많은 것이다. 이광수가 이렇게 새로운 세계의 가치관 도입을 강조하는 「무정」이라는 계몽성 강한 소설을 쓰면서도, 구여성 영채에 대해 많은 지면을 할애한 것은 분명 「무정」이 지닌 구성상의 한계가 아닐 수 없다.

그런데, 계몽소설로서의 「무정」의 더 큰 한계는 다른 곳에 있다. 그것은 이 작품이 총독부 기관지였던 《매일신보》에 연재되었다는 점과 관련이 깊다. 식민지 시대에 조선의 계몽을 목적으로 창작된 작품이, 식민지 체제의 근간을 이루는 조선총독부 기관지에 연재되었다는 것은 많은 점을 생각하게 한다. 이는 무엇보다,「무정」이 의도한 계몽이 근본적으로 한계를 지닌 계몽이라고 하는 사실을 보여 준다. 이광수 자신은 그가「무정」을 쓴 동기가 민족주의와 자유주의적 사고에 있다고 말한다. 하지만, 이광수가 지향했던 민족주의가 진정한 민족의 자주와 자강 그리고 독립을 지향하는 민족주의가 아니었음은 이미 잘 알려진 사실이다. 그는 이른바 개량적 민족주의를 주장하며 일제에 의한 식민 통치 체제는 그대로 받아들인 채, 제한된 문화적 자유를 얻는 것만을 목표로 문필 활동을 이어 갔다. 「무정」의 결말에 나타난 희망이 넘치는 조선의 모습, 경제가 발전하고 문화가 발전하며 문명 사상의 보급이 급속히 이루어지는 조선의 모습은 분명 당시대의 현실과는 너무나 거리가 큰 것이었다. 식민지 시기 지식인이 지향해야 할 계몽의 최대 목표는 조선의 독립이었다. 하지만 이광수의「무정」은 이미 한계를 분명하게 설정한 제한적 계몽소설로 출발했고, 조선의 미래에 대한 환상을 주는 작품으로 마무리되었다. 그런 점에서「무정」은 나라를 잃은 시기의 계몽소설이 나아갈 수 있는 방향과 한계를 명백히 보여 준 작품이었던 것이다.


**더 생각해볼 문제들**

1. 이 작품 속의 주요 여성 인물인 영채와 선형은 여러 측면에서 대조가 되는 인물들이다. 영채와 선형이 어떻게 대조되는가 하는 점을 구체적으로 정리해 보자. 아울러 작가 이광수가, 이렇게 성장 배경과 성격이 다른 두 인물에

대한 대비를 통해 드러내고자 했던 바가 무엇인가 하는 점에 대해서도 생각
해 보자.

2. 이광수는 후일 「민족개조론」이라는 논설을 써서 많은 사람들로부터 비판을
   받게 된다. 이광수의 논설 「민족개조론」과 작품 「무정」의 관계에 대해 생각
   해 보자. 특히 「민족개조론」과 「무정」에서 이광수가 부정적으로 그려 낸 조
   선인의 품성에 대해 구체적으로 정리한 후 그에 대한 자신의 생각을 말해
   보자.

3. 「무정」에는 당시대 젊은이들의 삶의 실상과 미래에 대한 인식이 들어 있다.
   이 작품에 나타난 조선의 현재와 미래의 모습을 정리한 후, 그것이 객관성
   과 사실성에 바탕을 둔 서술인지 생각해 보자. 사실성이 결여되어 있다면
   어떠한 측면에서 그러한지, 그리고 그 이유가 어디에 있는지에 대해 생각해
   보자.


**추천할 만한 텍스트**
『이광수 전집』, 이광수 지음, 삼중당, 1962.
『바로잡은 무정』, 김철 지음, 문학동네, 2003.


**김영민(金榮敏)**
연세대학교 국어국문학과 교수.
연세대학교 국어국문학과를 졸업하고 동 대학원에서 박사 학위를 받았다. 전북대학교 조교수, 미국 하
버드 대학교 옌칭연구소 객원교수를 역임했다. 전공 분야는 한국 근대소설사 및 비평이다. 저서로는 『한
국 문학 비평 논쟁사』, 『한국 근대소설사』, 『한국 현대문학 비평사』, 『한국 근대소설의 형성 과정』 등이
있다.

벗이 또 한 번 말했다. 구보는 비로소 그를 돌아보고, 말없이 고개를 끄떡하였다.

내일 밤에 또 만납시다. 그러나, 구보는 잠깐 주저하고, 내일, 내일부터,

나, 집에 있겠소, 창작하겠소. "좋은 소설을 쓰시오." 벗은 진정으로 말하고,

그리고 두 사람은 헤어졌다. 참말 좋은 소설을 쓰리라. 번(番) 드는 순사가

모멸을 가져 그를 훑어보았어도, 그는 거의 그것에서 불쾌를 느끼는 일도 없이,

오직 그 생각에 조그만 한 개의 행복을 갖는다.

— 「소설가 구보씨의 일일」 중에서

## 박태원 (1909~1986)

호는 구보(仇甫). 서울에서 태어났으며, 경성 제일고보를 졸업한 뒤 일본 호오세이 대학을 중퇴했다. 춘원 이광수
에게 개인적으로 문학 수업을 받기도 하였다. 1926년 『조선문단』에 시가 당선되고 《동아일보》와 『신생』 등의 잡
지에 단편소설을 발표했다. 모더니즘 성향의 문학 동인인 '구인회'의 주요 멤버로 활동하였으며 「소설가 구보씨
의 일일」을 발표하면서 소설가로서 유명해졌다. 1936~7년에 발표한 『천변풍경』으로 작가로서 확고한 위치를
잡게 되었으나, 일제의 탄압이 심해지던 1939년 이후에는 창작보다는 『수호지』, 『서유기』 등 중국의 고전소설들
을 번역하는 데 주력하였다. 1950년 6·25전쟁 도중 월북, 평양문학대학 교수로 취임하였고, 1950년대 중반 숙
청을 당하여 창작금지조처를 받았으나, 1960년 복귀하여 갑오농민전쟁(동학혁명)을 소재로 한 대하역사소설
『갑오농민전쟁』 등을 남겼다.

# 02

---

# 식민지 서울의 고독한 산책자

# 박태원(朴泰遠)의
# 「소설가 구보씨의 일일」

장수익 | 한남대학교 국어국문학과 교수

### 내면과 현실 간의 절묘한 균형점

박태원은 이상, 최명익과 함께 1930년대 한국 모더니즘 소설을 대표하는 작가이다. 이상이 근대적 자아의 분열을 극대화한 세계를 그렸고, 최명익이 식민지 지식인의 우울한 고뇌를 포착해 내었다면, 박태원도 현대인의 내면 심리에 관심이 없는 것은 아니었지만 그의 모더니즘 소설들은 그 두 작가보다 훨씬 일상적 현실에 가깝게 다가가 있었다.

「소설가 구보씨의 일일」을 쭉 읽어 보면 알겠지만, 이 소설은 자아의 분열이나 지식인의 우울한 고뇌에만 관심이 집중되어 있지는 않다. 한편으로는 '구보'라는 식민지 지식인의 내면 심리를 그려 내면서도 그 내면 심리는 어디까지나 현실로부터 분리되어 있는 것이 아니라 끊임없이 현실에 관심을 보이면서 접촉하고 있기 때문이다. 그런 점에서 「소설가 구보씨의 일일」은 내면과 현실 사이에서 절묘한 균형을 취하고 있는 소설이라고 할 것이다.

그렇다면 박태원이 이 소설에서 구보를 통해 관심을 보이고 접촉했던 현실이란 어떤 것이었는가. 단적으로 말해 그것은 식민지 상황에서나마 기형적인 형태로라도 형성되고 있었던 현대적인 풍물과 습관들, 곧 근대적 일상성을 이루는 현실들이었다. 이 점에서 박태원은 이전의 소설가들, 이를테면 민족주의 계열이나 사회주의 계열의 작가들이 관심을 보이고 포착해 내었던 현실과는 좀 차원이 다른 현실을 작품 속에 드러내고 있는 셈이다. 이전의 작가들이 빈부의 갈등이나 식민지인의 비애를 그려 내는 데 집중했다면, 그것은 대체로 개인과 개인 혹은 집단과 집단 간의 외적인 갈등에 초점이 맞추어진 것이었다. 그러나 박태원의 이 소설에서는 그런 갈등은 거의 볼 수 없다. 계급이라든가 민족 문제와는 거리가 있는 근대 도시의 사소한 풍경들이 소설의 중요한 부분을 이루고 있는 것이다 (이 소설이 이른바 '도시 소설'이라 불리는 것도 그 때문이다).

그런 이유로 이 소설이 발표되었을 때, 사람들은 그 중요성을 쉽사리 간파하지 못했다. 겉으로 보기에는 뚜렷한 사건이나 갈등도 없이 한 지식인 실업자 또는 작가 지망생의 따분한 하루를 그려 내고 있을 뿐이어서, 이런 것도 소설이 되나 하는 반응을 불러일으키기 십상이었던 것이다.

그러나 이는 그만큼 이 소설이 1934년 당시에는 새로웠기 때문이라 할 것이다. 박태원 자신은 근대 도시의 현대적 풍속을 작품 속에 그려 내는 것을 일본 문학에서의 용어를 빌어 '고현학(考現學)'이라 불렀는데, 그렇지만 이러한 고현학은 아무나 할 수 있는 것이 아니었다. 어디까지나 근대적 풍속에 매몰되지 않을 수 있는 지성을 지닌 존재라야 고현학을 할 수 있는 것이었다.

이러한 지성적인 주인공이 근대인이라면 으레 그런 것으로 당연하게 여기는 도시의 풍속들을 한꺼풀 두꺼풀씩 벗겨 가며 그것이 당연하지 않음을 드러내는 것, 그것이 박태원의 고현학이 지향한 바였다. 요컨대 근대의 일상에 대한 지적인 성찰이 고현학인 것인데, 이를 위해 이 소설의 주인공인 구보는 노트를 항상 들고 다니고 있다. 그리하여 근대 도시의 풍물들에 대한 주인공의 지성적인 반응과 내면 심리를 동시에 드러내는 방법으로 이 소설은 쓰인 것이다. 이 소설을 보면 어떤 도시적 대상이 제시되고, 그에 대한 주인공의 일차적 반응, 그 다음 주인공의 좀 깊숙한 내면이 제시되는 것이 되풀이되는 것을 알 수 있다.

지금까지 「소설가 구보씨의 일일」에 대한 일차적인 사항들을 개관해 보았다. 이제부터는 이 소설을 좀 더 깊이 읽어 보기로 한다. 그렇게 하려면 일단 박태원이 드러낸 근대 도시의 성격과 그것을 바라보는 지성적인 주인공에 대해 좀 더 알아볼 필요가 있다. 이를 위해 다음 절에서는 잠시 다른 내용을 다루어 보기로 한다.

## 근대 도시의 거리와 산책자

좀 극단적인 것 같지만, 발터 벤야민(Walter Benjamin)이라는 철학자는 근대적 도시의 거리를 대규모 공장의 콘베이어 벨트에 유추한 바 있다. 그러고 본다면 콘베이어 벨트 위의 상품과 거리의 군중이 비슷한 점이 없지는 않다. 벨트를 따라 쉼없이 다음 생산 단계로 움직여 가는 상품의 행렬과, 거리를 따라 끊임없이 이어지는 군중의 흐름은 상통하는 면이 있는 것이다. 사실 벤야민이 이러한 비유를 한 이유는 다른 데 있었다. 그것은 군중들이 거리를 어떻게 바라보는가를 설명하기 위한 것이다. 군중들은 거리에서 부딪히는 사람들과 주위 사물들을 '으레 그런 것'으로 생각하고 무심히 지나칠 뿐, 관심을 기울이지 않는다. 웬만한 일이 아니면 무관심하기가 군중들이 은연 중에 공유하고 있는 일상적 삶의 규칙인 것이다.

물론 거리의 군중들이 무관심하고 싶어서 무관심한 것은 아닐 것이다. 우선 말할 수 있는 이유는 거리에는 낯선 것이 너무도 많기 때문에 오히려 무감각해지고 만다는 점이다. 그러고 본다면, 지금 우리가 으레 그렇게 지나다니는 거리조차도 실상은 얼마나 충격적이고 불안한 것인가. 예를 들면, 인도와 차도를 구분하는 선 하나 사이로 차량이 쌩쌩 달려가도 눈 하나 깜짝하지 않지만, 차량이 선을 넘어 사람을 덮치거나 할 때, 우리는 거리가 으레 그런 것이 아니고, 충격과 불안의 집적물이라는 것을 실감하게 된다. 그러나 그 실감이 오래 지속하는 것은 아니다. 다음 순간 사람들은 애써 그 충격과 불안을 억누르면서 제 갈 길을 가고, 이에 따라 거리는 다시금 으레 그런 것으로 간주된다.

한편 군중들이 거리의 사람과 사물들에 무관심할 수밖에 없는 또 다른 이유가 있다. 근대적 삶을 규율하고 있는 효율과 능률 중심의 일상성이 그것이다. 콘베이어 벨트에 달라붙어 있는 노동자가 다른 데에 관심을 기울이면 공장 전체의 생산성에 악영향을 미치듯이, 군중들에게도 거리에 나선 목적 외의 것에 관심을 기울이는 것은 비효율적이라는 규칙이 작용하고 있는 것이다. 이러한 일상성의 규칙은 거리에서는 재빠른 걸음으로 목적지를 향해 앞만 보고 가는 형태로 표현된다. 그렇게 하지 않고 모르는 사람을 골똘히 쳐다본다거나 하면 도리어 적의를 불러일으키기 십상이고, 이리저리 광경을 둘러본다거나 하면 영락없는 촌뜨기로 취급받기 마련이다.

그러나 효율성과는 관계 없이 거리에서 만나는 낯선 것에 이런저런 관심을 기울이는 사람이 있다면 어떻게 될까. 벤야민은 그러한 사람의 대표격으로 프랑스의 시인인 보들레르(Baudelaire)를 들었다. 19세기 중엽 샹제리제를 중심으로 근대적인 상점들의 집합소인 아케이드가 형성되고, 다른 한편에는 말끔히 포장된 대리석 차도 위를 마차들이 달려가는 그 거리를 이리저리 기웃거리면서 느릿느릿 걸어가는 산책자의 모습을 벤야민은 보들레르의 작품 속에서 끄집어내었던 것이다.

그렇다면 보들레르로 대표되는 이러한 산책자는 과연 산책을 하면서 무엇을 보았을까. 벤야민은 보들레르가 본 것이 군중들이 보고 겪으면서도 애써 잊어버리거나 무관심해져 버렸던 거리의 충격과 불안이었음을 알려 준다. 곧 늘상 그 거리를 다닌다 해도 군중들로서는 결코 보지 않았던 거리의 진면목을 산책자로서 보들레르만큼은 보고 있었다는 것이다.

많은 사람들은 그들의 생업에 종사해야만 하지만 사적인 생활을 즐기기는 한량은 그러한 테두리로부터 벗어난 후에라야만 거리를 산책할 수 있는 것이다. 완전한 여가가 지배하는 분위기는 도시의 열띤 혼잡 속과 마찬가지로 거리 산책자에게는 어울리지 않는다. (중략) 파리의 거리 산책자는 이 둘(무위도식자와 군중-인용자) 사이의 중간적 유형이라고 할 수 있다.

— 발터 벤야민, 「보들레르의 몇 가지 모티프에 관해서」 중에서

    그러나 산책자가 되기 위한 조건은 까다롭다. 먼저 생업에 매달려 앞만 보고 가야 하는 군중이 산책자가 될 수 없을 것은 당연한 일이다. 여기서 촌뜨기를 고려해 보면, 충격과 불안 속에서 이리저리 기웃거리며 거리를 경험한다는 점에서 얼핏 보기에 촌뜨기는 산책자와 비슷한 점도 있지만, 은근슬쩍 주위의 눈치를 보면서 한시라도 빨리 군중 속의 한 사람이 되기에 바쁘다는 점에서 촌뜨기는 산책자와 결정적으로 다르다. 이와 함께 무위도식자도 산책자가 될 수 없다. 위의 인용문에서 보듯이, 무위도식자는 이미 '완전한 여가'를 누리는 탓에 주위에 아예 무관심하기 때문이다. 결국 산책자는 군중과 무위도식자의 '중간자적 유형'으로서, 생업과 관련 없이 거리의 모든 것을 관심 있게 지켜보는 사람이라고 할 수 있다. 이 지점에서 산책자가 되기 위한 또 다른 실제적 조건이 드러난다. 그것은 적당한 정도의 경제적 여유이다. 보들레르의 경우, 양아버지의 재산을 물려받아 생업에 종사하지 않아도 되었던 것이다.

    여기서 참조할 것은 보들레르가 내세운 생활 태도인 당디즘

(dandisme, 귀족주의)이다. 당디즘은 영국에서 기사도를 대신하여 부르주아 신사들이 지켜야 할 예절과 태도를 의미했지만, 보들레르에게서는 다른 의미로 차용된다. 이 당디즘을 실천하려면, 먼저 외적으로 일정한 수준의 사치를 누려야 한다. 비록 정도를 넘어 낭비한 탓에 이후 금치산 판정까지 받는 지경에 처하지만, 보들레르는 최고급 양복으로 단장하고 산책에 나섰던 것이다. 어느 면에서 이러한 외적인 당디즘은 통상의 군중들이나 촌뜨기와 자신을 구별하는 방법이라고도 하겠다.

그러나 당디즘에서 좀 더 본질적인 것은 내적인 측면이다. 그는 자신을, 군중들이 속물(俗物)적인 일상성에 휘말려 늘상 체험하면서도 깨닫지 못하는 사물들의 진정한 가치를 깨닫고 있는 유일한 사람으로 간주하는데, 이것이 보들레르에게는 우월감의 원천이 된다. 보들레르의 속물(俗物)에 대한 혐오는 유명하지만, 그러한 혐오는 군중에 대한 우월감의 다른 표현이기도 하다.

이로 볼 때 당디즘이야말로 산책자의 내적 조건이라고 할 수 있다. 한갓 허위의식에 지나지 않을지라도 다른 사람들과 자신을 끝내 구별하여 우월한 위치(중심적 위치)에 놓으면서 그에 따라 자신의 삶을 주체적으로 구성하고자 하는 것, 그것이 바로 당디즘인 것이다. 후일 하버마스(Jürgen Habermas)라는 철학자가 보들레르의 당디즘을 근대적 인간의 주체성을 표상하는 대표적인 예로 들었던 것도 이 점에서 우연이 아니다.

그러나 당디즘적인 주체는 이처럼 군중들과 자신을 구별함으로써 '고독'을 본질적인 감정으로 가지게 된다. '나는 어느 누구와도 다르다'고 자신을 간주할 때, 역설적으로 고독은 그의 운명이 되는 것이다. 여기서 주의할 것은, 이처럼 고독한 주체가 단지 행복감만을 느끼는 것은 절대 아니라는 점이다. 자신이 군중보다 우월함을 강조하면 할수록, 고독한 당디즘적 주체는 '무지하지만 정상적인' 생활을 하는 군중들에 대한 소외감과 역설적인 부러움도 같이 느끼게 되고 만다. 차라리 자신이 군중들처럼 무지하고 속물적이어서 아무 생각 없이 살 수 있었다면, 누구에게도 잘 이해받지 못하는 데서 오는 외로움이나 고급스러운 정신적 고통을 느끼지 않고 살 수 있었을 텐데 하는 생각을 하게 되는 것이다.

결국 고독은 그에게 고통의 원인이자, 현실적인 소외의 또 다른 모습이 된다. 산책자는 한편으로는 군중들이 신봉하는 속물적 가치를 형편없는 것으로 부정하면서도, 다른 한편으로 그들처럼 일상성 속에 안주하는 군중들의 '정상'적인 삶을 살고픈, 그런 모순적인 욕망을 지닌 존재가 되는 셈이다.

한편 이러한 산책자의 양면적인 성격은 현대인들의 심리를 설명하는 데도 유용할 것으로 생각된다. 현대인들은 현실에 끼어들어서 잘 살거나 출세하고 싶은 욕망을 한편으로 가지면서도, 다른 한편으로는 그러한 현실 전체를 뒤엎어 버리고 싶은 파괴적인 욕망을 가지고 있다. 예를 들자면 고교생이 시험을 잘 보고 싶은 욕망을 느끼면서도 동시에 시험이라는 제도 자체를 없애 버리고 싶은 욕망을 느끼는 것과 같다. 이런 심리를 '현실 편입 욕망'과 '현실 부정 욕망'이라고 부른다면, 산책자는 무위도식자처럼 현실을 부정하거나 벗어나고픈 욕망을 가지고 있으면서도, 범속한 군중들처럼 현실이

제시하는 방식이나 규칙대로 살고픈 욕망 역시 가진 존재로 볼 수 있는 것이다. 그렇다면 산책자야말로 현대인의 내면적 갈등을 전형적으로 드러내는 존재가 된다고 할 것이다.

## 우월감과 고독 그리고 행복

지금까지 「소설가 구보씨의 일일」을 본격적으로 읽어 보기 전에 좀 먼 길을 돌아왔다. 그렇게 복잡하게 설명한 까닭은 위에서 설명한 산책자의 모습이 이 작품에서 잘 드러나기 때문이다. 이 작품에서 정해진 일 없이 하루 종일 식민지 수도 경성의 거리를 이리저리 다니면서 이것저것 살펴보는 구보의 모습은 전형적인 산책자인 것이다. 앞에서 말한 것처럼, 박태원은 작가적인 주인공이 거리를 다니면서 관찰한 바를 기록하여 소설로 만드는 것을 고현학이라고 불렀던 것인데, 이에 걸맞게 구보는 양복 차림에 한 손에는 단장을, 다른 손에는 노트를 들고 있다.

그럴 때 이 소설에서 구보가 보여 주는 특징적인 감정 상태는 앞에서 살핀 것과 마찬가지로 고독이다. 그러한 고독이 어디서 연원하는지는 이 소설의 서두에서 뚜렷하게 나타난다. 중산층으로 일본 유학까지 다녀왔음에도 불구하고 결혼과 취직으로 요약된 일상성을 능동적으로 거부한 구보는 그 일상성에 순응하는 세속적인 군중과는 판연히 구별되는 고독한 존재가 될 수밖에 없었던 것이다. 이 같은 구보가 세속적인 군중들에 대해 일종의 우월감을 가지고 있는 것은 물론이다.

일찍이 그는 고독을 사랑한 일이 있었다. 그러나 고독을 사랑한다는 것은 그의 심경의 바른 표현은 못될 게다. 그는 결코 고독을 사랑하지 않았는지도 모른다. 아니 도리어 그는 그것을 그지없이 무서워하였는지도 모른다. 그러나 그는 고독과 힘을 겨루어, 결코 그것을 이겨 내지 못하였다. 그런 때 구보는 차라리 고독에 몸을 떠맡기어 버리고, 그리고, 스스로 자기는 고독을 사랑하고 있는 것이라고 꾸며 왔는지도 모를 일이다…….

물론 구보가 일상성을 거부한 고독한 삶에 안주해 버리는 것은 아니다. 위의 인용에서 보듯이, 구보는 고독한 상태를 벗어나고자 노력하고 있다. 그렇지만 고독을 벗어나려 한다고 해서 세속적인 군중들처럼 일상성에 완전히 편입되는 방식을 구보가 택하려는 것은 아니다. 그렇게 하기에는 이미 일상성의 허구를 너무 깊이 깨닫고 있기 때문이다. 단적으로 말해 '결혼과 취직'을 한다고 하더라도, 자신의 삶이 행복할 수 있을 것인지 구보는 전연 확신하지 못하는 것이다. 구보에게 세속적인 군중들이란 그 일상성의 허구에 넘어간 우중(愚衆)으로 보일 뿐이다.

그러나 구보에게 여전히 고독은 고통스럽다. 일상성 속에 안정되게 자리 잡지도 못하고, 또 그러한 일상성을 아예 덧없는 것으로 치부하지도 못하는, 주변적이고 중간자적인 불안정성을 구보는 더 이상 견딜 수가 없는 것이다. 달리 말해, 고독으로 행복을 마련하지는 못한다는 것을 절실히 깨달은 것인데, 그럴 때 구보는 다시 한 번 일상성에 기대를 걸어 보기로 한다. 이 소설 속에서 구보가 산책을

소설가 구보씨의 집 앞 광교로 올라가는 광통관 길의 당시 모습.

나서는 것은 이 지점이다. 그 이전에도 물론 산책을 했겠지만, 이 소설에 제시된 산책은 그래서 여느 때와는 다른 산책이 된다. 일상성 속에서 자신도 행복할 수 있을지 다시 한 번 타진해 보는, 특별한 목표를 지닌 산책이 되는 것이다.

이러한 산책의 목표를 염두에 둘 때, 「소설가 구보씨의 일일」의 일차적인 서사 구성 방식이 명확하게 이해된다. 일상성이 지배하는 거리에서 만나는 사람들을 관찰한 결과와 함께, 그들처럼 산다면 자신도 과연 행복할 수 있을지 타진하는 구보의 속 '생각―내면'이 병치되는 방식으로 서사가 구성되는 것이다. 물론 이러한 서사 구성 방식이 '만나는 사람 ― 그에 대한 판단 ― 또다른 사람 ― 그에 대한 판단'과 같은 식으로 단순하게 반복되는 것은 아니다. 거리에서 만나는 사람들이 사는 일상적인 삶의 모습들을 관찰하고, 자신의 삶 속에서 그들과 비슷했던, 또는 비슷할 수도 있었던 과거사를 연상하면서, 그러한 연상을 근거로 자신도 그들처럼 일상성에 몸을 맡긴다면 행복할 수 있을 것인지 생각해 보는 것이다.

## 행복에의 불가능성과 타협

그러나 행복할 가능성을 타진한 결과는 부정적이다. 구보는 거리에서 관찰한 군중들이나, 그러한 관찰을 계기로 떠올린 과거 연상 속에서 행복의 가능성을 도무지 발견하지 못하는 것이다. 이 소설에서 구보는 만나는 사람들을 두 범주로 나누어 파악한다(사실 이 두 범주는 소설 서두에서 어머니가 구보에게 바라는 두 가지 염원인 취직과 결혼으로부터 비롯한 것이다). 그 하나는 사랑이나 결혼과 연관지어서 파악하는 것이고, 다른 하나는 돈과 연관지어 파악하는 것이다. 전자의 경우, 구보는 화신백화점에서 만난 부부의 모습에서 그 가능성을 조금이라도 보지만, 이어서 전에 선 보았던 여자와, 우연히 눈을 주게 된 여자, 그리고 돈 때문에 친구와 같이 붙어다니는 여자를 보게 되면서, 사랑과 결혼을 통해 행복을 찾을 가능성을 포기하게 된다. 그리고 후자의 경우, 몇 푼의 돈에 행복해했던 누이, 그리고 그런 돈의 자그마한 행복에 동감하는 자신을 생각하면서 약간은 긍정적인 감정을 갖지만, 서울역에서 추레한 노파를 멀리하는 신사와 '황금광 시대'에 걸맞는 옛 친구를 만나면서, 돈도 마찬가지로 행복을 줄 수는 없다는 생각에 이르게 된다.

화신백화점.

이처럼 돈과 사랑을 통해서는 행복할 수 없다는 것을 확인했을 때, 구보의 고독감 역시 더욱 커질 것은 당연한 일이다. 이 지점에서 구보는 마지막 가능성으로서 자신의 고독을 이해해 주고 같이 나눌 수 있는 벗을 찾는다. 그러나 첫 번째로 불러낸, 기자이면서 같은 문인인 벗은 구보에게 고독감을 떨칠 기회를 주지 않는다. 그에게는 구보의 고독을 이해하는 것보다 그 자신의 문학관을 설파하는 것이 더 중요했기 때문이다.

따라서 구보는 일상성이 지배하는 현재 공간에서 고독을 넘어서서 행복으로 나아갈 길을 전연 발견하지 못한다. 여기서 구보가 마지막으로 시도하는 것은 자신의 과거 속에서 고독으로부터 가장 멀어졌던 때를 연상하는 것이다. 그러한 과거란 구보가 동경 유학 시절 나누었던 옛 사랑인데, 그 사랑을 연상하면서 구보는 잠시나마 행복감에 젖는다.

> 아. 구보는 악연히 고개를 들어 뜻없이 주위를 살피고 그리고 기계적으로, 몇 걸음 앞으로 나갔다. 아아, 그예 생각해 내고 말았다. 영구히 잊고 싶다, 생각한 그의 일을 왜 기억 속에서 더듬었더냐. 애달프고 또 쓰린 추억이란, 결코 사람 마음을 고요하게도 기쁘게도 하여 주는 것은 아니었다.

그러나 구보가 떠올린 그 사랑의 기억에서 행복은 불행과 이어져 있는 것이었다. 행복했을 때까지만 떠올리려던 구보의 전략은 위의 인용에서 보듯이 빗나가고 만다. 구보의 기억 속에서도 고독을 벗어나 행복했던 기억은 없었던 것이다. 이 지점에서 구보는 두 번째 벗을 다시 만난다. '이상'으로 추정되는 그 벗은 구보의 고독을 이해하고 있지만, 그렇다고 그 벗에게서 일상성에 안주하지 않으면서 고독을 넘어설 방법을 찾을 수 있는 것은 아니다. 다만 서로의 상태를 이해함으로써 고독함을 달랠 뿐인 것이다.

> 구보는, 벗이, 그럼 또 내일 만납시다. 그렇게 말하였어도, 거의 그것을 알아듣지 못하였다. 이제 나는 생활을 가지리라. 생활을 가지리라. 내게는 한 개의 생활을, 어머니에게는 편안한 잠을. (중략) 구보는 잠깐 주저하고, 내일, 내일부터, 나는 집에 있겠소, 창작하겠소.

"좋은 소설을 쓰시오."

그럴 때 이 소설의 마지막 장면이 지니는 의미가 드러난다. 먼저 구보가 이제는 거리에 나다니지 않겠다고 한 뜻은 명확하다. 거리에서 일상성에 굴복하지 않은 채 고독을 벗어나 행복에 도달하기란 불가능하다는 비관적인 결론에 도달했기 때문이다. 그러나 여기서 구보가 생활을 가지겠다고 한 것은 무슨 뜻인가. 사실 이 '생활'이라는 말은 모순적인 의미를 함축하고 있다. 그 첫 번째 측면은 일상성과의 타협을 의미하는 것으로, 이는 이후 어머니가 원하는 결혼을 할 것이라고 암시하는 데서 또 다시 드러난다. 반대로 두 번째 측면은 일상성에 대한 거부를 의미하는 것으로, 이는 창작 곧 '좋은 소설 쓰기'를 하겠다는 것으로 제시된다. 곧 어머니가 원하는 또다른 사항인 취직만큼은 거부되고, 그 자리를 창작이 대신하는 것이다.

### 글쓰기라는 행위 자체의 의미

물론 여기서 집에 틀어박혀 글을 쓰는 것 또한 타협이 아닌가 하는 반박도 있을 수 있다. 이는 집 역시 근대적 도시의 일상성이 허용하고 있는 사적 공간의 하나라는 점에서 그렇다. 그렇지만 이러한 반박에는 다음과 같은 재반박도 가능할 것이다. 구보가 집에서 여가를 누리는 것이 아니라는 것이다. 일상성이 집이라는 공간을 거리에서의 노동을 위해 재충전하는 곳으로 의미 부여하고 있다면, 구보는 그러한 의미 부여에 동의하지 않는다. 그에게 글쓰기란 여가

45

가 아닌 생산이기 때문이다. 더욱이 그러한 글쓰기는 근대적 거리나 공장의 노동자들이 하고 있는 분업적인 노동 — 근대적 일상성에서 허용된 지배적인 노동 형태로서 — 과는 다른, 생산의 처음에서 끝까지 한 명의 사람이 노력을 투입하고 관장하는 형태의 노동이다. 곧 글쓰기는 창조적인 생산의 원형을 그대로 간직하고 있는 형태의 본질적인 노동인 것이다. 그런 점에서 글쓰기란 고독을 벗어나는 방법은 되지 못한다 하더라도 일상성에 타협하지 않고 할 수 있는 유일한 일이 된다.

이상의 분석에 따른다면, 「소설가 구보씨의 일일」이 흔히 생각하듯이 구보의 궤적을 따라 별 원칙 없이 그려 낸 소설로는 볼 수 없다는 것을 알 수 있다. 박태원은 최소한 구보로 하여금 근대적 일상성에는 희망이 없다는 것을 차츰차츰 확인해 나가도록 하면서 소설을 구성하고 있으며, 동시에 글쓰기가 그러한 일상성에 대해 어떤 의미를 지니는가에 대해서도 차츰차츰 확인해 나가도록 만들고 있기 때문이다. 따라서 「소설가 구보씨의 일일」은 산책자를 내세워 1930년대의 서울을 지배하고 있던 근대적 일상성을 반성하는 소설이자, 작가 개인에게는 글쓰기에 대한 자의식을 확립하는 계기가 되는 소설이라고 하겠다.

참고로 한 마디 덧붙인다면, 「소설가 구보씨의 일일」의 제목과 형식은 이후에도 여러 번 차용되었다. 대표적으로 1970년대에 최인훈이, 1990년대에 주인석이 비슷한 제목의 연작 소설들을 발표한 것을 들 수 있다. 이 두 작가에게서도 중요한 것은 자신이 처한 현실적 상황을 어떻게 볼 것인가와 글쓰기란 자신에게 어떤 의미를 지니고 있는가라는 사항이었다. 이런 사실에서도 박태원이, 작가란 어떤 사람이며 무엇을 하는가, 곧 근대적 상황에서 작가의 정체성이 어떤 것인가에 대한 고민을 드러내고 있음을 짐작할 수 있다.

**더 생각해볼 문제들**

1. 이 소설에 드러난 현실이 이전의 민족주의나 사회주의 계열의 소설들에 드
   러난 것과 어떻게 다른지 생각해 보자.

   이전의 소설들이 주로 사회의 계급 구조나 민족 문제에서 비롯한 현실적 문
   제를 다루는 데 집중하였다면, 이 소설은 식민지하에서 기형적으로나마 형
   성되고 있었던 근대적 도시의 일상적 풍물들과 습속들을 다루고 있다.

2. 근대 도시에서 산책자는 과연 지속적으로 존재할 수 있을지에 대해 이 소설
   을 근거로 생각해 보자.

   이 소설의 결말은 산책의 중지를 선언하고 있다. 발터 벤야민도 근대 도시에
   서 산책자는 일시적인 존재들이며 곧 군중이나 무위도식자 가운데 한쪽으로
   편입된다고 말한 바 있다. 산책자가 지닐 수밖에 없는 소외된 존재로서의 고
   통이 그만큼 크기 때문일 것이다.

3. 이 소설을 참조하여 작가에게 글쓰기는 어떤 의미를 지니고 있을지, 그리고
   그로 인해 문학이 지니는 성격은 어떨지 생각해 보자.

   글쓰기는 작가에게 현실이나 근대적 일상성에 매몰되지 않고 그것을 넘어설
   방법을 모색하는 행위가 된다. 그럴 때 문학은 기존 현실의 질서를 당연시하
   거나 자연스러운 것으로 보기보다는 그것이 과연 당연하거나 자연스러운 것
   인지 반성하는 장소가 된다.

**추천할 만한 텍스트**

『성탄제 외』, 박태원 지음, 두산동아출판사, 1995.
『박태원 단편선-소설가 구보씨의 일일』, 박태원 지음, 천정환 엮음, 문학과지성사, 2005.

---

**장수익(張水翼)**

한남대학교 국어국문학과 교수.
서울대학교 국어국문학과를 졸업하고 동 대학원에서 박사 학위를 받았다. 저서에 『한국 근대 소설사의 탐색』, 『한국 현대 소설의 시각』, 평론집으로 『대화와 살림으로서의 소설 비평』이 있다.

그들의 분향이 거의 끝난 듯하였을 때, "에헴!" 하고 얼굴이 시뻘건 서 참위도

한마디 없을 수 없다는 듯이 나섰다. 향을 한 움큼이나 집어 놓아 연기가

시커멓게 올려 솟더니 불이 일어났다. 후후 불어 불을 끄고, 수염을 한번 쓰다듬고

절을 했다. 그리고 다시, "헴……" 하더니 조사(弔詞)를 하였다.

"나 서 참월세, 알겠나? 흥…… 자네 참 호살세 호사야…… 잘 죽었느니.

자네 살았으문 이만 호살해 보겠나?

인젠 안경다리 고칠 걱정두 없구…… 아무튼지……."

— 「복덕방」 중에서

## 이태준 (1904~?)

호는 상허(尙虛). 강원도 철원군에서 태어났다. 휘문고보를 나와 일본 죠오찌 대학에서 수학했다. 유학 시절 『조선문단』에 「오몽녀」를 발표하면서 문단에 등단했다. 스물아홉의 나이로 《조선중앙일보》 학예부장 자리에 오른 이태준은 구인회를 주도하며 식민지 조선 문단의 유력 작가로 떠올랐으며 대표작으로는 「까마귀」, 「복덕방」, 「패강랭」, 「농군」, 「해방 전후」 등을 남겼다. 1946년 2월 15일 월북한 이태준은 『소련기행』, 『첫 전투』, 『고향길』 등을 남긴다. '남' 에서의 이태준이 인간의 성격과 본성을 심미적으로 탐구한 작가였다면 '북' 에서의 이태준은 사회주의적 정치의 의미를 천착한 작가였다. 이 괴리에는 한국 현대사의 비극이 숨어 있다.

# 연 민 의  진 실
# 이태준(李泰俊)의 「복덕방」

양진오 | 대구대학교 국어국문학과 교수

## 연민의 작가

연민의 사전적 의미는 '불쌍하고 가련하게 여김'이다. 그런데 이 사전적 의미에 영감을 부여한 작가가 있다. 그가 바로 이태준이다. 연민이란 이 추상적인 언어는 이태준을 만나며 그 의미를 풍요롭게 할 수 있었다. 이 풍요가 허세는 아니다. 이태준 소설에서의 연민은 정중동(靜中動)의 연민이지만 사물의 본성을 사려 깊게 천착하는 힘이 있는 까닭이다. 조용하게 그렇지만 속 깊게, 은근하게, 나중에는 독자를 완전히 감염시키는 연민이 이태준의 연민이다.

이태준만 그렇다는 건 아니다. 작가라면 약자들을 외면할 수 없기에 어쩌면 연민은 모든 작가들의 정서일 수 있다. 그런데 그 여러 작가 중에서도 이태준의 연민이 단연 돋보인다. 「까마귀」란 소설이

서울시 성북구 성북동의 상허 이태준 고택, '수연산방'.

있다. 이태준을 연상시키는 젊은 소설가가 이 소설의 주인공이다. "한 달에 이십 원 남짓"하는 "학생층의 하숙 생활조차 뜻대로 되지" 않는 가난한 소설가가 "친구네 별장 방 하나를" 잠시 빌려 거주하게 되었다.

친구 별장에 기거하던 이 소설가가 어느 날 폐병에 걸린 젊은 여성을 만난다. 소설가의 독자를 자처하는 여성이다. 이 여성을 "절망에 극하여 세상 욕심이라고는 털끝만치도 없는 거룩한 여자"로 소설가는 여기게 된다. 그리고 까마귀를 두려워하는 그녀를 위로해주기 위해 그 미물을 살상하기로 한다. 급기야는 죽음의 전령사 같기만 한 까마귀를 포획한 소설가. 이러한 예기치 않은 행동은 어디

길거리의 동네 복덕방. 광목에 쓴 '복덕방'과 '토지가옥소개업'이란 나무 간판이 보인다.

에서 오는 건가? 바로 연민이다. 죽음의 공포에 사로잡힌 이 여성에 대한 연민이 없었다면 소설가가 까마귀를 죽일 이유가 없다.

그렇지만 아무 보람도 없이 그 여성은 운명을 달리하고 만다. 그의 연민은 어떻게 보자면, 효과가 별로 없어 보인다. 그의 연민은 죽어 가는 여성을 구원할 수 없었다. 이렇게 효과 없는 연민이지만 그 연민은 쓸쓸하게 사라질 운명에 놓인 인간들의 아픔을 직시하는 진실의 힘을 지니고 있다. 위장이나 포즈가 아니라는 말이다. 이태준 소설의 연민은 약자들의 아픔을 포용하고 그 아픔에 공감하려는 휴머니스트의 애정이 흐르고 있다.

「복덕방」도 그렇다. 「복덕방」에서도 우리는 이태준의 연민을 느낄 수 있다. 연민의 대상은 노인들이다. 노인들이라? 노인들은 흔히 문학에서 현인(賢人)으로 등장하기도 하지만 이는 근대 리얼리즘 문학이 태동하기 이전의 양상이다. 근대 리얼리즘 문학은 그렇지 않았다. 근대 리얼리즘 문학은 노인의 인간적 면모를 주목했다. 아픈, 쓸쓸한, 허망한, 희망 없는 면모 말이다.

「복덕방」에는 별 볼일 없는 세 노인이 등장한다. 안 초시(初試, 과거의 첫 시험에 급제한 사람 또는 한문을 좀 아는 유식한 양반), 서 참위(參尉, 대한제국 시절의 위관 계급 중 맨 아래 계급. 지금의 소위에 해당함), 박희완 영감이 그들이다. 물론 이 노인들의 처지가 모두 같은 건 아니다. 안 초시가 가장 궁색하다면 서 참위가 덜 궁색한 편이다. 안 초시가 본래부터 궁색한 건 아니었다. "십수 년을 상업계에서 논" 안 초시였다. 그러나 현재 안 초시는 부러진 안경다리를 고칠 돈도 없는 궁색한 노인이다. 서 참위는 "가회동에 수십 칸"의 집과 "창동 근처에 땅을 장만"한 노인으로 형편이 그리 나쁜 건 아니다.

안 초시와 서 참위는 체형도 그렇지만 성격도 전혀 딴판이다. 안 초시가 왜소한 체구에 소심한 성격이라면 서 참위는 장대한 체구에 호방한 성격이다. 이 둘은 자주 충돌한다. 먼저 사단을 일으키는 쪽은 서 참위다. 안 초시가 미워 그런 게 아니다. 무료한 시간을 달래려고 서 참위가 일부러 안 초시의 화를 돋운다. 이 때 이 두 노인을 중재하는 인물이 대서업(代書業, 남의 부탁을 받고 관공서에 낼 서류를 써 주고 보수를 받는 직업) 가게를 차리는 게 소원인 박희완 영감이다. 안 초시처럼 쉽게 토라지지 않는 무던한 박 영감은 복덕방을 수시로 출입하며 두 친구의 관계를 회복시켜 주는 중재자이다.

바로 이랬다. 서 참위가 안 초시를 흉보면 화난 안 초시가 복덕방을 나가 버리고 그러면 다시 박 영감이 이 둘을 화해시키며 이들은 그날 그날을 넘어가는 것이다. 사실 이들은 하나같이 현실 적응이 버거운 노인들이다. 사실상 이 세 노인들 사이에 별 차이가 없다는 말이다. 안 초시든 서 참위든 아니면 박희완 영감이든 하나같이 인생 무대에서 퇴장해야 할 쓸쓸한 운명들이기에 그렇다. 이기와 경쟁을 강요하는 식민지 근대와는 결코 융화할 수 없는 왕조 시대의 인물들이 바로 이 노인들이다. 이제 곧 자의든 타의든 사라질 운명에 놓인 퇴역 인생들이 이들이다.

그런데 이태준의 독자라면 노인을 주인공으로 설정한 「복덕방」 계열의 소설이 더 있다는 걸 알고 있다. 「불우 선생」, 「영월 영감」이 바로 그 예들이다. 이 소설에도 현실이 버겁기만 한 노인들이 등장한다. 「복덕방」, 「불우 선생」, 「영월 영감」이 세 편은 마치 노인 열전이라고 불러도 좋을 만큼 궁색한 처지로 내몰린 노인들의 쓸쓸한 행보를 들려 준다. 그렇다고 이 노인들이 하나같이 무력하다는 건 아니다. 이 노인들은 자존심이 무척 세다. 어떤 자존심인가? 아직은 인생 무대에서 물러설 수 없다는 자존심이다. 그래서 「불우 선생」의 송 선생은 여관을 전전하며 눈칫밥을 먹는 처지이지만 굴원(屈原)의 「어부사(漁父辭)」를 호기 있게 낭송하고 「영월 영감」의 영월 영감은 일확천금을 꿈꾸며 금광 채굴에 열을 올린다.

그러나 이들의 자존심은 허망하다. 노인들이 아무리 자존심을 앞세운다 한들 그게 대단한 결과를 낳는 게 아닌 까닭이다. 화폐의 위력이 관철되는 식민지 경성에서 이들은 패배자가 될 수밖에 없다. 이들은 왕조 시대의 인물들이 아니던가. 그렇기에 송 선생의 「어부사」 낭송은 남들에게는 한낱 소음으로 들릴 따름이다. 그렇다면 영월 영감은 어떤가? 영월 영감은 「어부사」를 낭송하며 스스로 퇴행적인 징후를 연출하는 노인이 아니다. "문명으루, 도회지루, 역사가 만들어지는 데루 자꾸 나가야" 된다는 영월 영감의 관심사는 오로지 돈이다. 그가 말하는 문명, 도회지, 역사의 총화가 돈이었다. 어느새 영월 영감은 1930년대 식민지 조선을 뒤흔든 황금광의 추종자로 돌변해 있었다. 그러나 결과는 영월 영감의 생각과는 반대로 나타난다. 왕조 시대의 정서에 안주하지 않고 현실에 뛰어든 영월 영감이지만 그의 집념은 무위로 그친다. 오히려 그는 금광 채굴 중 심각한 부상을 입어 병원에서 눈을 감고 말았으니 객사(客死)의 주인공이 된 셈이다.

## 안 초시의 꿈

「복덕방」도 그렇다. 「복덕방」의 노인들, 특히 안 초시는 영월 영감의 뒤를 밟는다. 안 초시에게는 꿈이 있다. 자기 인생을 반전시키는 꿈이다. 현재 처지가 궁색해서 참위의 복덕방을 출입하는 안 초시는 언제나 머리가 복잡하다. 횡재하는 꿈을 늘 꾸는 까닭이다. 가당치 않은 꿈이지만 안 초시는 그 꿈을 포기하지 않는다. 언제나, 하루 종일 그 꿈에 골몰하는 안 초시이다. 「복덕방」의 시작 장면을 보면 알 수 있다.

철썩, 앞집 판장 밑에서 물 내버리는 소리가 났다. 주먹구구에 골독했던('골똘하다'의 원말) 안 초시에게는 놀랄 만한 폭음이었던지, 다리 부러진 돋보기 너머로, 똑 모이를 쪼으려는 닭의 눈을 해가지고 수챗구멍을 내다본다. 뿌연 뜨물에 휩쓸려 나오는 것이 여러 가지다. 호박꼭지, 계란 껍데기, 거피해 버린 녹두 껍질.

"주먹구구에 골독하는" 안 초시의 얼굴이 다소 희극적으로 표현되고 있는 장면이다. 이 장면에서 안 초시는 횡재하는 꿈을 꾸고 있다. 그런데 안 초시의 모습이 횡재를 바라는 사람치고는 희극적이다. 앞집에서 내다 버린 음식물 찌꺼기를 "모이를 쪼으려는 닭"처럼 응시하는 안 초시. 머리로는 돈 벌 궁리를 하고 있지만 현재 처지는 음식물 찌꺼기가 아쉬울 만큼 궁색한 안 초시이다. 이렇게 소설 시작 장면의 안 초시는 자신의 빈궁한 처지를 반전시킬 계획에 골몰하는 노인으로 표현되고 있다. 그러면 횡재하는가? 전혀 그렇지 않다. 안 초시는 영월 영감의 뒤를 따른다. 안 초시 역시 영월 영감처럼 쓸쓸하게 인생 무대에서 물러나고 만다.

그런데 그 방법이 전혀 다르다. 안 초시는 자살을 선택한다. 꽤나 극단적인 방법이다. 그래도 영월 영감은 스스로 목숨을 거둔 건 아니다. 안 초시는 왜 자살을 선택하게 된 걸까? 안 초시 역시 영월 영감처럼 자기 인생을 반전시키려는 일확천금의 꿈이 있었다. 그러나 현실은 냉혹했다. 현실은 안 초시의 그 꿈을 농락했다. 돈을 위해서라면 인간과 인간 사이의 예의가 아무런 문제가 되지 않는 냉혹한 시대라는 것을 안 초시는 간과하고 있었다. 딸의 돈을 끌어들여 땅

투기에 나선 안 초시. 딴에는 돈줄을 붙잡은 거라고 자신만만했다. 그런데 그게 아니었다. 오히려 안 초시가 사기꾼들의 농간에 놀아나고 만다. 그는 완벽하게 파산하고 만다.

## 위선의 근대인들

딸의 돈을 끌어들인 게 화근이었다. 이 딸이 보통 딸이 아니다. 이세 노인들과는 달리 신세대의 전형처럼 묘사된 안경화는 "한동안 토월회에 다니다가 대판에 있느니 동경에 가 있느니 하더니 오륙년 뒤에 무용가로 이름을 날리며 서울에" 나타난 근대 여성이다. 세 노인들이 왕조 시대의 인물이라면 안경화는 식민지 근대의 인물이다. 세 노인들이 인정(人情)의 인물이라면 안경화는 계산의 인물이다. 이들에게는 이렇게 결정적인 차이가 내재하고 있었다.

예술계의 유명 인사인 안경화는 알고 보면 고약한 여자다. 찬바람이 쌩쌩 돈다는 표현이 어울릴 정도로 아버지 안 초시를 하대(下待)하는 까닭이다. 그녀는 왕조 시대의 효녀가 아니다. 그런 그녀가 안 초시의 투자 제안에 "연구소 집을 어느 신탁회사에 넣고 삼천원"을 융자받는다. 그렇다고 이 거액을 아버지 안 초시에게 맡기는 건 아니다. 그녀의 애인이 이 일을 처리한다. 안 초시는 졸지에 구경꾼 신세가 되어 버린다. 이미 말했지만, 결과는 사기였다. 이런 일이 없더라도 딸에게 우습게 대접받는 안 초시였다. 사기라는 게 밝혀진 이상 안경화가 아버지를 아주 하대하리라는 것은 명약관화하다. 소심한 안 초시로서는 이 상황을 감당하는 것이 참으로 고역이었다. 이 고역을 감당하기 어려워 안 초시가 자살하고 만다.

1930년대 당시 명동 거리 모습. 도시화가 가장 먼저 이루어진 곳이다.

　　공교롭게도 안 초시에게 잘못된 정보를 전해 준 인물이 박희완 영감이다. "재판소에 다니는 조카가 있어 대서업 운동을 한다고 『속수국어독본(速修國語讀本)』을 노상 끼고 와 그『삼국지(三國志)』읽던 투로", "긴상 도꼬에 유끼마쓰까" 어쩌고를 외는 인물이 박 영감이다. 사실 박 영감의 대서업 공부는 흉내 내기에 불과하다. 안 초시처럼 "세상에 대한 야심이" 들끓지 않은 박희완 영감은 "관변에 있는 모 유력자를 통해 비밀리에 나온 말"이라 하면서 안 초시에게 축항용지(築港用地) 매수를 권유한다. 이 권유는 어디까지나 선의다. 그러나 박 영감이 전한 이 정보가 사실은 날조된 정보였다. 이 정보의 진의를 헤아리지 못할 만큼 박 영감은 어수룩한 노인이었다. 근대의 어두운 생리를 간파할 수 없었던 박 영감과 안 초시는 사기극의 피해자로 전락해 버리고 만다.

그러면 무인 출신의 서 참위는 어떠한가? 서 참위는 기개가 큰 무관이었다. "칼을 차고 훈련원에서 나서 병법을 익힐 제는, 한번 호령만 하고 보면 산천이라도 물러설 것 같던" 기개의 소유자였다. 그렇지만 기개가 무슨 필요란 말인가. "한낱 가쾌(家儈, 집 흥정을 붙이는 일을 업으로 삼는 사람)로 복덕방 영감으로 기생·갈보 따위가 사글셋방 한 칸을 얻어달래도 네네 하고 따라나서야 하는, 만인의 심부름꾼인 것을 생각하면" 마음이 서글퍼지는 서 참위지만 "쌀값이 밀리거나 나뭇값에 졸릴 형편"은 아니기에 그런대로 만족하며 여생을 보낸다. 그런데 드디어 슬픈 사건이 터지고 만다. 음독자살한 안 초시를 서 참위가 발견한다.

> 그러나 코고는 소리는 들리지 않았다. 미닫이를 밀어젖힌 서 참위는
> 정신이 번쩍 났다. 안 초시의 입에는 피, 얼굴은 잿빛이다. 방 안은
> 움 속처럼 음습한 바람이 휭 끼친다.
> "아니……?"
> 참위는 우선 미닫이를 닫고 눈을 비비고 초시를 들여다보았다. 안
> 초시는 벌써 아니오, 안 초시의 시체일 뿐, 둘러보니 무슨 약병인 듯
> 한 것 하나가 굴러져 있다.
> 참위는 한참 만에야 이 일이 슬픈 일인 것을 깨달았다.

자기와 성격이 다른 안 초시를 곧잘 흉본 서 참위이지만 서 참위는 안 초시를 동정하고 있었다. 두 노인들만 그런 건 아니다. 『복덕

방』의 이 노인들은 서로 처지를 잘 알고 있기에 서로를 동정하는 둘도 없는 친구들이다. 그렇기에 안 초시의 변사체를 본 서 참위의 슬픔은 여간 큰 게 아니다. 그런데 소설은 바로 여기서 멈추지 않는다. 소설은 다시 한번 근대 예술가 안경화의 위선, 즉 근대인의 위선을 보여 준다.

아버지 자살 소식을 전해 들은 안경화는 먼저 자기 명예부터 걱정한다. 세상 사람들의 비난이 걱정되기에 그렇다. 그래서 안경화는 서 참위에게 이 사건을 경찰서에 알리지 말기를 간청한다. 아버지의 죽음이 슬픈 게 아니라 자기 명예가 깎이는 게 안경화에게는 더 큰 걱정거리였다. 이렇게 안경화의 반응은 이기적이다. 이 이기적 반응을 근대인들의 반응이라고 일반화할 수는 없다. 그렇지만 안경화의 반응에서 우리는 근대인들의 냉혹성을 볼 수 있다. 아버지가 쓸쓸히 죽어 간 현장에서 자신의 명예를 먼저 염려하는 딸. 「복덕방」은 소멸의 운명에 놓인 쓸쓸한 노인들의 처지만이 아니라 그 노인들을 하대하는 근대인의 반응을 동시에 말해 주고 있다.

안경화의 이런 반응이 과장된 표현 같은가? 그렇지 않다. 안경화의 반응은 충분히 예상 가능한 행동이다. 인정과 의리가 사라진 시대에서 안경화 같은 속물은 얼마든지 존재할 수 있기에 말이다. 「복덕방」의 결말을 주시할 필요가 있다. 「복덕방」의 결말은 안 초시의 영결식으로 마무리된다. 죽고 나서야 행복해진 안 초시. 이제 안 초시는 더 이상 딸에게 추궁당하지도 않고 고장 난 안경다리 때문에 걱정할 필요가 없다. 이런 안 초시를 생각하며 진정으로 슬퍼하는 이들은 서 참위와 박 영감이다. 다른 조객들의 슬픔은 연기에 불과하다. 이 연기는 안경화를 효녀로 만들어 준다. 식민지 조선의 현대 무용가로 유명세를 얻고 있는 안경화는 이 영결식장에서 효녀로 탄생하고 있다.

　그렇다면 안 초시는 모독받고 있는 것이다. 죽고 나서도 사람 대접받지 못하는 안 초시가 아닌가. 작가는 이런 안 초시를 연민의 시선으로 바라봐야 한다고 독자들에게 강요하지 않는다. 그렇지만 이 소설의 독자라면 누구도 예외 없이 시대의 변화에 밀려나고 자식에게까지 푸대접받는 안 초시를 연민의 시선으로 바라보게 될 것이다. 안 초시의 죽음에는 인간의 비극적 본성이 숨어 있기에 독자들은 어느새 안 초시를 연민의 시선으로 바라보게 마련이다. 남은 두 노인은 여생을 어떻게 보낼까? 두 노인이 자살하지 않을 수도 있다. 그러나 그들의 여생은 행복할 것 같지 않다. 그들의 여생은 희망 없는 일상의 지루한 반복이 될 것 같다.

**더 생각해볼 문제들**

1. 세대마다 갈등이 있기 마련이다. 「복덕방」에도 세대 갈등이 나온다. 특히 안 초시와 그의 딸 안경화의 갈등은 세대 갈등으로 해석될 수 있다. 이들의 갈등이 어떤 점에서 세대 갈등으로 해석될 수 있는지 생각해 보자.

    안 초시와 안경화는 부녀지간이다. 그런데 이들은 부녀지간이면서 동시에 왕조 시대와 식민지 근대의 생리와 성격을 표상하는 인물로 등장하고 있다. 그런 점에서 이들의 갈등은 가족 구성원의 갈등이기도 하지만 더 본질적으로는 왕조 시대의 구(舊) 인물과 식민지 근대의 신세대 사이에 일어나는 갈등으로 해석될 수 있다. 이 갈등을 감당할 자신이 없었던 안 초시는 자살을 선택한다. 좀 더 엄밀히 말하자면 안 초시의 자살은 주체적인 선택이 아니라 강요된 죽음일 수 있다.

2. 「복덕방」은 작가가 자기의 생각이나 가치관을 '말하는' 소설이 아니라 어떤 문제적인 현상을 '보여 주는' 소설이다. 보여 주는 소설의 장단점을 생각해 보자.

    「복덕방」은 어떤 특정 주제를 작가가 직접적으로 말해 주는 소설이 아니다. 「복덕방」은 문제적인 장면이나 사건 혹은 작중인물들의 갈등을 보여 주는 소설이다. 보여 주는 소설은 독자의 상상력을 자연스럽게 유도하는 장점이 있다. 그 보여 줌의 문학적 의미를 독자들이 사려 깊게 이해하기 위해서는 기본적으로 능동적인 태도로 텍스트를 읽어야 한다. 그런데 보여 주는 소설은 때로 어떤 문제적인 현상에 대해 작가의 판단을 유보하거나 생략한다는 비판을 받기도 한다.

3. 이태준은 성격 창조에 능한 작가이다. 「복덕방」의 세 노인들도 각각 성격이 다르다. 이 세 노인이 어떤 성격을 지니는가를 말해 보자.

    안 초시가 다소 속이 좁아 쉽사리 토라진다면 서 참위는 상대적으로 호방하다. 안 초시는 야망의 인물이기는 하지만 땅 투기에 실패하자 자살이라는 극단적인 방식을 취할 정도로 주체적 의지가 결여된 소극적 인물이다. 반면 서 참위는 변모된 시대에 적응할 줄 아는 처세술이 있으며 친구의 죽음을 방관하지 않는 의리가 있다. 안분지족의 여유가 있는 박희완 영감은 안 초시처럼 쉽게 토라지거나 자기 처지를 크게 비관하지 않는다. 심사숙고하는 스타일도 아니며 끈질기게 자기 계획을 추구하는 스타일도 아니다.

**추천할 만한 텍스트**

『이태준 전집』, 이태준 지음, 깊은샘, 1988.

---

**양진오(梁鎭午)**

대구대학교 국어국문학과 교수.

서강대학교 국어국문학과를 졸업하고 동 대학원에서 박사 학위를 받았다. 경주대학교 국어국문학과 교수를 역임했으며 문학평론가로 활동 중이다. 저서로 『전망의 발견』, 『임철우의 봄날을 읽는다』 등이 있다.

거지반 집에 다 내려와서 나는 호드기 소리를 듣고 발이 딱 멈추었다.

산기슭에 널려 있는 굵은 바윗돌 틈에 노란 동백꽃이 소보록하니 깔리었다.

그 틈에 끼여 앉아서 점순이가 청승맞게시리 호드기를 불고 있는 것이다.

그보다도 더 놀란 것은 그 앞에서 또 푸드덕푸드덕 하고 들리는 닭의 횃소리다.

필연코 요년이 나의 약을 올리느라고 또 닭을 집어내다가 내가 내려올 길목에다

쌈을 시켜 놓고 저는 그 앞에 앉아서 천연스레 호드기를 불고 있음에 틀림없으리라.

— 「동백꽃」 중에서

## 김유정 (1908~1937)

강원도 춘천에서 태어나, 여섯 살 되던 해부터 서울에서 생활했다. 휘문고보를 거쳐 연희전문 문과를 중퇴했다. 그가 고등학교에 재학 중이던 시절, 형이 아버지로부터 물려받은 재산을 모두 탕진한 후 솔가하여 실레 마을로 내려갔다. 이때부터 삼촌 집에 머물게 된 김유정은 방황하던 중에 친구 안회남의 권유로 소설을 쓰기 시작했다. 1933년 「산골나그네」를 발표했다. 1935년 《조선일보》 신춘문예에 「따라지 목숨」을 투고해 당선되었다. 이후 「금따는 콩밭」, 「떡」, 「만무방」, 「산골」, 「봄봄」, 「동백꽃」 등의 작품을 발표했으며, 구인회의 동인으로 활동했다. 1937년 3월 29일, 스물아홉 살의 나이에 폐결핵으로 사망했다.

# 고통을 이기는 해학의 힘
# 김유정(金裕貞)의 「동백꽃」

김영민 | 연세대학교 국어국문학과 교수

## 불행한 작가의 행복한 소설 쓰기

철이 들 무렵부터 김유정의 삶은 고달팠다. 일찍 어머니를 여의었고, 누구보다 자신을 아끼던 아버지마저 곧 세상을 떠났다. 대지주였던 아버지는 많은 유산을 남겼지만, 그가 성장하기도 전에 형이 그 재산을 모두 써 버렸다. 삼촌 집과 누나 집을 떠돌던 그는 어느 날 박녹주라는 여인을 보고 마음을 빼앗기지만, 짝사랑에 그칠 뿐 돌아오는 것은 아무것도 없었다. 대학마저 그만두고, 시골로 내려가 들병이(병에다 술을 가지고 다니면서 파는 사람)와 어울려 방황하는 시간이 길어졌다. 그렇게 나락으로 떨어져 가던 그를 구원해 올린 것이 소설이었다. 그는 언제나 가난에 쫓기었고, 병마에 시달렸다. 약을 사 먹을 돈도, 심지어는 원고지를 살 돈조차도 없었다.

하지만 그럼에도 불구하고 김유정에게 소설을 쓰는 시간은 나름대로 행복했던 시간이었던 것 같다. 가난과 외로움, 그리고 병마와 싸우고 있던 그가 어찌 그리 깊은 해학과 웃음이 넘쳐 나는 소설을 쓸 수 있었는지는 참으로 아이러니가 아닐 수 없다.

## 동백꽃 피는 산골의 해학적 사랑

「동백꽃」은 1936년 5월 『조광』에 발표된 단편소설로, 나와 점순이 사이에서 일어나는 일화를 바탕으로 한 작품이다.

나는 산으로 나무하러 가는 길에, 우리 집 수탉이 점순이네 수탉에게 마구 쪼이는 광경을 목격한다. 나는 두 눈에서 불이 번쩍 났지만 별다른 도리가 없어 참고 지나간다. 요즈음 들어 점순이는 부쩍, 나와 우리 집 수탉을 못살게 군다.

나흘 전의 일만 해도 내가 잘못한 것은 전혀 없었다. 그날 점순이는 일하는 나에게 찾아와 더운 김이 나는 굵은 감자를 내밀며 얼른 먹으라고 한다. 하지만 "느 집엔 이거 없지?"하는 말에 속이 상한 나는 그 감자를 도로 밀쳐 버렸다. 그러자 숨소리가 거칠어지고 얼굴이 새빨개진 점순이는 눈에 독을 올리고 한참 나를 쏘아보더니, 바구니를 집어 들고는 논둑으로 달아나 버렸다. 그 일이 있은 후 점순이는 나를 보면 잡아먹으려고 기를 쓴다. 다음날 저녁, 내가 나무를 한 짐 지고 산을 내려오는데 어디서 닭이 죽는 소리를 친다. 점순이가 우리 집 닭을 잡아다가 붙들어 놓고는 죽어라고 패고 있었던 것이다. 내가 산에서 내려올 때를 겨냥해 미리부터 닭을 잡아가지고 있다가 보란 듯이 한 행동임이 분명하다. 겨우 닭을 돌려받아

나오는 나에게 점순이는 "애! 너, 배냇병신이지?", "애! 너 느 아버지가 고자라지?" 하며 소리친다.

점순이에게 당할 수만은 없었던 나는 우리 닭에게 고추장을 먹여 싸움을 시켜 보지만 그것도 뜻대로 되지 않는다. 오늘도 산에 올라 나무하는 일을 마친 나는 지게를 지고 부리나케 언덕을 내려오다가 또다시 닭싸움 광경을 목격하게 된다. 점순이가 또 우리 닭을 꺼내다 싸움을 시키고 있었던 것이다. 가까이 와서 보니 우리 수탉이 피를 흘리고 거의 빈사 지경에 이르렀다. 나는 대뜸 달려들어 지게 막대기로 점순이네 수탉을 단매로 내리쳤다. 닭은 엎어진 채 그대로 죽어 버렸다. 그러자 점순이가 매섭게 눈을 흡뜨고 달려든다. 갑자기 내가 저지른 일의 심각성을 깨달은 나는 얼떨결에 엉 하고 울기 시작했다. 그러자 점순이가 앞으로 다가와 "그럼, 너 이담부텀 안 그럴 터냐?" 하고 다그친다. 무조건 안 그러겠다고 대답하자 점순이는 "닭 죽은 건 염려 마라. 내 안 이를 테니" 하고는, 무엇에 떠다 밀렸는지 나의 어깨를 짚은 채 그대로 픽 쓰러진다. 그 바람에 나도 겹쳐서 쓰러지며 한창 피어 퍼드러진 노란 동백꽃 속으로 파묻혀 버렸다. 그때 점순이 어머니가 큰 소리로 점순이를 부르는 소리가 들린다. 점순이는 겁을 잔뜩 집어먹고 꽃 밑을 살금살금 기어서 산 아래로 내려가고, 나는 바위를 엉금엉금 기어서 산 위로 도망을 간다.

이 작품을 읽고 나면 누구나 절로 웃음이 나온다. 특히 마지막 장면은 손에 잡힐 듯 그림이 그려진다. 갑자기 무엇에 떠밀린 듯 나를 밀치고 쓰러지는 점순이의 모습과, 엉겁결에 쓰러져 동백꽃 속에

강원도 춘천시 신동면 증리 '실레마을'에 조성된 김유정문학촌 김유정 생가.

파묻힌 두 사람, 이어서 등장하는 점순이 어머니의 역정스런 외침. 그리고 이내 겁을 집어먹고 산 위와 산 아래로 각각 줄행랑을 치는 두 사람. 이러한 그림들이 눈앞을 스치고 지나가면 독자는 농촌의 사실적 정경과 그 삶에 대한 풋풋한 느낌을 떠올리게 된다. 아무런 가식이나 꾸밈이 없는, 그래서 아주 담백한 느낌을 가져다 주는, 그리하여 결국은 모든 독자가 미소를 짓도록 만드는 작품이 바로 「동백꽃」인 것이다.

## 순수한 인간, 아름다운 자연

「동백꽃」에 등장하는 나와 점순이는 모두 열일곱 사춘기의 소년 소

김유정 생가 뜰에 세워진 그의 동상.

녀들이다. 이성에 눈뜬 점순이는 귀한 봄감자를 나에게 몰래 가져다 주는 것으로 자신의 관심을 표명한다. 하지만 나는 그것을 그대로 밀쳐 버린다. 자존심이 상한 점순이는 이후 계속해서 우리 집 수탉을 괴롭힌다. 점순이가 우리 집 수탉을 그렇게 괴롭히는 이유를 나는 잘 이해하지 못한다. 내게 특별한 잘못이 없기 때문에 점순이가 그렇게 나와야 할 이유 역시 없다고 생각하는 것이다. 나와 우리집 닭을 괴롭히는 점순이에게 나는 당장이라도 복수를 할 수 있다. 하지만, 내가 그렇게 하지 않는 데에는 이유가 있다. 이는 어른들사이의 복잡한 관계 때문이다. 점순이 부모는 마름이고, 나의 부모는 소작이다. 따라서 내가 점순이에게 무슨 일이든 저질렀다가는 우리는 소작마저 잃고 쫓겨나기 십상인 처지였던 것이다.

설혹 주는 감자를 안 받아 먹은 것이 실례라 하면, 주면 그냥 주었지 "느 집엔 이거 없지"는 다 뭐냐. 그렇잖아도 즈이는 마름이고 우리는 그 손에서 배재를 얻어 땅을 부치므로 일상 굽실거린다. 우리가 이 마을에 처음 들어와 집이 없어서 곤란으로 지낼 제 집터를 빌리고 그 위에 집을 또 짓도록 마련해 준 것도 점순네의 호의이었다. 그리고 우리 어머니 아버지도 농사 때 양식이 달리면 점순네한테 가서 부지런히 꾸어다 먹으면서 인품 그런 집은 다시 없으리라고 침이 마르도록 칭찬하고 하는 것이다. 그러면서도 열일곱씩이나 된 것들이 수군수군하고 붙어다니면 동리의 소문이 사납다고 주의를 시켜 준 것도 또 어머니였다. 왜냐하면 내가 점순이하고 일을 저질렀다는 점순네가 노할 것이고, 그러면 우리는 땅도 떨어지고 집도 내쫓기고 하지 않으면 안 되는 까닭이었다.

어머니가 수시로 내게 주의를 환기시켜 준 덕에 나는 그동안 울분이 터지는 상황을 용케도 잘 참고 지내 왔다. 하지만, 나는 더 이상 참지 못하고 결국 점순이네 수탉을 죽여 버리게 된다. 일을 저지른 나는 "그러고 나서 가만히 생각을 하니 분하기도 하고 무안도 스럽고 또 한편 일을 저질렀으니 인젠 땅이 떨어지고 집도 내쫓기고 해야 될는지 모른다"는 두려움에 사로잡힌다. 하지만, 점순이는 너그럽게 나의 잘못을 눈감아 주고, 나를 밀쳐 쓰러뜨린다. 점순이에게 밀려 동백꽃 속에 파묻힌 나는 알싸한, 그리고 향긋한 냄새에 땅이 꺼지는 듯 정신이 아찔해진다.

「동백꽃」에는 1930년대 당시 농촌의 소작인과 마름의 관계라고 하는 사회적 신분 관계가 중요한 배경으로 깔려 있다. 하지만, 이 작품에서는 그러한 신분 관계가 등장인물 사이의 갈등을 부추기는 요소가 아니다. 그보다는 오히려 해학을 불러일으키는 중요한 장치로서의 기능을 담당하게 된다. 화해보다는 대립을, 웃음보다는 갈등을 불러일으키기에 적당한 장치를 바탕에 깔고 이렇게 풋풋한 웃음을 자아내는 능력이야말로 다른 어떤 작가에게서도 발견하기 어려운 김유정 문학의 큰 성과이자 특색이 아닐 수 없다. 독자들이 「동백꽃」을 읽으며 발견하게 되는 것은 아직 때가 묻지 않은 등장인물들의 담백하고 순수한 모습이며, 전혀 오염되지 않은 토속적 자연의 아름다움, 이른바 향토적 서정성이다.

## 웃음과 눈물을 자아내는 농촌의 아픈 모습들

「동백꽃」과 짝을 이루는 작품으로는 「봄봄」을 생각해 볼 수 있다. 「봄봄」은 1935년 12월 『조광』에 발표되었다. 두 작품이 약간의 시차를 두고 같은 지면에 발표된 것이다. 이 두 작품은 모두 당시대의 시골 마을을 배경으로 하고 있으며, 작품의 여주인공의 이름 또한 점순이로 동일하다. 해학이 넘쳐 나는 작품이라는 점 또한 유사하다. 「봄봄」에서도 이야기의 서술자는 '나'이다.

나는 혼인을 하기로 약조하고 점순이네 집에 데릴사위로 들어가 열심히 일을 한다. 하지만 돈 한 푼 안 받고 꼬박 3년을 일했지만 아직도 성례를 시켜 주지 않는다. 점순이 키가 좀 더 자라야 한다는 것이 장인의 말이다. 그런데 점순이의 키는 조금도 변화가 없다. 나는 애초부터 이 계약이 잘못되었다는 생각이 들기 시작한다. 기한을 딱 정해 놓고 일을 시작할 것을, 덮어놓고 딸이 자라는 대로 성례(成禮)를 시켜 준다는 제안을 받아들인 것이 잘못이었다.

언젠가는 하도 답답해서 자를 가지고 덤벼들어 점순이 키를 재 보려고 했지만, 장인이 내외를 하라고 해서 서로 이야기조차 못하는 신세가 되어 버렸다. 나는 점순이 키가 크지 않는 이유에 대해 생각해 보았다. 물동이를 자꾸 이니까 뼈가 움츠러드나 보다 하고 넌지시 물을 대신 길어다 주기도 했다. 서낭당에 돌을 올려 놓고 치성을 드린 것도 한두 번이 아니었다.

봄이 되자 온갖 초목에 물이 오르고 싹이 튼다. 내가 보기에는 점순이도 이제 부쩍 자란 듯싶다. 계속 성례를 거부하는 장인과 나는, 어느 날 구장님을 찾아 사정을 이야기하고 판단을 구한다. 하지만 구장은 나에게 농사가 한창 바쁠 때 일을 안 하면 손해 죄로 징역을 갈 수 있다고 가르쳐 준다. 그래서 나는 다시 아무 말 없이 일을 시작했다. 그런데 구장에게 갔다가 그냥 돌아온 나를 향해 점순이가 구장에게 갔다 그냥 돌아오는 바보가 어디 있냐고 종알거린다. 점순이의 말에 용기를 얻은 나는 장인과 싸움을 벌인다. 장인을 거의 까무러치게 만들자 장인은 나에게 '할아버지'라고 부르며 살려 달라고 애원한다. 그래도 안 되니까 큰 소리로 점순이를 부른다. 달려오는 점순이와 장모를 보며, 나는 의당 점순이만은 내 편을 들 것이라고 기대한다.

하지만 점순이는 내게 달려들면서 아버지 죽인다고 탓하며 야단
을 한다. 나는 장인에게 머리가 터지도록 매를 얻어맞았다. 싸움이
끝난 뒤 장인은 터진 머리를 손수 지져 주며, 올 가을에는 꼭 성례를
시켜 줄 것이니 아무 말 말고 가서 콩밭이나 갈라고 한다. 나는 쫓겨
나지 않은 것을 다행으로 여기고 얼른 지게를 지고 일터로 간다.

이 이야기 속에는, 1930년대 당시 농촌이 지니고 있던 문제점들
이 사건의 배경으로 자리 잡고 있다. 「봄봄」의 장인은 자신의 딸들
을 이용해 상습적으로 데릴사위를 바꾸어 들이는 인물이다. 노동의
대가를 전혀 지불하지 않은 채 노동력만을 활용하는 것이다. 주인
공인 나는 그것이 잘못된 것임을 마을의 구장님에게 항변한다. 이
렇게 잘못된 풍습을 바로잡을 수 있는 위치에 선 인물이 이 작품에
서는 구장이다. 하지만 구장은 일방적으로 장인의 편을 들고, 심지
어 나에게 잘못하면 징역을 가게 된다고 협박을 한다. 그 이유는 어
디에 있는가? 이는 「동백꽃」에서와 마찬가지로, 마름과 소작이라
는 관계에 있다. 장인은 동리의 마름이었고 구장은 그 아래 소작농
이었던 것이다. 이런 상황에서 장인에게 땅을 얻어 부치고 있는 구
장이 취할 수 있는 태도는 너무나 빤한 것이다.

「동백꽃」의 점순이가 내면적으로 나보다 성숙한 인물이었듯이,
「봄봄」의 점순이 역시 그러하다. 나는 성례가 되지 않은 이유의 상
당 부분을 실제로 점순이의 키가 크지 않는 데 있다고 받아들인다.
그래서 "개돼지는 푹푹 크는데 왜 이리 사람은 안 크는지" 곰곰이
생각하고 나름대로 그 처방을 찾아보았던 것이다. 하지만, 점순이
는 성례가 되지 않는 원인이 자신의 아버지에게 있다는 사실을 나

에게 확인시켜 준다. 점순이의 태도에 용기를 얻은 나는 장인과 싸움을 시작하지만, 결과는 나의 완패로 끝난다. 싸움이 그렇게 완패로 끝나게 된 가장 중요한 이유는, 믿었던 점순이가 내 편이 아니라 장인 편을 들었다는 사실에 있다. 사태가 모두 수습된 이후에도 나는 점순이가 왜 장인 편을 들었는지 이해하지 못한다.

「봄봄」의 나는 분명 모자라는 인물이다. 그러면서도 또한 아주 순박한 인물이다.「봄봄」이 독자들의 웃음을 자아내는 가장 중요한 이유가 여기에 있다. 모자라면서도 순박한 인물의 판단과 그에 따른 행동을 보며 독자는 미소를 짓게 되는 것이다. 나의 행동에는 전혀 악의가 없다. 일을 하다 말고 배가 아프다고 논둑에 누워 버리는 것이나, 심지어 장인의 바짓가랑이를 꽉 움켜쥠으로써 그를 곤경에 빠뜨리는 행위 등이 모두 그러하다.

「동백꽃」과「봄봄」의 작가 김유정에 대한 평판은 매우 긍정적이다. 그에 대해서는 한국 문학의 골계적 전통을 잇고 있는 작가라거나, 토착미의 발굴에 기여한 작가라는 평판이 언제나 따라다닌다. 1930년대의 대표적 문학 모임 가운데 하나인 '구인회'의 동인으로서 체득한 순수예술성과, 사회 비판적 안목을 적절히 결합시켜 작품화한 작가라는 평가 역시 이루어진다. 1930년대 농촌의 모습과 마름, 소작농의 문제를 적절히 제기한 작가라는 평가도 있다. 그러나 모든 첨예한 사안들을 웃음으로 마무리 지어 버리는 김유정의 창작 수법이, 현실에 대한 저항의 의지를 약화시킨다는 비판이 없는 것은 아니다. 하지만 김유정의 이러한 창작 수법이 당시의 농촌 현실에 대해 무지하거나, 사회의식의 부족에서 왔다고 보는 것은 잘못이다. 「만무방」과 같은 작품을 보면 이를 잘 알 수 있다.

「만무방」의 주인공 응오는 추수 때가 되어도 추수를 하지 않는다. 그 이유를 작가는 다음과 같이 전해 준다.

그것은 작년 응오와 같이 지주 문전에서 타작을 하던 친구라면 묻지는 않으리라. 한 해 동안 애를 졸이며 홀자식 모양으로 알뜰히 가꾸던 그 벼를 거둬들임은 기쁨에 틀림없었다. 꼭두새벽부터 엣, 엣 하며 괴로움을 모른다. 그러나 캄캄하도록 털고 나서 지주에게 도지를 제하고, 장리쌀을 제하고, 삭초('색조'의 사투리. 정부나 지주가 곡식의 질을 보려고 더 받던 곡식)를 제하고 보니 남는 것은 등줄기를 흐르는 식은 땀이 있을 따름. 그것은 슬프다 하니보다 끝없이 부끄러웠다. 같이 털어 주던 동무들이 뻔히 보고 섰는데 빈 지게로 덜렁거리며 집으로 돌아오는 건 진정 열쩍기 짝이 없는 노릇이었다.

결국 김유정은 「만무방」에서, 자신의 논에서 자신의 벼를 '훔쳐다' 먹어야 하는 기구한 농민들의 삶의 모습을 그려 낸다. 그는 웃음만이 아니라, 눈물을 함께 그려 내는 작가이기도 했다.

김유정이 「동백꽃」과 「봄봄」 등의 해학성 짙은 작품을 쓸 수 있었던 것은 식민지 시대의 농촌을 몰랐기 때문이 아니다. 그보다는 오히려 눈물과 웃음이 공존하는 그 시대의 농촌을 누구보다 잘 알고 있었기 때문에 이러한 독자적 유형의 작품 창작이 가능했던 것이다.

## 더 생각해볼 문제들

1. 흔히, 점순이는 적극적으로 행동하는 인물이고 나는 수동적인 인물이라고 평가한다. 이러한 평가의 근거가 되는 부분들을 작품에서 찾아 구체적으로 지적해 보자. 아울러 점순이에 비해 내가 수동적이 될 수밖에 없는 이유가 무엇인지 생각해 보자.

2. 김유정의 작품 세계에는 이른바 토속적 아름다움이 담겨 있다는 지적이 많다. 그가 토착미의 발굴에 기여한 작가라는 평기를 내리는 것도 이와 동일한 맥락에서 이해할 수 있다. 「동백꽃」을 보면서 이러한 지적의 근거에 대해 생각해 보자. 특히 작품의 배경이나 인물이 사용하는 언어 등을 중심으로 이 문제를 생각해 보자.

3. 김유정 소설의 배경이 되는 장소는 대부분 농촌이다. 아울러 시간적으로 보면 일제하, 1930년대가 대부분이다. 따라서 김유정 소설은 대체로 당시 농민의 생활 감정과 습속을 보여 주며, 때로는 그들의 내면적 모습을 함께 드러낸다는 평가를 받는다. 하지만 이러한 농촌의 생활상과 농민의 모습이 실제 농촌 및 농민의 본질적 모습과는 거리가 있다는 비판도 없지 않다. 「동백꽃」과 「봄봄」을 매개로, 이러한 비판의 근거에 대해 생각해 보고 그 비판에 대한 자신의 입장을 정리해 보자.

**추천할 만한 텍스트**

『김유정 전집』, 김유정 지음, 현대문학사, 1968.
『원본 김유정 전집』, 김유정 지음, 강, 1997.
『김유정 전집』, 김유정 지음, 가람기획, 2003.

**김영민(金榮敏)**

연세대학교 국어국문학과 교수.

연세대학교 국어국문학과를 졸업하고 동 대학원에서 박사 학위를 받았다. 전북대학교 조교수, 미국 하버드 대학교 옌칭연구소 객원교수를 역임했다. 전공 분야는 한국 근대소설사 및 비평이다. 그동안 지은 책으로 『한국 문학 비평 논쟁사』, 『한국 근대소설사』, 『한국 현대문학 비평사』, 『한국 근대소설의 형성 과정』 등이 있다.

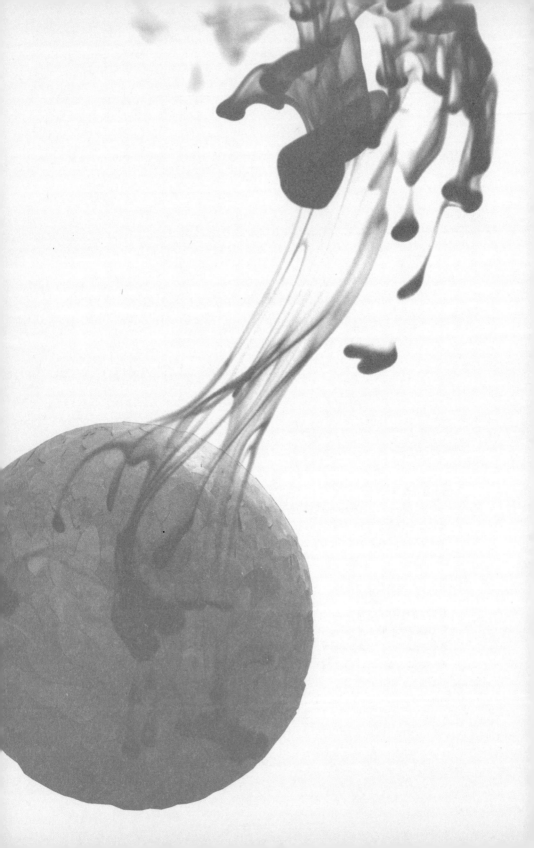

# II

# 역사의
# 수레바퀴

즐겁던 과거며 희망으로 찬 장래며,

모든 것은 오늘날 이 자리에서 속절없이 사라져 버렸다.

무엇을 바라고 살랴? 누구를 바라고 살랴?

망국 인종 ― 수모와 경멸밖에는 아무것도 없을

이런 명색 아래 살아가야 할 것이 딱하기가 짝이 없었다.

― 『젊은 그들』 중에서

## 김동인 (1900 ~ 1951)

호는 금동(琴童). 평안남도 평양에서 태어났다. 일본 메이지 학원 중학부를 졸업하고 카와바따 미술학교를 중퇴
했다. 1919년 2월에 우리나라 최초의 문예 동인지인 『창조』와 『영대』를 창간했다. 1935년에는 『야담』의 경영인
겸 고정 집필자로 나섰으나 생활이 호전되지는 않고 건강은 극도로 악화되었다. 한국전쟁이 일어나자 몸을 못 움
직일 정도로 건강이 악화된 김동인은 1951년 1월 5일 인민군 치하의 서울에서 혼자 눈을 감았다. 대표작으로
「약한 자의 슬픔」, 「마음이 옅은 자여」, 「목숨」, 「배따라기」 등이 있다.

# 01

# 운명의 의미

# 김동인(金東仁)의 『젊은 그들』

양진오 | 대구대학교 국어국문학과 교수

## 신이 되고자 한 사내

예술의 신이 되고자 한 사내가 있었다. 그러나 아쉽게도 그는 예술의 신이 될 수 없었다. 신이 되기를 열렬히 갈망했으나 그는 아주 초라하게 자기 생을 마치고 만다. 피폐한 육신으로 아무도 없는 텅 빈 방에서 눈을 감을 정도로 그의 말년은 외로웠고 비참했다. 누굴까? 바로 김동인이다.

조선 문단에서 예술의 신이 되리라 염원한 김동인. 그런 김동인이 의식한 작가가 있었다. 이광수였다. 평생을 두고 김동인은 이광수를 라이벌로 생각했다. 스스로 예술의 신이 되기를 바란 이상 조선 문단의 일급 작가로 인정받는 이광수를 뛰어넘어야 했다. 그렇지 않고서는 신의 자리를 차지할 수 없기에 말이다. 김동인이 보기

서울 어린이대공원 야외음악당 옆에 자리 잡은 김동인의 흉상과 문학비.

에 이광수 문학은 계몽의 언어로 작성된 도덕이었다. 김동인이 하고자 한 문학은 도덕의 문학이 아니었다. 바로 작가의 개성적인 상상력이 폭발적으로 표출되는 문학이었다.

김동인의 대표적 소설 「광화사」, 「광염소나타」를 생각해 보라. 이 소설의 주인공들은 현실에 그 유례가 없는 극단의 예술적 욕망을 실천하는 예술가들이다. 이 두 예술가들은 현실의 예술가들을 재현한 것이 아니라 김동인의 상상력이 창조한 예술가들이다. 충격적인 발언과 엽기적인 행위를 과감하게 쏟아 내는 예술가들이며, 예술을 위해서라면 타자들에 대한 충동적인 폭력도 무방하다고 생각하는 반도덕주의자들을 김동인은 한국 문학사에 등재시키고 있다.

그 어떤 비교도 허락하지 않는 개성적인 상상력의 실현은 김동인이 그토록 갈망하며 성취하고자 한 근대문학의 표정이었다. 작가가 되기를 원하는 자라면 마땅히 개성적인 상상력이 있어야 한다고 김동인은 생각하고 있었다. 그런데 놀랍게도 김동인은 이러한 상상력으로 역사소설을 집필했다. 본래 역사소설은 작가의 개성적인 상상력을 반기지 않는 장르다. 역사소설이 근대의 합리적 성격을 구체적으로 반영하는 장르라는 점을 감안하자면, 역사소설에 대한 김동인의 태도가 얼마나 파격적인가를 확연히 알 수 있다. 그렇지만 김동인에게 중요한 건 자신의 상상력을 실험하는 역사소설이다. 그에게는 역사소설의 규범이 중요한 것이 아니었다. 자신의 상상력이 규범보다 더 앞자리에 놓여 있었다. 그는 진정 한국 근대문학사에서 희귀한 존재임이 틀림없다.

『젊은 그대』는 살림이 어려워진 김동인이 호구지책으로 《동아일보》에 연재한 역사소설로 알려져 있다. 그러나 이 소설을 그렇게만 읽어서는 곤란하다. 이 소설이 호구지책으로 연재된 건 사실이지만 너무 이 점을 앞세울 필요는 없다. 김동인이 어떤 성격의 역사소설을 만들어 냈는가를 주목하며 이 소설을 읽는 것이 현명한 독자의 몫이다. 김동인은 이렇게 말하고 있다.

「허생전」과 「일설 춘향전」은 물어(物語)라고밖에는 말할 수가 없는 종류이다. 그것은 소설로서의 조건을 갖지 못하였으니 소설이랄 수도 없는 자요, 사화(史話)의 부에 들 수도 없는 것이요 한 개 이야기로밖에는 분류할 수가 없다.

「마의 태자」, 「단종애사」, 「이순신」의 삼 편은 또한 사화라는 특수한
부류에 집어넣을 수밖에 없다.
이것은 소설이 되기에는 너무도 사실에 충실하여 작자의 주관이 제
거되어 있으며, 소설로서의 말미도 미비하고 사실적 말미가 있을 뿐
사담(史談)으로 보기에는 아직 담(談)으로서의 전개가 없으니 사화로
볼밖에 없다.


　　김동인은 이광수의 역사소설이 너무도 사실에 충실한 까닭에 문
제라고 비판하고 있다. 그에 따르면, 사실에 충실한 「마의 태자」,
「단종애사」, 「이순신」은 소설이 아니라 사화에 불과하다. 작가의
주관이 있어야 하는데, 그렇지 않기에 이들을 소설로 볼 수 없다고
김동인은 말하고 있다. 물론 이건 어디까지나 김동인의 발언으로
이 발언에 찬동하지 않을 독자들이 얼마든지 있을 수 있다. 그러나
이 자리에서는 작가의 주관, 즉 작가의 상상력을 중시하는 김동인
의 발언을 존중해 주기로 하자. 문제는 김동인이 이광수의 역사소
설을 비판한 이상 독자들에게 역사소설의 새로운 사례를 보여 주어
야 한다는 데 있다. 『젊은 그들』이 그러한 예에 해당되는 것이 분명
하다.

## 상상력이 역사를 만나면

1929년 9월부터 《동아일보》에 연재된 『젊은 그들』은 홍선대원군
(興宣大院君)[1] 이하응[2]의 재집권을 도모하는 젊은이들의 투쟁과
우정, 사랑을 이야기하는 소설이다. 먼저 알아 둘 것이 있다. 『젊은

그들』은 대원군의 집권과 몰락이 진행된 구한말을 배경으로 하지만 그 시절의 정세를 구체적으로 고증하지는 않는다는 것을 말이다. 역사소설이 그 어떤 장르보다 환경과 인물과의 역동적인 관계를 면밀히 고찰하는 특징이 있지만 김동인은 이 환경의 실상을 고증하거나 복원하지는 않는다.

그렇다면 뭘까? 김동인은 도대체 어떤 성격의 역사소설을 쓰고 있는 것일까? 흥미롭게도, 김동인의 역사소설은 운명이라는 파고에 휩쓸려 비참하게 자기 생을 마치게 되는 영웅들의 삶을 이야기하고 있다. 그가 창조한『젊은 그들』의 인물들은 하나같이 고결한 목표와 비범한 열정을 지니고 있다는 점에서 영웅의 면모를 보여 주지만 그 영웅들은 그들의 의지대로 세계를 개조하는 것이 아니다. 그들은 파국의 운명에 휩쓸리는 나약한 존재로 자기 생을 마감한다. 열정의 힘으로 자기 생을 추동하다가 비운의 주인공이 되고 마는 이들은 하나같이 영혼의 스케일이 커 보인다. 그렇다. 김동인의 역사소설은 영웅들의 상승과 몰락이 교차하는 운명의 드라마와 같다.

---

1) 조선 왕조에서는 왕위를 계승할 적자손이나 형제가 없을 때 종친 중에서 왕위를 계승하게 했다. 왕위를 계승하는 신왕의 아버지를 일컫는 말이 대원군이다.

2) 영조의 5대손이며 고종의 아버지이다. 1843년(헌종 9) 흥선군에 봉해진다. 안동 김씨의 세도정치가 극심해지자 일부러 불량배들과 어울리며 감시를 피한다. 철종이 후사 없이 죽자 둘째 아들이 왕위를 이어받는다. 고종의 섭정이 되어 왕권을 강화하는 정치를 단행한다. 특권을 누린 서원을 철폐하여 재정 낭비와 당쟁의 요인을 없애기도 했지만 경복궁 중건으로 민중들의 원성을 받기도 했다. 1873년 최익현의 탄핵을 받는다. 고종이 친정을 선포하자 운현궁으로 은퇴한다.

흥선대원군의 초상.

　『젊은 그들』은 두 가지 방향으로 이야기가 전개된다. 하나는 대원군을 정점으로 전개되는 정치 이야기이며 다른 또 하나는 대원군의 집권을 도모하는 비밀 조직인 활민숙 내부 인물들의 의리와 사랑 이야기이다. 『젊은 그들』이 정치 이야기를 독자들에게 들려 줄 때 등장하는 인물은 대원군과 재영 그리고 재영의 스승인 이활민 선생 등이다. 여기서 대원군은 망해 가는 나라를 구할 당대 최고의 영웅 혹은 모범적인 정치가로 묘사된다. 그런데 소설이 주로 보여 주는 건 대원군의 쇠락한 모습이며 거기에서 연유하는 쓸쓸한 이미지이다.

사실 그의 마음은 쓸쓸하였다. 그것은 결코 잃어버린 정권에 대한
알끈함이 아니었다. 재선의 죽음도 그의 마음이 쓸쓸함을 돕기는 하
였으나 온전히 그것뿐도 아니었다. 자기가 만들어 놓았던 온갖 제도
가 차례로 깨어져 나가는 거에 대한 것도 아니었다. 민씨 일당의 승
세도 아니었다. 자기 및 자기 심복지인들의 영락도 아니었다.

이렇게 소설에서 대원군은 마음이 쓸쓸한 노인으로 자주 묘사된
다. 정권을 잃은 그가 할 수 있는 일이라곤 방 안에 앉아 죽은 아들
을 가슴 아프게 회고하거나 앞날 없는 나라의 정세를 염려하는 것
이다. 그는 미래의 전망을 상실한 기력 잃은 노인으로 묘사되고 있
으며, 이러한 묘사의 반복은 대원군의 장래가 불행해지리라는 것을
자연스레 암시해 주고 있다. 사정이 이렇기에 대원군을 정점으로
전개되는 정치 이야기는 어떤 특정한 정치적 이념을 완성하며 전개
되는 것이 아니다. 대원군은 그를 방문한 재영과 인호에게 자신의
정치적 소신을 밝히기도 하고 국정 운영의 고뇌를 토로하지만 이러
한 소신과 토로를 압도하는 것은 시대의 격랑에 서서히 파묻혀 가
는 노인의 회한이다. 이 소설이 흥미롭게 읽히는 이유가 바로 여기
에 있다. 독자들은 이 소설에서 '성격화된' 대원군을 만나고 있다.
영웅의 이면에 가려진 고독을 독자들은 보고 있다.

원래는 이렇다. 대원군의 위기는 좁게는 그를 실각시킨 민비 세
력, 더 크게는 국제적인 역학 관계에서 촉발된 복잡한 문제이다. 그
런데 김동인은 대원군의 위기를 심층적으로 해명하며『젊은 그들』
을 집필하는 것은 아니다. 김동인이 말하지 않았던가. 그렇게 쓰는

것은 사실을 과도하게 기록하는 사화라고. 김동인이 이 소설에서 주목한 건 파국을 피할 수 없는 비운의 영웅 대원군의 개성이다. 바로 이 점을 주목할 필요가 있다.

여기서 잠시 「배따라기」[3]를 생각해 보기로 하자. 흔히 「배따라기」는 사소한 오해로 촉발된 형제들의 비극을 그린 소설 같지만 꼭 그런 것은 아니다. 김동인이 이 소설에서 말하고 싶은 주제는 운명이라는 불길한 힘에 붙들린 인간의 파국과 고독이다. 쓸쓸한 유랑길에 오른 형제. 세월의 부질없는 흐름 앞에서 그들은 회한과 고독을 곱씹는다. 이러한 운명의 무게를 환기하는 것이 「배따라기」의 매력이다. 대원군도 그렇다는 말이다. 이미 말한 바와 같이, 대원군은 이 소설에서 영웅은 영웅이되 더 이상 상승할 수 없는 영웅, 스스로 자기의 비극적 행로를 예감하는 영웅으로 나온다는 말이다. 그렇기에 그는 고독하다.

> 격분과 애 가운데서 눈물에 젖은 눈을 들어서 태공을 바라보매, 태공은 흐르는 눈물을 씻으려고 하지 않고 눈을 힘 있게 감은 채로 얼굴을 하늘로 향하고 있었다. 태공의 오른편 반신에는 놀랍게 경련이 일고 있었다.
> 자, 재영, 진섭아! 좀 가까이 오너라. 마지막으로 네 등이라도 좀 두

---

3) 1921년 『창조』에 발표된 작품이다. 서정적인 애수가 흐르는 단편으로 액자 형식을 취하고 있다. 아내와 동생 사이를 의심한 형으로 인해 예기치 않은 사건이 일어난다. 쫓겨난 아내는 바다에서 시체로 발견되며 동생은 종적을 감춘다. 형은 동생을 찾아 20년 가까이 회한 어린 목소리로 배따라기 민요를 부르며 정처 없이 떠돈다.

드려 보자. 이제 가면 다시 살아서 돌아올 길을 바랄 수 없는 몸, 네
등이라도 좀 두드려 보자.

청군(淸軍)에 잡혀가는 대원군이 그를 추종하던 재영과 마지막
으로 만나는 장면이다. 이 장면에서 대원군은 격정과 울분, 체념을
동시에 표출하는 가련한 인간으로 등장하고 있다. 자신을 추종하는
재영에게 등이라도 두드려 달라고 말하는 대원군은 사랑하는 손자
와 헤어지기를 원치 않는 할아버지의 형상을 빼닮았다. 이렇게 김
동인의 상상력이 창조한 대원군은 고독한 인간의 전형으로 다가온
다. 김동인의 상상력은 전적으로 새로운 대원군을 창조하고 있는
것이다. 흥미롭지 않은가. 김동인의 상상력이.

## 열정 그리고 죽음

이제는 『젊은 그들』의 '그들'을 보기로 하자. 그들은 어떤 이야기의
주인공들인가? 활민숙에 거처하는 이 주인공들은 세상과는 거리를
둔 채 그들만의 연대와 우정을 돈독하게 다지고 있다. 연대와 우정
이 돈독한 이들이지만 알고 보면 세상의 흐름과는 완전히 괴리된
외로운 청춘들이다. 새로운 세상을 열려는 열정으로 충만해 있으나
그 열정은 외부로 확산되는 것이 아니다. 그들의 열정은 닫힌 열정
이며 궁극적으로는 소멸하는 열정이다. 이들도 대원군처럼 비운의
운명을 회피할 수 없는 주인공들이라는 말이다.

이 이야기를 이끌어 가는 핵심 인물은 재영으로, 재영은 한편으
로는 대원군과 만나며 정치 이야기를 이끄는가 하면 또 한편으로는

활민숙의 동지들을 만나며 우정과 사랑의 이야기를 이끌어 간다. 대원군이 정적인 인물로 등장한다면 재영은 동적인 인물로, 대원군이 하강의 인물로 등장한다면 재영은 상승의 인물로 등장한다. 대원군이 자기 전망을 상실한 노인이라면 재영은 집권 민씨 일가를 공격하는 열혈 청년이다.

이런 까닭에 『젊은 그들』은 제목 그대로 젊은 그들의 열정과 열망에 대한 소설로도 읽힌다. 흥미로운 점은 이 젊은이들이 하나같이 집권 세력인 민비 일족들에게 부모를 잃은 자식들이라는 점. 그렇기에 이들은 누구보다도 복수의 욕망에 사로잡힌 존재들이다. 그런데 이들의 복수는 합리적으로 해결될 수 있는 것이 아니다. 민비가 권력을 장악한 이상 이들의 복수는 비밀스럽게 수행되어야 할 작업이 될 수밖에 없다. 자, 여기서 좀 더 주목해야 할 것이 있다. 이 활민숙의 젊은이들은 어떤 공적인 이념을 공유한 의인(義人)들이 아니다. 이들을 결속시키는 힘은 이념이 아니라 복수의 집념이라는 것을 주시할 필요가 있다. 이들의 정의감 뒤에 복수심이 자리잡은 형국이다. 그러면 이들의 복수는 최종적으로 성공하는가? 그렇지 않다. 이들의 복수는 실패로 그치고 만다.

물론 몇 차례의 복수는 성공한다. 재영과 활민숙 동지들은 민씨 일가에게 반복적으로 해를 입힌다. 이들의 복수혈전으로 말미암아 크게 위축된 민씨들. 그러나 재영과 활민숙의 젊은이들에게도 위기는 다가오는 법. 재영은 민씨들에게 붙잡혀 사경을 헤매는 곤욕을 치르고 만다. 이어 활민숙을 덮치는 관군들. 재영과 그 동지들은 서로의 안부를 모른 채 몸을 숨겨야 했다. 그런데 더 큰 위기가 오고 만다. 대원군이 청나라로 붙들려 가는 위기가 온다. 지독하게 낙담하는 이들이다. 결국 전혀 예기치 않은 선택을 내린다. 세상과 결별하는 선택, 즉 자살이다.

대원군을 향한 충절의 표현 같기만 한 이들의 자살에는 운명의 불길한 힘이 녹아들어 있다. 이들의 죽음에도 파국의 운명이 개입하고 있다는 말이다. 부모를 정적(政敵)에게 잃은 젊은이들, 억울하게 처형된 부모의 복수를 하고자 활민숙이라는 비밀 조직을 만든 젊은이들, 세상과의 인연을 끊고 오로지 그들의 연대에 몰입되었던 젊은이들, 고독을 자기 본질로 지니고 있었던 이들에게 돌아온 건 복수의 성공이 아니라 자기 생의 포기이다.

그런데 이들은 복수의 욕망에만 사로잡힌 건 아니다. 이들 중에서 사랑의 욕망에 사로잡힌 청춘이 있다. 재영, 인숙, 연연이 등이다. 『젊은 그들』이 신문 연재소설인 이상 대중들의 통속적 기대 지평을 외면하기 어렵다는 것을 감안해야 한다. 김동인은 이들의 관계를 애정의 삼각관계로 만들 뿐만 아니라 재영과 인숙을 서로 오해하는 관계로 만들어 놓고 있다. 이리하여 『젊은 그들』은 오해가 변주되는 사랑의 드라마로도 읽힌다.

일방적으로 재영을 오해하는 쪽은 인숙. 재영은 작고한 인숙의 선친이 미리 정해 준 배필이지만 인숙은 그 사실을 모른 채 재영을 오해한다. 심지어는 재영이 자기 배필을 죽인 인물이라고 오해한다. 인숙은 활민숙에 침입하다 붙잡힌 인호를 자기 배필로 오해하며 재영을 미워하는데, 이들을 오해하는 연인으로 만든 당사자는 활민 선생이다. 인숙의 사적 욕망을 경계한 활민 선생은 의도적으로 인숙으로 하여금 재영을 오해하게 하는데, 이로 말미암아 의도하지 않은 갈등들이 이 연인들 사이에서 펼쳐진다. 의도한 대로 결과는 이루어지지 않는 법이며 한 치 앞의 진실을 모를 정도로 인간은 자기중심적으로 판단한다는 게 밝혀지는 장면들이다.

오해의 반복은 사랑의 당사자들을 격정의 감정에 내몰리게 한다. 그들은 번민에 사로잡히다가도 열정에 휩싸이며 증오와 애정의 감정을 분주히 곱씹는다. 대원권을 알현하며 권토중래(捲土重來)를 꿈꾸는 재영은 충절로 무장한 젊은 정치 엘리트 같지만 인숙과 연연이 사이에서 번민하는 재영은 영락없이 사랑의 열병을 앓는 청춘이다. 인숙 또한 그렇고 연연이 또한 그렇다. 이들의 마음에는 하루에도 수십 번 애증의 감정이 교차하고 있다. 청춘들은 청춘일 수밖에 없는 것이다.

> 인화는 눈을 가느랗게 들었다. 그리고 못을 바라보았다. 못에는 두 사람의 그림자가 비치어 있었다. 재영이는 머리를 기울이고 인화 자기를 들여다보고 있었다. 인화는 창백한 얼굴로 눈을 가느랗게 뜨고 있었다. 물결 하나 없는 기름같이 잔잔한 못에 비친 두 개의 그림자는 마치 어떤 운명을 암시하는 듯하였다. 인화는 등골로 흐르는 전율을 느꼈다. 무르익은 봄의 냄새와 굳센 이성의 냄새를 그는 온몸의 신경으로 감각하였다.

대원군이 피체(被逮)된 이후 재영, 인숙, 연연이가 한자리에 모인다. 애정의 삼각관계가 종식되는 장면이다. 과연 어떤 일이 벌어질까? 사랑싸움이 벌어질까? 여기서도 예기치 않은 일이 벌어진다. 이 자리에서 재영은 임신한 연연에게 후사를 당부하고 곧 인숙과 자리를 뜬다. 인숙과 도망가려는 것이 아니다. 인숙은 재영의 연인이기 이전에 활민숙의 동지였다. 그들 역시 활민숙의 다른 동지들처럼 자살을 결행한다.

이로써 사랑의 드라마는 운명의 드라마로 뒤바뀐다. 대원군은 붙잡혀 청나라로 이송 중이고 그들을 추종하는 젊은이들은 집단 자살을 결행 중이다. 시대는 이들의 열정과 의욕을 인정하지 않았으니 비운은 이들의 차지가 될 수밖에 없었다. 자, 이것이 바로 김동인의 역사소설이다. 그의 역사소설은 사실에 충실하다는 이광수의 역사소설과 다르다.

**더 생각해볼 문제들**

1. 김동인은 역사소설이 사실에 충실해서는 사화가 되어 버린다고 말했다. 상 상력으로 역사소설을 써야 한다고 김동인은 주장하고 있는 것이다. 김동인 의 이러한 주장에 문제는 없는지 생각해 보자.

   역사소설도 소설인 이상 허구적인 성격을 지닐 수밖에 없다. 김동인에게 역 사소설은 역사를 고증하거나 재현하는 양식이 아니라 새로운 역사를 새롭게 만드는 허구적 기술의 장이다. 그렇지만 역사소설은 작가의 상상력으로만 완성될 수는 없다. 작가의 상상력도 중요하지만 역사적 사건과 현상의 현재 적 의미를 헤아리는 작가의 역사적 인식도 역사소설 집필에서는 대단히 중 요하다. 이런 점에 비추어 김동인의 역사소설은 전혀 역사적이지 않다는 비 판을 받을 수도 있다.

2. 역사적 인물로서의 대원군과『젊은 그들』에 표현된 허구적 인물로서의 대원 군을 비교하고 차이를 정리해 보자.

   『젊은 그들』의 대원군은 대범한 영웅의 이미지로 형상화되어 있다. 그렇지 만 이는 어디까지나 허구적 인물로서의 대원군의 모습이다. 허구적 인물로 서의 대원군은 오로지 공적인 신념과 의무로 국정을 살피는 국부(國父)로 묘사되고 있지만 역사적 인물로서의 대원군에 대한 평가는 이와 다를 수 있 다. 대원군의 개혁이 일시적으로 민중들의 지지를 받기는 했으나 자주적 근 대화에 대한 고민이 결여된 쇄국정책의 단행은 지금도 논란이 되고 있다.

3. 한국 근대문학사에서 1930년대는 역사소설의 전성기로 불린다. 1930년대 역사소설의 일반적인 특징을 정리해 보자.

   1930년대는 복고적이며 강담(講談)적인 성격을 표현하는 역사소설(이광수 의『단종애사』, 박종화의『금삼의 피』), 민족의식과 민중의식을 표상하는 역 사소설(현진건의『무영탑』, 홍명희의『임꺽정』), 작가의 상상력을 중시하며 대중적인 흥미를 추구하는 역사소설(김동인의『젊은 그들』,『대수양』)들이 일대 번성했다.

**추천할 만한 텍스트**

『김동인 전집』, 삼중당, 1976.

---

**양진오(梁鎭午)**

대구대학교 국어국문학과 교수.

서강대학교 국어국문학과를 졸업하고 동 대학원에서 박사 학위를 받았다. 경주대학교 국어국문학과 교수를 역임했으며 문학평론가로 활동 중이다. 저서로 『전망의 발견』, 『임철우의 봄날을 읽는다』 등이 있다.

임꺽정의 사기(史紀)는 극히 단편 단편으로 떨어져 있는 것밖에 없어서

대개는 나의 복안으로 사건을 꾸미어 가지고 나갑니다.

다만 나는 이 소설을 처음 쓰기 시작할 때에 한 가지 결심한 것이 있지요. (중략)

『임꺽정』만은 사건이나 인물이나 묘사로나 정조로나 모두 남에게서는

옷 한 벌 빌려 입지 않고 순조선 거로 만들려고 하였습니다.

'조선 정조(情調)에 일관된 작품' 이것이 나의 목표였습니다.

— 홍명희, 「'임꺽정전'을 쓰면서」(1933) 중에서

## 홍명희 (1888~1968)

호는 벽초(碧初). 충북 괴산의 양반가에서 태어난 그는 유년 시절 한학을 수학한 후 서울과 도쿄에서 신학문을 공부했으며, 『소년』지에 번역문학 작품들을 기고하면서 최남선·이광수와 함께 한국 신문학의 창시자이자 '조선 삼재(三才, 세 천재)'라 불렸다. 1910년대 상하이에서 독립운동을 했으며, 귀국 후에는 3·1운동 때 괴산 만세시위를 주도하고 민족협동전선 신간회에서 주도적으로 활동하여 두 차례 옥고를 치렀다. 1948년 4월 남북연석회의 참가차 평양에 갔다가 북에 남았다. 북한에서 내각 부수상 등 고위직을 지낸 후 1968년 사망했다. 『임꺽정』은 1928년부터 10여 년에 걸쳐 집필된 대하 역사소설(전 10권)로서, 한국 근대소설사상 기념비적인 작품으로 평가된다.

# 02

# 민중의 삶과 조선 정조(情調)의 파노라마
# 홍명희(洪命熹)의 『임꺽정』

강영주 | 상명대학교 국어교육과 교수

## 우리 역사소설의 최고봉

홍명희의 『임꺽정』은 백정 출신인 도적 임꺽정의 활약을 통해 조선 시대 민중들의 생활상을 생생하게 그린 대하(大河) 역사소설이다. 이 작품은 1928년부터 10여 년에 걸쳐 《조선일보》에 연재되어 폭 넓은 독자들의 사랑을 받았고, 일제 말에 초판이 간행되자 전(全) 문단적인 찬사를 받으며 우리 근대문학의 고전이라는 정평을 얻었 다. 해방 직후에는 『임꺽정』 재판이 간행되어, 식민지 시기 일본어 로만 교육을 받다가 해방 후 처음 한글로 교육을 받게 된 새로운 세 대의 독자들에게 특히 인기를 끌며 널리 읽혔다.

　그러나 그후 작가 홍명희가 월북하여 북에서 고위직을 지낸 까닭 에, 그의 소설 『임꺽정』은 남한에서 오랫동안 금서로 묶여 있었다.

《조선일보》(1928. 11. 21.)에 실린 홍명희의 역사소설 『임꺽정』 연재 1회분.

따라서 전설적인 문호의 고전적인 걸작으로 희미하게 명성만 전해져 오던 『임꺽정』은 1985년에야 다시 출판되어 독서계에 비상한 반향을 일으켰다. 또한 그 무렵부터 월북 문인들의 작품에 대한 출판과 연구가 허용되자, 홍명희에 대한 관심이 갈수록 커지고 『임꺽정』의 문학사적 위치도 새롭게 평가받게 되었다.

오늘날 임꺽정은 홍길동에 이어 그 이름이 관공서의 민원서류 견본에 기입되어 있을 정도로 유명한 인물이 되었지만, 홍명희가 『임꺽정』을 집필하기 전에는 별로 알려지지 않은 인물이었다. 홍길동이 조선시대 허균(許筠)의 소설로 유명해졌듯이, 임꺽정은 홍명희가 역사소설의 주인공으로 선택하여 그의 활약을 소설화함으로써 비로소 역사상의 유명 인물로 부활하게 된 것이다.

1948년 을유문화사에서 간행된 『임꺽정』 재판 표지.

부분의 독립성을 추구한 독특한 짜임새

홍명희의 『임꺽정』은 식민지 시기에 발표된 한국 소설들 중 가장 규모가 큰 대하소설이다. 이 작품은 「봉단편」·「피장편」·「양반편」 각 1권씩과, 「의형제편」 3권, 그리고 말미가 미완으로 남은 「화적편」 4권을 포함하여 전 10권으로 이루어져 있다.

「봉단편」, 「피장편」, 「양반편」은 임꺽정을 중심으로 한 화적패가 아직 결성되기 이전인 연산조 때부터 명종 초까지의 정치적 혼란상을 폭넓게 묘사하는 한편, 백정 출신 장사 임꺽정의 특이한 가계와 성장 과정을 그리고 있다. 우리나라 역사소설 중에는 위대한 역사적 인물인 주인공의 전기 형식을 띤 작품들이 많고, 그러한 작품들은 흔히 주인공의 탄생 장면으로 시작된다. 그러나 『임꺽정』의 서

두 「봉단편」에서는 연산군 때 유배지에서 달아나 함흥 고리백정[1]의 사위가 된 홍문관 교리 이장곤과 그의 처 봉단이 이야기가 전개되고 있다. 임꺽정은 봉단이의 사촌 돌이의 아들로서 「피장편」의 중간 부분에서야 등장한다.

그리고 「피장편」과 「양반편」에서는 봉단이와 돌이의 삼촌으로 선견지명이 있는 갖바치(피장) 양주팔을 중심으로, 그의 제자가 된 임꺽정의 성장 과정과 아울러 도처에서 화적패가 출몰하지 않을 수 없도록 어지러웠던 그 시대 지배층의 정치적 혼란상을 소상히 그리고 있다. 이와 같이 작가는 의도적으로 주인공 임꺽정의 전기 형식을 피하고, 그 시대의 사회 현실을 일견 장황할 정도로 폭넓게 그려 보이고 있다. 이는 역사의 주체가 한 사람의 위대한 영웅이 아니라 이름 없는 민중들이라 보는 민중사관을 보여 주고 있으며, 나아가 역사적 인물인 임꺽정의 등장을 위해 필요 불가결한 사전 준비를 튼실히 한 것이라 평가될 수 있다.

「의형제편」은 '박유복이', '곽오주', '길막봉이', '황청왕동이', '배돌석이', '이봉학이', '서림', '결의'의 8장으로 이루어져 있다. 마지막 장을 제외한 각 장의 소제목이 사람 이름으로 되어 있는 데서도 짐작할 수 있듯이, 「의형제편」에서는 후일 임꺽정의 휘하에서 화적패의 두령이 되는 주요 인물들이 각자 양민으로서의 삶을 포기하고 청석골 화적패에 가담하기까지의 경위를 그리고 있다.

---

1) 고리버들로 고리짝이나 키 따위를 만들어 파는 일을 직업으로 하는 사람.

「의형제편」은 각각 한 사람의 두령의 이야기를 중심으로 하여 그 자체가 독립된 한 편의 중편소설이라고 보아도 좋을 만큼 완결된 장들로 이루어져 있다. 그러면서도 각 장의 주인공을 중심으로 전개되는 사건은 거기에 등장하는 다른 두령들의 이야기와 자연스럽게 연관되고, 그리하여 마지막 장인 '결의'에서 일곱 두령들이 의형제를 맺는 데에 이르기까지 각 장은 서로 유기적으로 연결되어 있다. 그러므로 「의형제편」은 「봉단편」, 「피장편」, 「양반편」에 비해 훨씬 더 짜임새 있게 구성되어 있다고 볼 수 있다.

「화적편」은 '청석골', '송악산', '소굴', '피리', '평산쌈' 그리고 미완된 '자모산성'의 6장으로 되어 있다. 이는 임꺽정을 중심으로 한 청석골 화적패가 본격적으로 결성된 이후의 활동을 그린 것으로서, 작품 내에서 가장 핵심적인 위치를 차지하는 부분이다. 여기에서는 청석골 화적패의 대장으로 추대된 임꺽정이 상경하여 서울 와주(窩主)의 집에 머물면서 여자들과 외도를 일삼아 가족과 불화를 겪기도 하고, 두령들이 가족을 동반하고 송도 송악산 단오굿 구경을 갔다가 본의 아니게 살인을 하게 되어 파란을 겪는다든가, 화적패들이 지방 관원들을 괴롭히거나 토벌하러 나온 관군과 대적하는 등의 이야기가 흥미진진하게 펼쳐진다.

마지막의 '자모산성'장은 화적패들이 관군의 대대적인 토벌을 피해 자모산성으로 피난하는 내용으로 되어 있다. 그런데 아쉽게도 『임꺽정』은 이 부분에서 연재가 중단되어, 주인공 임꺽정이 관군에게 잡혀 죽는 최후 장면은 그려져 있지 않다.

연재 초기의 '작가의 말'에 의하면 홍명희는 『임꺽정』 연재를 시작할 당시부터 작품 전체를 몇 개의 편으로 나누되, 각 편이 독립성을 지니는 형태가 되도록 구상했다고 한다. 그러한 작가의 의도에 따라『임꺽정』의「봉단편」,「피장편」,「양반편」,「의형제편」,「화적편」은 각기 별개의 장편소설로 읽힐 수 있을 정도로 독립성이 강하다. 뿐만 아니라「의형제편」(3권)은 8장,「화적편」(4권)은 6장으로 이루어져 있는데, 그 개개의 '장' 역시 각기 한 편의 중편소설이라 해도 좋을 만큼 독립성이 뚜렷하다.

『임꺽정』은 당시까지 한국 문단에서 유례가 없을 정도로 긴 소설이었으므로, 홍명희는 처음부터 각 편과 각 장이 독립적으로 읽힐 수 있도록 유념하여 구성을 특이하게 한 것이다. 그러므로 10권에 달하는 대하소설을 읽는 데 부담을 느끼는 독자들은『임꺽정』중 가장 뛰어난 부분으로 평가되는「의형제편」만 읽는다든가, 그중에서도 신세대들이 좋아하는 '황천왕동이'장이나 '이봉학이'장만 읽어도 얼마든지 작품을 이해하고 즐길 수 있다.

이와같이 소설 전체를 '편(篇)'(또는 '부(部)')과 '장(章)'의 단위로 구분하고, 편별·장별로 독립성을 추구하는 구성 방식은 황석영의『장길산』을 비롯한 해방 후의 대하소설들에 큰 영향을 미쳤다. 더욱이 1990년대 이후에 널리 유행한『퇴마록』등 판타지 소설들은 편별·장별 독립성을 추구한 면에서『임꺽정』의 구성 방식을 더욱 뚜렷하게 계승하고 있다고 볼 수 있다.

## '조선 정조'에 일관된 작품

역사소설『임꺽정』은 무엇보다도 우선 그 민중성과 리얼리즘의 면에서 탁월한 작품이라 할 수 있다. 대부분의 우리나라 역사소설들은 지배층의 인물들을 주인공으로 하여 궁중 비화(秘話)나 권력투쟁을 다룸으로써 통속적인 흥미를 자아내려고 한다. 그리고 유명한 역사적 인물의 전기 형식을 취함으로써 역사의 주체를 민중이 아닌 위대한 개인으로 보는 영웅사관을 답습하고 있다.

이와 달리 『임꺽정』은 주인공 임꺽정을 비롯하여 다양한 신분의 하층민들을 등장시켜, 당시의 민중 생활을 폭넓게 묘사하고 있다. 또한 의도적으로 임꺽정의 전기 형식을 피하고, 청석골의 여러 두령들도 그에 못지 않게 큰 비중을 지닌 인물로 그리고 있다. 이와 아울러 주목할 것은 주인공을 결코 영웅으로 미화하지 않은 점이다. 임꺽정은 휘하의 두령들과 마찬가지로 남다른 능력과 함께 인간적인 약점도 지닌 인물로 그려져 있는 것이다.

서양의 리얼리즘 소설에 비해 볼 때 우리나라 역사소설들은 등장인물들의 일상적인 삶과 생활 환경을 구체적으로 묘사하는 데 등한하다고 지적된다. 그런데 『임꺽정』은 식민지 시기는 물론 오늘날의 역사소설들에 비해서도 타의 추종을 불허할 만큼 세부 묘사가 정밀하고, 조선시대의 풍속을 탁월하게 재현하고 있다. 다양한 계층의 인간들이 등장하여 밥 먹고, 옷 입고, 뒤 보고, 배탈 나고, 장기 두고, 아기자기한 부부의 정을 나누는 등 지극히 일상적인 생활에 대한 묘사가 매우 풍부하여, 그 자체만으로도 독특한 흥미를 불러일으킨다.

뿐만 아니라 『임꺽정』은 '조선 정조(情調)'를 적극 표현함으로써 민족문학적 개성을 탁월하게 성취한 작품이다. 홍명희는 『임꺽정』

을 집필하면서 "『임꺽정』만은 사건이나 인물이나 묘사로나 정조로
나 모두 남에게서는 옷 한 벌 빌려 입지 않고 순조선 거로 만들려고
하였습니다. '조선 정조에 일관된 작품' 이것이 나의 목표였습니다"
라고 밝힌 바 있다.

이러한 작가의 의도에 따라 『임꺽정』은 서구 리얼리즘 소설의 예
술적 성과를 충분히 흡수하고 있으면서도, 이야기 투의 문체를 취
하여 구수한 옛날 이야기의 한 대목을 듣는 듯한 친숙한 느낌을 준
다. 그리고 전래의 민담이나 전설 등이 적재적소에 삽입되어 흥미
를 돋우고 있으며, 관혼상제·세시풍속·무속 등 조선시대의 풍속들
이 다채롭게 묘사되어 있다. 또한 동시대의 여러 학자와 문인들이
찬탄한 대로 『임꺽정』에는 한문 투가 아닌 우리 고유의 인명이나
지명, 토속적인 고어와 속담들이 풍부하게 활용되고 있다.

그리고 『임꺽정』의 등장인물들은 결코 현대인들처럼 그려져 있
지 않고, 어디까지나 조선시대 우리 민족의 전통적인 모습을 간직
하고 있다. 그들은 순박하고 인정이 넘치며 밑바닥 삶의 고난을 해
학으로 넘기는 민중적 지혜를 지닌 인물들로 묘사되어 있는 것이
다. 월탄(月灘) 박종화(朴鐘和)가 『임꺽정』에는 조선 사람이라면
잊어버릴 수 없는 "구수한 조선 냄새"가 배어 있다고 한 것은 정곡
을 얻은 말이라 하겠다.

## 프로문학과 민족주의 문학의 대립을 넘어

홍명희의 『임꺽정』은 프로문학과 민족주의 문학의 대립을 지양한
작품이라 할 수 있다. 『임꺽정』 연재가 시작되던 1920년대 후반 우

리 문단에서는 좌·우 양 진영의 문학이 첨예하게 대립하고 있었다. 이는 당시 국내의 사회운동이 사회주의와 민족주의 노선으로 분열 ·대립하고 있던 것과 상응하는 현상이었다. 바로 이 시기에 홍명희는 신간회 운동을 통해 비타협적 민족주의자와 사회주의자 간의 민족 협동 전선을 추구했듯이, 『임꺽정』을 통해 프로문학과 민족주의 문학의 대립을 넘어선 진정한 민족문학을 제시하고자 한 것이라 볼 수 있다.

연재 초기에 홍명희는 "임꺽정이란 옛날 봉건사회에서 가장 학대받던 백정 계급의 한 인물이 아니었습니까. 그가 가슴에 차 넘치는 계급적 분노(忿怒)의 불길을 품고 그때 사회에 대하여 반기(反旗)를 든 것만 하여도 얼마나 장한 쾌거였습니까"라고 하면서, 이러한 인물은 "현대에 재현시켜도 능히 용납할 사람"이라고 주장하였다. 그는 계급 모순에 저항하는 임꺽정의 반역자적인 면모에 강한 매력을 느껴 창작에 임한 것이다. 그 점에서 『임꺽정』은 계급의식의 표현을 중시하던 당시의 프로문학과 다분히 친화성을 지닌 작품이라 할 수 있다.

그러나 다른 한편 홍명희는 『임꺽정』에서 "조선 정조에 일관된 작품"을 의도하였다. 그 결과 이 작품은 하층 민중의 삶을 중심으로 하면서도 이를 포함한 민족 공동체의 아름다운 전통을 적극 재현함으로써, 민족문학적 색채가 농후한 역사소설이 된 것이다. 이렇게 볼 때 『임꺽정』은 식민지 시기 프로문학과 민족주의 문학의 대립을 지양하고 양자의 장점을 종합한 작품으로 높이 평가될 만하다. 홍명희는 신간회 운동을 추진하던 그 정신으로 『임꺽정』을 창작했다고 볼 수 있다. 이 작품이 당시 좌·우를 막론한 전(全) 문단으로부터 찬사를 받은 것도 바로 그 때문이라 생각된다.

## 동양과 서양, 전통과 근대의 만남

『임꺽정』은 동양 문학의 전통을 계승하면서도 아울러 서양 근대문학의 성과를 충분히 섭취한 작품이라는 점에서도 주목되어야 할 것이다. 『임꺽정』이 우리나라와 중국의 고전문학으로부터 영향 받은 측면에 대해서는 이미 여러 연구자들이 지적한 바 있다. 『수호지』나 『홍길동전』과 같은 의적 소설의 계보에 속하며, 독립된 이야기들이 모여 한 편의 대하 장편소설을 이루는 구성 방식이 『수호지』와 유사하고, 야담과 야사에서 소재를 취했으며, 이야기 투의 문체를 구사하고 있다는 것이다. 홍명희는 소년 시절부터 『삼국지』를 비롯한 중국 소설들을 탐독했으며, 당대의 유수한 한학자로서 평소 많은 한문 서적들을 섭렵하였다. 이와 같은 남다른 소양이 『임꺽정』의 창작에 큰 도움을 주었음은 물론이다.

그러나 이러한 측면을 지나치게 강조하다 보면 『임꺽정』이 성취한 근대적인 장편소설로서의 예술성을 간과하기 쉽다. 등장인물을 각 계층의 전형으로서 형상화하고, 서술적 설명이 아니라 장면 중심의 객관적 묘사에 치중하며, 극도로 치밀한 세부 묘사를 추구한 점 등은 우리 고전소설의 전통에서는 찾아보기 힘든 요소로서, 서구 리얼리즘 소설의 성과를 섭취한 결과로 보아야 할 것이다.

홍명희는 일찍이 동경 유학 시절부터 도스토예프스키·톨스토이 등의 러시아 소설들을 탐독했으며, 나쓰메 소세키(夏目漱石, 1867

충북 괴산 인산리의 홍명희 생가.

~1916)[2]나 일본 자연주의 작가들의 소설도 많이 읽었다. 특히 러시아 소설에 심취하여 당시 일역(日譯)된 러시아 작가의 작품들을 모조리 사 모았을 뿐더러, 러시아에 유학하여 그 나라 문학을 본격적으로 연구하고자, 한때 러시아어까지 배웠다고 한다. 평론 「대(大) 톨스토이의 인물과 작품」을 보면, 그가 톨스토이의 위대한 리얼리스트로서의 면모를 정확히 인식하고 있었음을 알 수 있다. 또한 1930년대에 홍명희는 당시 부르주아 리얼리즘 소설의 고전으로

---

2) 일본의 소설가이자 영문학자. 『나는 고양이로소이다』, 『우미인초』, 『도련님』 등의 작품이 있다.

재평가되던『발자크 전집』도 독파했다고 한다.

이렇게 볼 때『임꺽정』이 식민지 시기의 어떤 소설보다도 근대 리얼리즘 소설의 원리에 충실한 작품이 된 것은 결코 우연이 아니라 하겠다. 홍명희의 술회에 의하면, 흔히『수호지』의 영향을 받은 것으로 간주되는『임꺽정』의 독특한 구성 방식조차도 실은 러시아 작가 알렉산더 쿠프린(Aleksandar Kuprin, 1870~1938)의 작품에서 힌트를 얻은 것이라 한다. 그러므로『임꺽정』에 대해 우리 고전문학의 전통을 계승한 측면만을 들어 그 가치를 운위하는 것은 온당한 태도가 아니라고 생각된다.『임꺽정』은 동양 고전문학의 전통과 서양 근대문학의 성과를 훌륭하게 통합한 점에서도 높이 평가되어야 할 것이다.

## 통일 시대의 고전으로 빛을 더해 가는『임꺽정』

필자는 2005년 7월 '6·15공동선언 실천을 위한 민족작가대회' 참가차 평양을 방문하여 북에서 작가로 활동하고 있는 홍명희의 손자 홍석중(洪錫中)을 만났다. 환영 만찬장에서 자리를 함께 한 남의 작가 황석영과 북의 작가 홍석중은 각기 성장 과정에서 홍명희의『임꺽정』에 흠뻑 빠져들었던 추억을 이야기하였다. 두 작가가 다 일찍이 초등학교 시절에『임꺽정』을 읽고 심취하여 그 영향이 내면화되었다는 것이다. 따라서 남한 역사소설의 대표작인 황석영의『장길산』과 북한 역사소설로서 남한에 소개되어 만해문학상 수상작으로 선정된 홍석중의『황진이』가 각기 그 나름의 개성을 지닌 작품이면서도 어딘지 모르게 유사한 느낌을 주는 것은, 그 두 작품이『임꺽

북한의 평양 근교 애국열사릉에 있는 홍명희의 묘.

정』의 심대한 영향하에서 씌어졌기 때문이라 할 수 있다.

　뿐만 아니라 몇 년 전 TV에서 인기리에 방영된 『여인천하』를 포함하여 분단 이후 남한에서 가장 많은 역사소설을 집필한 박종화의 역사소설들과, 북한 역사소설의 대표작으로 손꼽히는 박태원의 『갑오농민전쟁』도 홍명희의 『임꺽정』의 영향을 크게 받은 작품들이다. 박종화는 『임꺽정』을 연재 당시 한 회도 거르지 않고 애독했다고 하며, 박태원도 역사소설에 관심을 두기 시작한 일제 말에 때마침 단행본으로 간행된 『임꺽정』을 되풀이해 읽었다고 한다. 이처럼 홍명희의 『임꺽정』은 일제 식민지 시기와 분단 시대 남북한의 역사소설 작가들에게 직·간접적으로 널리 영향을 미쳤다.

나아가서 『임꺽정』은 21세기에 들어선 오늘날에도 작가들에게 지속적으로 영향을 미치고 있는 작품이다. 홍명희는 동시대의 지식인들 사이에서 학자로서도 높이 평가되었을 정도로 조선사와 조선문화에 대한 해박한 지식을 지니고 있었다. 게다가 식민지 시기의 어떤 작가도 홍명희처럼 조선조 말에 명문 양반가에서 태어나 종들까지 합해 식구가 수십 명인 대가족 속에서 조선시대의 언어와 풍속을 몸소 체험하며 자란 인물은 없었다. 그러므로 전적으로 학습에 의존하여 역사소설을 써야 하는 오늘날의 작가들에게 『임꺽정』은 영원히 도달할 수 없는 모범이요, 역사소설의 교과서와 같은 역할을 하는 작품이라 할 수 있다.

　분단 이후 60년이 지나는 동안 남북한의 언어와 문학은 극도로 이질화되어 통일이 되어도 민족문화의 동질성을 찾기 어려우리라고 우려하는 말들이 자주 들린다. 그러한 상황에서 통일 시대 남북의 작가와 독자들이 다 같이 심취하고 영향받을 수 있는 문학작품을 든다면, 그 가장 적절한 예가 바로 홍명희의 『임꺽정』일 것이다. 그 점에서 홍명희의 『임꺽정』은 통일 시대 우리 민족이 되돌아가 거기서 새로 출발할 필요가 있는, 진정한 의미에서 우리 시대의 고전이라 할 만한 작품이다.

## 더 생각해볼 문제들

1. 식민지 시기 대부분의 역사소설가들은 왕이나 지배층의 인물들을 주인공으로 내세웠는데, 홍명희는 왜 최하층 천민인 백정을 주인공으로 한 역사소설을 썼을까? 그리고 대부분 주인공의 전기 형식으로 소설을 전개해 나갔는데, 『임꺽정』에서는 왜 주인공 임꺽정의 일대기가 아니라 청석골 일곱 두령들의 이야기를 두루 다루고 있을까?

   홍명희는 다른 역사소설가들과 달리, 진정한 역사는 궁중 비화가 아니라 민중의 사회사요, 역사란 소수의 고독한 영웅이 이끌어 가는 것이 아니라 이름 없는 민중들의 삶으로 이루어지는 것이라 보는 민중사관을 지니고 있었다. 따라서 『임꺽정』에서 그는 주인공이 살았던 시대를 폭넓게 그리고, 여러 인물들을 주인공과 마찬가지로 비중 있게 그리려 한 것이다.

2. 『임꺽정』은 분명 근대적인 리얼리즘 소설인데도, 읽어 보면 다른 작품들과 달리 구수한 옛날 이야기를 듣는 것처럼 친숙한 느낌이 드는 것은 어떤 이유에서일까?

   홍명희는 『임꺽정』을 쓸 때 무엇보다도 '조선 정조'를 표현하는 데 유념했다고 말한 적이 있다. 『임꺽정』의 등장인물들은 현대인들과 달리 순박하고 인정이 많으며 민중적인 지혜를 지닌 인물들로서, 조선시대 우리 민족의 전통적인 모습을 간직하고 있다. 또한 『임꺽정』에는 조선시대의 풍속들이 다채롭게 묘사되고 있으며, 전래의 설화나 야담 등이 자연스럽게 삽입되어 있다. 그리고 문체 면에서도 토속적인 고어와 속담들이 풍부하게 활용되고 있는가 하면, 이야기 투의 서술 방식을 활용하여 구수한 옛날 이야기의 한 대목을 듣는 듯한 친숙한 느낌을 준다.

3. 『임꺽정』은 민족문학의 최고봉이라 불리울 정도로 높은 예술적 가치를 인정받는 작품이면서도, 예나 지금이나 다양한 계층의 독자 대중에게 대단히 흥미롭게 읽히는 소설로 알려져 있다. 『임꺽정』의 흥미의 비결은 어디에 있

을까?

『임꺽정』의 흥미의 비결로는 우선 뛰어난 인물 형상화 솜씨와, 그것을 뒷받침하는 생생하고 흥미로운 대화를 들 수 있다. 그리고 도처에 세심하게 깔린 복선과 빈틈없이 짜여진 사건의 전개가 독자들로 하여금 긴장을 놓을 수 없게 한다. 또한 조선시대 민중들의 시시콜콜한 일상 생활의 묘사가 독특한 흥미를 자아낸다. 뿐만 아니라 10권짜리 대하소설이면서도 각 편, 각 장이 독립된 이야기로 되어 있어서, 독자들이 바쁜 일상 속에서 언제 어느 부분을 펼쳐 읽어도 빨려 들어가 흥미롭게 읽을 수 있다.

**추천할 만한 텍스트**

『임꺽정』, 홍명희 지음, 사계절, 1995.
『벽초 홍명희와 '임꺽정'의 연구 자료』, 임형택·강영주 엮음, 사계절, 1996.

---

**강영주(姜玲珠)**

상명대학교 국어교육과 교수.
서울대학교 국어국문과를 졸업하고 동 대학원에서 박사 학위를 받았으며 독일 베를린 자유대학에서 비교문학을 공부했다. 저서로『한국 역사소설의 재인식』, 『벽초 홍명희 연구』, 『벽초 홍명희 평전』이 있으며, 편저로『벽초 홍명희와 '임꺽정'의 연구 자료』(공편)가 있다.

길림성 정부는 군대를 증강해 일본 통감부 관헌에 맞서기로 했다.

일본 관헌을 오게끔 구실을 만들어 준 조선 사람들에 대해서도 강압책을 되살렸다.

"입적을 해라." "변발흑복을 해라." "세금을 충실히 바쳐라."

조선 농민을 청국에 입적시킴으로 해서 통감부가 지방에 손을 뻗치는

이유를 만들어 주지 말자, 이런 정책이었다.

그러면서 조선 농민이 통감부와 연락이 닿지 않도록 엄중 감시했다.

─『북간도』 중에서

## 안수길 (1911~1977)

호는 남석(南石). 함남 함흥에서 태어났다. 동맹 휴교 사건으로 함흥고보를 자퇴하고 광주학생만세운동에 연루되어 15일간 구류 처분을 받고 경신학교에서 퇴학당했다. 1930년 일본 와세다 대학 고등사범부 영어과에 입학했으나 집안 사정으로 중퇴했다.

1936년에는 간도에서 《만선일보》 기자로 일했으며, 이때부터 작가로서 두각을 나타내기 시작했다. 1948년 가족과 함께 월남하여 경향신문사에 입사했다. 한국전쟁 때에는 피난지 부산에서 해군 정훈감실 문관과 용산고등학교 교사로 재직하기도 했다. 1953년 단편 「제3인간형」이 제2회 아세아 자유문학상을 수상했고, 1951년 『사상계』에 「북간도」 제1부 연재를 필두로 1967년에 삼중당에서 전작 『북간도』를 출간했다.

# 03

## 북간도에서 제2의 고향을 꿈꾸다
# 안수길(安壽吉)의 『북간도』

공임순 | 서강대학교 국어국문학과 강사

### 낯설고도 그리운 땅 — 제2의 고향 '북간도'

누구나 태어나 자란 곳이 있다. 그곳에서 떠나지 않고 계속 머물러 사는 사람을 우리는 토박이, 토착민, 원주민 등으로 부른다. 이와 달리 태어나 자란 곳을 떠나 다른 고장으로 옮겨 간 사람은 이주민 혹은 이민자가 된다. 안수길은 이러한 이주자의 삶을 살았다. 그는 고향이란 "고향을 떠나서 다른 고장에 살 때 비로소 불리워지는 이름"이라고 말한다. 더구나 고향이란 "고향을 그리워하는 감회와 더불어 그 존재가 뚜렷해지고 무한한 값어치를 가지고 있는 것인데", 고향을 떠나 보지 않은 사람은 "고향의 진짜 맛과 가치를 알 수 없는" 법이라고 안수길은 「망향기」라는 수필에서 자신의 소회를 피력한 바 있다.

안수길은 고향을 두 번 떠났다. 첫 번째는 열네 살 되던 해 간도 (間島)[1] 용정 광명고등여학교 교감으로 재직하던 아버지 곁으로 가기 위해서였고, 두 번째는 군사분계선(38선)을 넘어 월남하기 위해서였다. 안수길이 태어난 곳은 함경남도 함흥이다. 1911년 11월 3일 함흥에서 태어난 그는 열네 살이 되기까지 할머니의 보살핌을 받으며 함경도 동해안에 자리 잡은 서호진이라는 아름다운 해수욕장 근처에서 유년과 소년 시절을 보냈다. 그는 서호진 해수욕장을 "꽃섬·큰섬·작은섬·양섬 등이 점점이 앙상블을 이루어 놓은 풍랑과 더불어 아늑하고 아름다운 곳"으로 기억한다. 할머니의 품에서 유년과 소년 시절을 보낸 이곳을 그는 제1의 고향이라고 부른다. 그리고 할머니의 곁을 떠나 찾아간 아버지가 계시던 간도 용정은 그에게 "소년 시대와 청년 시대를 고향으로 삼고 지낸 제2의 고향"이다.

안수길이 열네 살 때(1924년) 옮겨간 간도 용정은 현재 우리들의 지리 감각과 매우 다른 곳이라는 점을 유념할 필요가 있다. 열네 살의 안수길에게 간도 용정은 낯선 땅이긴 했지만, 두만강을 건너 간도 용정으로 들어가는 일은 그리 어렵지 않았다. 세관 검사의 번거로운 절차만 거치고 나면 누구나 자유롭게 두만강을 건너 간도와 국내를 오갈 수 있었다. 현재 간도는 중국의 영토로 국경선의 경비

---

1) 간도는 만주의 일부이다. 간도는 동간도와 서간도로 나뉘는데, 동간도를 다시 나누어 백두산과 송화강 상류 지방을 '동간도 서부', 두만강 건너 지방을 '동간도 동부'라고 한다. 이 동간도 동부 지역을 일명 '북간도'라고 하는데, 일반적으로 이야기하는 간도는 이 '북간도'를 가리키는 말이다.

가 삼엄하지만, 당시만 해도 간도와 함경도는 동일한 생활권에 속해 있었던 것이다. 그는 북간도에서 20년을 살았다. 해방되기 직전(1945)인 6월 하순에 다시 함경도 함흥으로 돌아와 요양을 하며 가족과 함께 지냈다. 그가 군사분계선(38선)을 넘어 서울에 정착한 것은 1948년 7월 그의 나이 38세가 되던 해이다. 군사분계선을 넘어 서울에 정착한 이후, 그는 고향 땅을 다시는 밟지 못했다. 서울에서의 삶은 북한에 고향을 둔 실향민의 삶 그것이었다.

이러한 안수길의 이력은 자연스럽게 이산(離散, 유랑)의 문학을 낳았다. 이산(유랑)이란 자신이 살던 땅을 떠나 낯선 땅을 떠돌아야 했던 역사적 경험을 총칭하는 개념이다. 제국주의와 식민지 지배와 같은 근대사의 숨 가쁜 경험은 자의든 타의든 고향을 떠나 낯선 땅에서 살아갈 수밖에 없었던 수많은 이주자들을 양산했다. 이역사적 경험의 반경 안에 재중·재일·재러시아 동포와 같은 재외 동포와 이들의 삶에 대한 역사적 보고인 재외동포 문학이 존재한다. 안수길은 식민지 시대에 간도 용정과 신경에서《만선일보》기자로 재직하면서 '재만(在滿) 한국 문학' 내지 '재만 망명문학'으로 지칭되는 작품들을 발표했다. 「함지쟁이 영감」, 「새벽」, 「부엌녀(富億女)」, 「새마을」, 「벼」, 「원각촌」, 「목축기」, 『북향보』 등은 재만 한국(망명) 문학으로 고평(高評)되었고, 이로 인해 안수길은 국내에서 재만 한국 문학의 대표자로 널리 알려지게 된다.

### 『북간도』, 1967년 결실을 맺다

『북간도』는 안수길이 서울에 정착한 후, 1959년 『사상계』[2)]에 제1

119

부가 연재되고 1961년 같은 잡지에 제2부, 1963년에 제3부가 실린 작품이다. 5년에 걸쳐 1, 2, 3부가 쓰였음을 알 수 있다. 그러나 제4, 5부는 4년만인 1967년 삼중당 출판사에서 전작 『북간도』가 출판되었을 때, 비로소 그 모습을 드러낸다. 안수길이 『북간도』에 기울인 노력을 가히 짐작할 수 있는 대목이다. 안수길의 『북간도』는 무려 10여 년의 세월에 걸쳐 창작된 대하 장편 역사소설이다. 각 부가 중·단편소설 분량이니만큼, 제5부로 구성된 『북간도』의 장대한 규모는 두말할 나위가 없다. 이 『북간도』가 출간되었을 때, 문단의 반응은 뜨거웠다. 간도의 체험을 본격적으로 다룬 대하 장편소설이 드물었기 때문이다. 안수길의 『북간도』는 1870년에서 1945년까지 한국의 근현대사를 관통하는 격동의 시대를 재현한 작품으로, 요즘 말로 하자면 화제의 소설로 떠올랐다.

1959년 4월 『사상계』에 「북간도」가 게재되자마자, 다음 호에 '「북간도」 독후감' 란이 따로 마련될 정도였다. 평자들은 한 목소리로 「북간도」가 한국 문단의 새로운 장을 열었다며 찬사를 보냈다. 한국 근대사의 도도한 흐름을 3대에 걸친 가족사를 통해 조망해 낸 작가적 역량에 대한 감탄과 간도 개척의 민족 수난사를 역동적으

---

2) 『사상계』는 1953년 4월 장준하가 주도해서 만든 월간 종합잡지이다. 이 잡지는 이승만·박정희 독재 정권에 맞서 지식인들의 양심을 대변한 잡지로 명성이 높았다. 『사상계』는 창간되자마자 창간호 3000부가 매진되는 등 학생과 지식인들에게 많은 영향을 미쳤다. 『사상계』에 「북간도」가 연재되었다는 점은 「북간도」가 식민지 시대 민족의 수난과 고통을 그린 민족소설로 평가받는 데 일정한 영향을 미쳤다. 현재 『사상계』는 학계의 연구 대상으로 새롭게 부상하고 있다.

간도의 한국인 정착촌.

로 그려 냈다는 호평이 이어졌다. 문단 안팎의 이러한 뜨거운 반응은 작가에게 적지 않은 부담으로 다가왔을 법하다. 안수길이 『북간도』를 집필하는 과정에서 자살 소동을 벌였던 일화는 말 많은 호사가들 사이에서 꽤 유명하다. 또한 불의의 사고로 인해 『북간도』를 완성하지 못하면 어쩌나 하는 두려움으로 몹시 노심초사했다는 저간의 사정을 안수길이 〈명작의 고향〉(KBS)에 출연해 토로하기도 했다.

이러한 극단적 행동은 『북간도』에 대한 그의 애착을 방증한다. 『북간도』에 대한 안수길의 노력은 헛되지 않아, 1968년에는 국립극장에서 국립극단에 의해 연극으로 올려지고 1971년에는 KBS 일일방송극으로 제작되어 다방면에 적지 않은 영향을 끼치게 된다.

## 북방을 바라보다—백두산 '정계비'와 북간도

『북간도』는 한민족의 뿌리 뽑힘과 뿌리 내리기의 이중 운동을 이한복 가(家)를 중심으로 형상화하고 있다. 이한복 가의 가족 간 통합과 분리가 작품의 통시적인 시간축을 형성한다면, 이 이한복 가(이한복-장손-창윤-정수)를 둘러싸고 최칠성(최칠성-삼봉-동규), 장치덕(장치덕-두남-현도-만석), 정세룡(정세룡-수돌) 등의 집안이 원심적인 공간축을 이룬다. 이한복 가의 가계는 총 4대 — 이는 이 작품의 주요 인물을 어떻게 설정하느냐에 따라 다르다. 혹자는 3대로 보기도 한다 — 로 구성되어 있는데, 이들 가족의 정신적·사상적 원류는 이한복의 할아버지이다. 이한복의 할아버지는 어린 이한복에게 간도가 우리 땅임을 늘 상기시켜 주었다.

아득한 옛날, 만주는 우리 민족의 발상지였고, 천여 년 전의 고구려와 그 뒤를 잇는 발해 때에는 우리 판도의 중심지였다. 지금은 청국의 영토로 되어 있으나 사실은 우리나라 땅이라고 할아버지는 말했다. 그 증거로 할아버지는 1백 50여 년 전에 세운 정계비를 보면 알일이라고 말했다.

마을 아이들의 훈장 노릇도 한 일이 있는 할아버지는 한복이를 무릎에 앉혀 놓고 비분강개한 어조로 말하곤 했다.

"그 빗돌에는 강 건너가 우리 땅이라고 똑똑히 새겨 있다."

그리고 할아버지는 제 땅이라고 똑똑히 밝혀 놓은 국토를 남의 땅인양 생각하고 도강 금지령을 내리고 얼씬 못 하게 하는 썩어 빠진 조정을 입을 모아 타매하였다.

어렸을 때 할아버지에게서 들은 말은 한복이가 철이 든 뒤까지도 머
릿속에 꽉 박혀 있었다.

이한복은 할아버지의 말을 액면 그대로 믿는다. 할아버지의 말씀
은 '진리'이자 '진실'이다. 젊은 날 이한복은 갑갑한 집을 떠나 여기
저기로 떠돌아다녔다. 사냥꾼을 따라 백두산에 오르던 길에 이상한
비석을 발견한 것도 바로 이 즈음이다. 그는 이 이상한 비석이 할아
버지가 언제나 말씀하시곤 했던 '정계비(定界碑)'임을 직감적으로
깨닫는다. 이한복은 나중에 정계비의 위치를 종성부사 이정래에게
안내해 주는 역사의 산증인으로, 허구적 인물인 그를 경유하여 역
사적 사건이 작품 안으로 자연스럽게 침윤하게 된다. 청국(淸國)이
나 조선 모두 150년 전에 세워진 정계비에 대해서는 별다른 관심을
기울이지 않은 채, 조선 정부는 도강(渡江) 금지법을 적용하여 조
선 백성의 간도 이주를 금지해 왔다. 그러나 함경도와 평안도 변방
지대의 백성들은 이주를 금지한 강 건너편의 비옥한 토지에 몰래
들어가 농사를 짓고, 이 농작물로 생계를 근근이 유지할 수밖에 없
었다. 『북간도』의 제1부 배경이 된 1869년과 1870년은 실제로 함
경도와 평안도 지방을 휩쓴 사상 유례없는 대흉년으로 굶어 죽거나
유랑하는 백성들로 넘쳐났기 때문이다. 도강을 금지한 국법을 위반
할 만큼 백성들의 처지는 절박한 것이었다.

생존을 위한 백성들의 고투는 결국 1883년 서북 관찰사 어윤중
이 간도 개간 문제를 정식으로 재검토해 줄 것을 조선 조정에 요청
하는 계기가 되었다. 이에 따라 어윤중은 간도의 개간지에 대하여

토지 소유권을 정부 차원에서 인정해 주는 문서인 '지권(地券)'을 교부하여, 변방 지대 백성들의 간도 이주를 실질적으로 허용·묵인 한다. 이러한 역사상의 실제 기록과 허구적 인물 이한복 일가가 엮어 가는 『북간도』의 줄거리는 사실과 허구, 실재와 상상이 교차하는 역사적 상상력의 저장소로 후대의 독자들을 손짓하고 있다.

## 고향 떠남과 고향 회귀의 이중 운동

도강 금지법, 즉 이 작품에서는 월강금지령(越江禁止令) 해제의 포고에 따라 이한복 일가는 조정에서 지권을 발부받아 북간도로 이주한다. 처남 정세룡 일가와 함께 이한복이 북간도에 먼저 정착하고, 고향에서 이한복의 어머니가 돌아가신 후 가족 전체가 북간도의 비봉촌으로 옮겨 온다. "그동안의 고초를 청년 시절의 왕성한 방랑벽과 장년 시기에 백두산 정계비를 종성부사를 모시고 가던 패기"로 이겨 낸 이한복은 농사에 부지런한 아들 장손과 손자 창윤, 이렇게 3대가 힘을 합쳐 북간도 비봉촌에 뿌리를 내리고자 애쓴다.

그러나 1881년 청국 정부는 북간도를 청국 땅으로 규정하고, 이 지방에 살고 있는 조선 사람에게 다음과 같은 명령을 내린다. "청국 관청에 세금을 바치고, 청국 옷을 입고 머리를 깎아 드리우며, 청국 법률에 복종하고, 조선 국적을 버리고 청국에 입적할 것." 그렇지 않으면 당장 떠나라는 통첩이었다. 당시 세도정치로 인해 기울어질 대로 기울어진 조선 정부의 국력은 청국 정부의 요구를 거부하기에는 역부족이었다. 조선 정부는 북간도에 정착한 조선 백성에게 철거 명령을 내리지만, 피땀으로 일군 농토를 버릴 수 없는 이들 간도 이주 조선인들은 청국(중국) 정부의 강제 입적에 때로는 저항하고 때로는 타협하며 북간도에서 삶의 터전을 일구어 나간다. 이 과정에서 북간도의 원주민(토착민)인 중국인과 이주 조선인들 간에는 끊임없는 분쟁과 알력이 발생한다.

「북간도」의 제1부는 청인(淸人)의 문화와 생활 규범에 따르기를 거부하고 고집스럽게 조선의 정체성을 지키던 이민 1세대 이한복의 죽음과 손자 창윤의 고향 회귀로 끝이 난다. 감자를 훔치다가 청인 동복산의 집안사람들에게 붙잡힌 창윤이 청인 복장과 변발을 하고 나타나자, 이 충격으로 이한복이 세상을 떠난 것이다. 이한복으로 대변되는 한 세대의 종결은 다음 세대인 장손과 창윤에게로 이어진다. 아버지 장손보다 할아버지 이한복을 정신적으로 의지하고 있었던 창윤은 할아버지의 죽음에 깊은 죄의식과 책임감을 지닌 채 성장했다. 청인 토호 동복산의 비각을 불태우고 비봉촌에서 용정으로 도망친 이유도 이러한 할아버지와의 정신적 유대가 작용했기 때문이다.

창윤은 비봉촌 조선인과 청인 토호의 창구 역할을 담당했던 최칠성과 노덕심이 비봉촌 사람들에게 거둔 돈으로 청인 토호 동복산의 생일을 기념하여 세운 송덕비의 비각에 불을 지르고 달아났다. 청인 토호에게 잘 보이기 위해 비봉촌 조선인들의 돈으로 청인 토호의 송덕비를 세우는 일은 간도가 조선의 땅임을 믿어 의심치 않았던 할아버지 이한복의 사상을 배반하는 일이었다. 창윤은 송덕비의 비각을 불태우는 것으로 이런 굴욕적인 현실에 저항한다. 조선인이 많아 청인의 간섭과 압박이 덜한 간도 용정으로 도망친 창윤은 아

백두산 정계비. 지금은 사라지고 없다.

버지 장손의 건강이 악화되었다는 소식을 듣고 비봉촌으로 되돌아
오게 된다.

　『북간도』의 제1부는 그야말로 고달픈 조선 땅을 떠나 간도 비봉
촌에서 제2의 고향을 만들고, 이 제2의 고향마저 등졌다가 귀환하
는 고향 떠남과 고향 회귀의 여로(旅路)형 구조를 여실히 보여 준
다. 그래서 누군가는 인생을 여행길에 비유하지 않았던가. 가난에
쫓겨 고향을 등질 수밖에 없었던 이들 이주민의 부박한 삶이
야……. 이들의 삶 자체가 나그네 길이 아니고 과연 무엇일까.

### 만주 개척 이민의 좌절과 배반의 꿈
제2부는 창윤의 아버지 장손이 죽고 난 뒤부터 1909년 간도협약[3]
까지를 다루고 있다. 청일전쟁(1894~1895) 동안, 간도의 조선 이

주민들은 러시아와 일본 사이에서 심적·물적 동요를 겪는다. 하지만 청일전쟁은 결국 일본의 승리로 끝나고, 일본이 러시아를 대신하여 조선과 만주의 이권을 획득하게 되면서 간도 이주 조선인들에게도 적지 않은 삶의 전환과 변동이 초래된다. 우선 간도 이주 조선인들의 불안정한 위치를 들 수 있다. 청국 입적을 거부하고 조선 국적을 유지하던 이들 간도 이주 조선인들은 조선이 일본에 합병된 후 일본 국민으로 자동적으로 분류·편입된다. 개개인의 선택이나 결단과는 무관하게 일본 국민이 되어 버린 간도 이주 조선인들을 보호한다는 명목으로 일본은 간도에 통감부 임시 파출소와 일본 영사관을 설치했던 것이다.

이러한 정세로 인해 일본 정부와 청국 정부 사이에서 간도 이주 조선인들의 지위는 더욱 불안해진다. 일본이 자국민 보호를 이유로 간도에 파출소를 설치하고 만주 이권을 호시탐탐 노리자, 중국 정부는 중국으로 귀화하지 않은 이들 간도 이주 조선인들을 중국(간도) 침략의 일본 대리자로 간주했기 때문이다. 이에 따라 중국으로 귀화하지 않은 간도 이주 조선인들에 대한 중국 정부의 강경책은 날로 가중되고, 토호인 중국인과 조선인들 간의 갈등과 불화 역시 점점 더 깊어진다. 토호들뿐만 아니라 토호와 결탁된 중국 군경들

---

3) 간도협약은 1909년 9월 청나라와 일본이 간도의 영유권 등에 관하여 맺은 조약이다. 일본은 1905년 대한제국의 외교권을 박탈한 뒤 청나라와 간도 문제에 관한 교섭을 벌여 오다가 남만주철도 부설권과 푸순 탄광 개발 등 4대 이권을 얻는 대가로 한국 영토인 간도를 청나라에 넘겨 주는 협약을 체결하였다. 이 때문에 간도협약 자체를 무효라고 주장하는 일부 의견도 있지만, 이러한 주장의 실효성은 현재의 국제 질서에서 희박한 것이 사실이다.

의 공권력은 간도 이주 조선인들에게는 생존과 직결된 일상의 폭력이자 위협에 다름없었다.

이 사이에서 간도 이주 조선인들에게 남겨진 선택지는 두 가지이다. 중국으로 귀화하거나 아니면 일본 국민으로 통감부의 보호를 요청하는 것이 그것이다. 이 갈림길에서 최삼봉 일가는 얼되놈[4] 중국인으로, 장치덕 일가는 일본의 보호를 이용하는 실용주의로 돌아선다. 최칠성 일가와 장치덕 일가는 간도 이주 조선인들이 선택할 수 있는 보편적 삶의 형태이다. 『북간도』에서 이들이 원심적인 공간 이동과 확장을 수반하는 이유가 여기에 있다. 장치덕 일가는 일찌감치 비봉촌을 떠나 용정에서 장사꾼으로 성공했기 때문이다.

간도에서 용정으로 확산되던 공간의 수평적 이동은 제4, 5부로 들어서면서 비약적으로 상승한다. 비봉촌에서 얼되놈 중국인이 되거나 용정의 장사치가 되거나 이 두 가지 갈림길에서 어느 한쪽도 선택하지 못했던(않았던) 이한복 일가는 비봉촌에서 대교동, 러시아와 인접한 훈춘까지 여러 곳을 전전한다. 어쩌면 간도 이주 조선인들을 둘러싼 국제 열강들의 세력 판도와 권력 역학은 이한복 일가와 같은 비(非)소속 이주자에게는 더욱 가혹한 것이었는지 모른다. 얼되놈 중국인이 되거나 일본인이 되거나 국적이 개인을 판단하는 민족국가 체제에서 식민지 조선인이 조선의 국적을 주장해 봐야 아무도 귀기울여 주지 않기 때문이다. 이한복 일가의 유랑은 만

---

4) 중국인이 아니면서 중국인 행세를 한다는 의미에서 비봉촌 조선인들이 경멸조로 부르던 이름.

주 개척 이민의 어두운 이면을 단적으로 드러낸다.

중국인으로 입적하지 않으면 토지 문서를 받을 수 없었던 비봉촌 이주 조선인들은 최칠성의 아들 최삼봉을 호주로 하여 최삼봉의 명의로 토지를 빌리고 농사를 짓는다. 그러나 최삼봉은 날이 갈수록 조선인들의 이익보다 자기의 이익을 앞세우며, 중국 정부에 협력하는 이율배반적 모습을 보여 준다. 몸에 중국옷을 걸치고 거드름을 피우며 비봉촌 조선인들 위에 군림하는 최삼봉의 행태는 만주 개척 이민의 장밋빛 꿈이 깨어지는 배반의 흔적들이다. 한편 장치덕의 아들 현도는 1932년 일본 군국주의의 결과물인 만주국[5]의 보호 아래 지역 유지로 부상한다. 장치덕 일가의 실용주의는 곧 친일과 멀지 않은 지점에 있으며, 이들의 일본 유착은 토착민인 중국인들과는 적대적인 자리에서 이루어진다. 만주 개척 이민은 어쩔 수 없는 생존의 방도였지만, 중국과 일본 사이에서 중국에 협력하든지 아니면 일본에 협력하는 두 가지 길 가운데 하나를 선택해야 했던 간도 이주 조선인들의 연속적인 좌절과 배반이 『북간도』의 저변을 견인하고 있다.

항일 독립 투쟁, 만주 개척 이민의 좌절과 배반을 보상하다
안수길은 해방 전까지 만주에서 만주국의 기관지인 《만선일보》 기

---

5) 일본은 1931년 7월 만주사변을 일으키고, 1932년 3월 만주국을 세운다. 만주국은 다섯 개 민족이 서로 협력하여 왕도가 실현되는 아름다운 나라를 세우자는 슬로건을 내걸었다. 그러나 전쟁이 본격화되면서, 이런 슬로건은 점점 무색해지고 말았다.

자로 근무하며, 기자 생활과 작품 활동을 병행했다. 그 역시 중국에 협력하느냐 아니면 일본에 협력하느냐의 두 가지 갈림길에서 자유롭지 않았던 것이다. 그는 일본 정부의 보호를 선택했다. 해방 후 월남하여 그가 필생의 역작으로 삼았던 『북간도』는 일본에 협력했던 자신의 과거를 어떻게 이해할 것인가라는 어려운 문제를 담고 있다. 그는 『북간도』에서 장치덕 일가도 최칠성 일가도 아닌 이한복 일가를 중심으로 4대에 걸친 가족사의 연보를 엮어 낸다. 제4, 5부는 이한복의 4대손인 창수가 전체 이야기의 매개자로서 등장한다.

여기서 4대손인 창수를 주인공이라기보다 매개자라고 말하는 이유는 제4, 5부는 항일 독립 투쟁의 역사적 기록이라고 해도 좋을 만큼, 봉오동 전투에서 청산리 전투까지 한국 역사에서 길이 남을 북간도 항일 독립 투쟁을 제4, 5부의 주인공으로 삼고 있기 때문이다. 창수는 이 전투에서 날렵한 전령병으로 홍범도 장군을 돕는다. 그러나 중학 2년생에 지나지 않는 창수가 전체 줄거리에서 차지하는 역할은 미미하다. 광활한 만주 공간에서 일본군과 대적해 큰 승리를 거둔 봉오동과 청산리 전투의 기념비적인 투쟁이 이른바 제4, 5부의 주인공이라면 주인공이다.

제4, 5부에서 개별 인물들은 중요하지 않다. 거대한 역사의 현장이 주인공이 되어 개별 인물들을 압도한다. 제1, 2, 3부와 달리 제4, 5부에 대해 여러 연구자들이 이구동성으로 구성상의 결함을 지적하는 이유도 여기에 있다. 거대한 역사의 파노라마가 개별 인물들의 생동성을 빼앗고, 이념의 무게가 일상의 평범함을 짓누른다.

비봉촌에서 용정을 거쳐 제4, 5부에 이르면 작품의 무대는 광활한 만주 공간으로 확대된다. 전투를 따라 이동하는 작품의 시선이 공간의 확산을 가져올 것은 당연할 터. 이제 역사는 개별 인간들을 떠나 역사의 현장으로 급격하게 전환된다.

제1, 2, 3부와는 다른 제4, 5부의 이러한 전환을 어떻게 해명해야 할까. 역사는 기억과 망각의 장이다. 말하자면 어떻게 기억하고 망각하느냐에 따라 역사의 의미는 달라진다. 안수길의『북간도』는 대한민국 정부가 성립한 이후 간도 항일 독립 투쟁을 대한민국의 정통 역사로 구축하는 역사적 인식을 공유한다. 대한민국의 정통 역사에 한 장을 차지하는 봉오동과 청산리 전투를 제4, 5부에서 장대하게 그림으로써 안수길은 대한민국의 국민임을 새삼 재확인한다.

그러나 봉오동과 청산리 전투에 대한 그의 장대한 묘사는 그가 의도적으로 지운 과거의 경험, 즉 그가 만주국의 기관지《만선일보》에서 일본 정부의 보호 아래 생활했다는 과거 경험을 지운 자리에서 기념되고 계승된다. 이산과 유랑의 삶을 살아야 했던 간도 이주 조선인들의 생존 투쟁은 제4, 5부의 항일 독립 투쟁과 기묘한 어긋남을 드러내며, 북간도를 항일 독립 투쟁의 기념비적 터전으로 되새겨 놓는다. 이 기념비적 터전에서 지워지고 있는 것은 무엇인가. 그 과거를 고스란히 떠안고 미래를 응시해야 할 현재의 우리에게 남겨진 질문이다.

## 더 생각해볼 문제들

1. 『북간도』와 같은 대하 장편 역사소설은 역사적 사실성과 소설적 형상화 사이에서 언제나 갈등을 겪어 왔다. 작가들뿐만 아니라 소설을 읽는 독자들도 다르지 않다. 『북간도』가 처음『사상계』에 연재되었을 때, 한 평론가는 "작품『북간도』가 다만 역사적인 사실을 그린다는 안목을 지나치게 살렸기 때문에 테마가 미약해졌다"고 지적했다. 다른 한 평자는 문학적 형상화의 측면에서 안수길의『북간도』는 나무랄 데 없는 구성을 갖췄다고 극찬했다. 한 작품을 두고 평자들의 평가가 엇갈리는 셈이다. 물론 평자들마다 작품을 해석하는 기준이나 잣대는 다르기 마련이다. 하지만『북간도』의 경우, 역사적 사실성과 소설적 형상화에 대한 이중의 요구가『북간도』의 평가에 일정한 영향을 미쳤음을 부인하기 어렵다.

2. 1909년 청나라와 일본은 간도협약을 맺었다. 1905년 한국은 일본에게 이미 외교권을 빼앗긴 상태였기 때문에, 정확하게 말하면 간도협약은 한국을 뺀 청나라와 일본 간의 협약이었다고 말할 수 있다. 서울시 의회는 2005년 결의안에서 "하자가 있는 조약이라고 해도 국제법상 체결 후 통상 100년 (2009년)이 지나면 확정되므로 정부는 반환 요구를 위해 국제사법재판소에 제소하라"고 촉구한 적이 있다. 한국이 빠진 상태에서 체결된 조약인 만큼, 간도협약은 무효라는 것이다.

이렇듯 간도는 우리 역사뿐만 아니라 우리 문학사에서도 중요한 역사적 공간이다. 안수길의『북간도』뿐만 아니라 박경리의『토지』에서도 간도 용정은 우리 민족의 수난과 질곡을 표상하는 공간이다. 하지만 '독도' 분쟁을 통해서 드러나듯이, 영토 문제는 현재의 국가 간 역학이 작용하는 것이기 때문에, 간도 영유권에 대한 주장은 또 다른 불씨를 낳을 수 있다. 그렇다면 안수길이 "역사적으로는 우리의 땅이 분명한 이 지대에 남의 땅에 온 것처럼 우여곡절 복잡다단했던 세기 말에서부터 금세 초기에 걸친 열강들의 각축전 속에 부대끼는 우리 농민"이라고 언급할 때, 그 땅에 애초부터 살고 있던 청인 토착민의 존재는 삭제·배제되고 만다. 이러한 역사 인식과 판단이 지닌 문제점은 없을까. 안수길의 『북간도』에서 이를 한번 되짚어 보는 것도 좋을 듯하다.

3. 한편에서 안수길의 『북간도』는 철저하게 부계(父系, 아버지 중심)의 문학이라고 말한다. 『북간도』에서 여성 인물들은 남성 인물들에 비해 작품에서 차지하는 비중이 현저하게 낮기 때문이다. 우리나라 역사소설은 남성의 역사일 뿐 여성의 역사는 아니라고 한다. 그렇다면 서희가 주인공으로 등장하는 박경리의 『토지』는 여성의 역사인가. 이러한 의문점을 갖고 박경리의 『토지』와 비교·대조해 보는 것도 자못 흥미롭다.

**추천할 만한 텍스트**
『북간도』, 안수길 지음, 삼중당, 1983.
『북간도』, 안수길 지음, 동아출판사, 1995.

---

**공임순(孔任順)**
서강대학교 국어국문학과 강사.
서강대학교 국어국문학과 및 동 대학원을 졸업했다. 저서로는 『우리 역사소설은 이론과 논쟁이 필요하다』와 『식민지의 적자들』이 있으며, 『환상성』, 『내셔널리즘과 섹슈얼리티』를 공역으로 출간했다. 그 외 「식민지 시대 흥망사 이야기와 타락의 표지」 등 다수 논문과 평론이 있다.

"방금 도망쳤다! 굴 밖을 수색하라!' 왜병들은 일제히 굴 밖으로 뛰어나갔다.

나카노는 동굴 주변을 수색하다가 그들의 도피처를 발견했던 것이다.

숨 가쁘게 추적, 도피하는 일군의 폭도를 육안으로 잡은 것은 화개 근방이었다.

화개에서 악양쪽을 향해 달아나는 것을 본 나카노는

이제 그들은 독 안에 든 쥐라 생각했다.

— 『토지』 중에서

## 박경리 (1926~ )

경남 통영에서 태어났다. 진주여자고등학교를 졸업하고 1950년 황해도 연안여자중학교 교사로 재직했다. 1955년 『현대문학』지에 단편 「계산」이 추천되고 1956년 「흑흑백백」으로 추천이 완료되어 본격적인 문필 활동을 시작했다. 「호수」, 「전도」, 「불신시대」, 「반딧불」, 「영주와 고양이」를 발표하고 「불신시대」로 현대문학 신인상을 수상하였다. 이후 장편소설 『표류도』, 『성녀와 마녀』, 『김약국의 딸들』, 『그 형제의 연인들』, 『파시』, 『시장과 전장』 등으로 내성문학상, 한국여류문학상 등을 수상하였다. 43세 되던 1969년 『현대문학』지를 통해 장편소설 『토지』를 집필하기 시작했으며 1994년 68세 되던 해에 완간했다. 이 기간에도 꾸준하게 중·단편을 발표함으로써 현대 한국 문학사에 전무후무한 작가로, 또 치열한 예술적 함량 축적의 모범을 보인 작가로 기록되고 있다. 현재 원주시 흥업면 오봉산 자락에 마련해 놓은 토지문화원 옆의 은거지에서 후학 격려에 힘을 쏟고 있다.

04

---

일본론, 능동성론으로 읽는 긴 소설

# 박경리(朴景利)의 『토지』

정현기 | 연세대학교 국어국문학과 교수

## 세 개의 공리

박경리의 『토지』는 그 이야기 범위의 광대함이나 말 쓰기의 호화로운 운행, 한자식 격언 내뱉기, 각 지역·지방의 감칠맛 나는 토박이 말 쓰기, 한국 역사에 대한 무궁무진 넓은 지식 드러내기, 세상 읽기에 대한 치열하고도 날카로운 작가의 비판 의식 등 이루 말할 수 없을 만큼 작품 읽는 재미의 풍성한 텃밭을 품고 있는 소설이다. 아니 이야기 뭉치, 떨기이다.

이 작품은 한국 현대소설사에서 아마도 드높이 솟아, 거기 아름다운 구름들과 하늘을 이고 있는 거대한 문학적 산맥으로 부를 수 있다. 1897년도부터 1945년 8월 15일 조국 광복에 이르는 동안 벌어진 한국 역사의 여러 굴곡과 파장을 담고 있는 이 작품 『토지』

는 당대 한국 역사의 실제 내용은 물론 여러 갈래의 문화, 오랫동안 내려와 우리 몸에 멎은 정신, 말 쓰임, 이야기 기법, 독특한 삶의 전략 등 무수한 박경리 철학이 들어 있는 걸작임에 틀림없다.

이 작품은 그것을 창작한 시기만 해도 25년이 걸렸고 그 배경 또한 50여 년에 걸친 한국 사회의 이야기이다. 거기 등장하는 인물만 해도 허수로는 근 700여 명이고 실제로 활동하는 인물들도 75명 정도의 생생한 사람들이 살아 숨쉰다. 이것은 일종의 긴 역사 이야기이다. 뿐만 아니라 그것은 한국 당대 역사를 모두 베껴 내어 그 당시 우리 한국인들이 겪었던 삶의 질곡이나 처한 입장, 칼날 같은 관계 그물 속에서 살아남기 위해 몸부림치던 무수한 생명의 음색들을 총동원한 이야기의 길고 긴 강물이었다.

이 작품을 얽는 작가의 철학적 기둥을 필자는 다음과 같은 세 가지로 읽었다. 하나는 '숙명에 대한 질문' 공리로, 작가가 끈질기게 묻던 물음— 왜, 어째서 사람은 그런 자리, 그런 처지, 그런 곳에서 태어나고 죽어야 하는지, 왜 어째서 사람들은 남을 공격하고 못살게 굴면서 자신의 존엄성을 해치게 되는지, 왜 어째서 사람은 남의 공격과 침해를 받아 없음 여김을 당해야 하는지, 이런 숙명은 도대체 인간이 짊어진 어떤 덫인지를 작가는 끈질기게 묻는다. 구체적으로 그가 던진 물음의 가장 큰 몫은 어째서 일본은 우리나라를 그렇게 무참하게 겁탈하여 우리를 괴롭히면서 스스로 천박한 종족으로 타락해 가는지를 묻고 그들에 의해 타락해 가는 각종 인물들을 그려 보임으로써, 그런 질문이 이 작품을 얽는 가장 굵은 기둥임을 여러 인물과의 이야기, 행적 따위로 증언하고 있다.

둘째, '존엄성' 공리로 『토지』 읽기이다. 모든 존재는 그가 어떤 조건으로 태어났던 존엄한 살 권리와 자연을 누릴 권리를 타고 태어났다고 작가는 내세운다. 이 주장은 그의 생명 사상과 함께 능동성 원리로 짝을 이루는 중요하고도 깊은 철학을 품고 있다. 개미나 심지어, 그가 예로 드는, 쥐벼룩과 코끼리 사이에는 아무런 계급적 계층적 차등이 있을 수 없다고 본다. 이 세상 만물은 모두 공평한 생존 권리를 가지고 있는 이것을 그는 존엄성 공리로 공식화하여 작품 속에 형상화하였다. 이 존엄성 원리에 맞추어 보면 이 세상 누구도 자기 확대나 자기 행복을 위해 남을 죽이거나 침해하여 그 존엄성을 해칠 수가 없다. 일본 제국주의가 한국을 침략하여 병탄한 것에 대한 그의 공식적인 언명은 이렇다.

> "우리는 한일합방을 치욕으로 여기는데, 정신적인 차원에서 본다면 그렇게 보지 않아도 된다는 얘기예요. 나라를 빼앗긴 것 자체는 정신적인 차원에서 치욕이 아니란 거예요. 가령 착한 사람이 무방비 상태로 있다가 자기 것을 빼앗긴다고 해서 어떻게 그 사람의 치욕이 되겠어요? 물론 못났다고 할 수는 있겠지요. 유교적인 입장이나 종교적인 입장에서 볼 때는 반드시 못난 것만도 아니거든요. 이조(李朝) 5백년의 정치를 보면 일종의 교화(敎化) 군주정치로 어느 의미에서는 이상적인 정치철학이라 할까, 그런 것을 가졌습니다. 그런 이상이 현실에 패배를 당한 것이지만 적어도 맑은 것이었고 깨끗한 것이었어요. 그런데 일제는 백정처럼 총칼을 들이밀고 대포를 쏘고 이 땅을 유린했습니다. 그것이 어떻게 일본의 자랑스러운 역사입니까?"
> — 김치수, 「박경리와의 대화」 중에서

『토지』속에서 형상화한 많은 인물들 가운데 극악한 행악을 저지른 인물들은 모두 일본식 행악의 모습을 닮고 있다. 남의 것을 빼앗아 자기 것으로 챙기는 모든 행위는 악행이고 악이다. 남의 존엄성을 해침으로써 자아의 존엄성을 해치는 것이라는 이 공식 이론은 이 작가의 다른 공리인 능동성 공리를 뒷받침하고 있어 흥미롭다. '자아─나'의 나됨을 높이고 그 격조를 만드는 것에는 능동적인 자아실현이 뒷받침이 되어야 한다. 그런데 그것을 위해 남을 수단으로 여긴다든지 남을 먹이로 삼아 자아를 실현하는 것은 철저하게 비굴하거나 천박한 악행으로 치닫는 길이다. 그것이 작가 박경리가 내세우는 존엄성 공리이다. '자아─나'의 존엄성을 드높이기 위해서 남은 목적이고 존엄한 대상이지 결코 수단이거나 피동적인 노예화가 아니라는 것이 그의 철학적 기반이다.

셋째, '사랑 곧 창조'라는 공리로 『토지』 읽기이다. 삶은 그것 자체가 존엄한 현실이고 누구도 함부로 범접하여 훼손하거나 멸절해서는 안 될 엄연한 것인데 그것을 실현하는 가장 뚜렷한 정서는 사랑이다. 사랑만이 창조에 이르고 그것은 곧 하나님이나 종교적인 차원으로 이르는 드높은 경지이다. 그것을 박경리는 『토지』의 도처에서 강조하고 있다. 평사리 마을에 터 잡고 살던 최치수 일가와 그 마을 공동체 속 삶의 내용 속에는 당대 계급사회의 적나라한 모습이 잘 드러나 있다. 부자이고 양반이었던 최 씨 일가에 얽혀 지내는 많은 하인과 일꾼들 그리고 소작으로 생계를 꾸미는 마을 사람들이 있다. 그들 사이에는 넘어서기 어려운 엄연한 당대의 계급의식이 있다. 각기 쓰는 말씨로부터 행동거지 따위가 모두 이 질서 속에서 벗어나지 못하지만 그런 가운데에서도 이 '사랑 곧 창조'라는 철학적 생활 기반은 있다.

## 일본론으로 보는 『토지』

모든 작가는 자기가 살던 시대의 관념이 일으키는 질곡이나 폭력, 결핍, 고통 상태를 결코 눈 돌려 외면하지 않는다. 더구나 위대한 정신으로 무장한 작가일수록 그가 살던 시대를 포위하고 있는 못된 관념이 일으키는 변화무쌍한 술수와 더러운 음모, 폭력의 질량들을 찾아내 보인다. 1930년 당시대에 위대한 한국 작가들이 그 시대를 베낀 것을 우리는 안다. 염상섭을 비롯하여 홍명희, 이기영, 채만식, 이태준 등 많은 작가들이 당대의 포위 관념을 헤치고 그 속에 들어 있던 폭력의 질을 폭로하고 비판하였으며 거부의 몸짓으로 왜정의 거짓된 기만들을 드러내 보였다. 그런데 놀랍게도 박경리는 1969년도부터 시작하여 1994년에 이르기까지, 만 25년에 걸친 기간 동안 이 작품 『토지』를 집필하면서 그 시대적 배경으로 왜정(倭政) 시대 전(全) 시기를 잡아내어 꼼꼼하게 당시의 관념들이 어떠하였는지를 읽어 보여 주고 있다.

　『토지』가 최치수 일가의 4대에 걸치는 삶을 그려 낸 것은 바로 이런 유장한 눈길로 세계를 읽으려는 깊은 호흡과 관련되어 있다. 일본 제국주의가 비록 36년 동안 조선 땅에 와서 왜식 문화를 뿌리내려 보려고 하였지만 결과적으로 실패하였다. 그러나 이 실패가 어떤 후유증을 이 땅에 남겼는지를 우리는 『토지』를 통해 더욱 깊이 알 수가 있다. 『토지』 속의 일본이 어떤 관념의 경로를 거쳐 아시아 전역을 범해 악행을 저질렀는지를 이 작가는 몇 가지 가설을 통해 보여 주고 있다.

첫째, 서양식 제국주의 정책 관념을 그대로 답습하겠다는 일본 제국주의의 꿈을 실현해 보인 것이 바로 그것이다. 나라끼리 벌이는 이런 행악 정책을 미국은 루즈벨트가 일본과 야합하여 맺은 가쓰라-태프트 조약을 통해 정식으로 채택하여 일본으로 하여금 조선을 병탄하도록 부추겼다. 이 문제는 일본이 1917년대에 이미 몇몇 법과대학에 '식민정책학' 강좌를 설립함으로써, 조선 병탄과 아시아 전역을 침략할 발판을 마련하고 있었던 내용으로 쉽게 파악할 수가 있다. 일본의 조선 병탄과 아시아 침략은 서구 제국주의자들의 의도적인 등밀이였고, 일본은 그것이야말로 자기 나라가 살 길이라는 더러운 믿음으로 굳어져 버린 것이었다.

둘째는 이른바 자본주의라는 시장경제 체제의 필연적인 등밀이가 일본으로 하여금 조선을 비록한 중국과 필리핀, 태국 등을 그 상품 먹이 발판으로 생각하여 적극적 정책 실험을 감행하도록 밀어붙였던 것이다.

이런 바깥 요인들을 등에 진 일본은 가장 극악한 방식으로 조선을 밀고 들어와 분탕질을 시작하였다. 『토지』가 1897년 한가위 날, 하동읍 악양 평사리 한 조용한 시골 농촌 마을을 배경으로 잡아 시작하는 것은 바로 이 상업주의적 포위 관념의 폭력적인 해악의 모습을 보여 주기 위한 장치로 읽힌다. 서양을 흉내 내는 일본, 미국의 협력을 받는 일본, 그런 얄팍하고도 사악한 불의를 저지르는 패들에 대한 멸시나 증오는 이 작품 『토지』를 엮는 가장 중요한 날줄이다. 일본

강원도 원주 '토지문학관'.

사람 가운데 과연 이런 사정이나 진실을 꿰뚫어 알고 있는 사람이 있을까? 작가 박경리는 『토지』에 중요한 일본인 한 사람이 등장시키고 있다. 오가다 지로, 그는 독립운동에 열렬한 조선인 처녀 유인실을 사랑하게 됨으로써, 행악으로 가득 찬 일본 정부의 악행이 자신의 처지를 얼마나 어렵게 하는지를 아는 인물이다.

그들은 우연하게 사랑하는 관계로 발전하였고 그 결과로 유인실이 오가다 지로의 아이를 갖게 되고 독립운동의 절실한 어려움 속에서도 그 아이를 낳아 일본인 아버지를 만나지 못하도록 배려하는 치열한 자기 검열을 유인실은 지킨다. 그것은 불행이면서 독특한 문화 연대 넓히기이다. 당시에 일본인과 살을 맞대어 '튀기'를 만든

경남 하동군 악양면 최참판댁.

경우는 부지기수일 터이고 조선인들은 이것을 최악의 수치로 여겨
오늘날도 그 문제로 떠들썩한 논란이 일지 않는가. 왜 그럴까? 여
기는 오랫동안 우리가 당해 온 일본에 대한 불신과 멸시감이 깊이
박혀 있기 때문일 터이다. 박경리의 산문집 『생명의 아픔』은 2004
년도에 발행하여 그만의 독특한 생명 사상과 일본론, 우주론, 능동
성 이론 등 그야말로 다채로운 작가 철학을 보여 주고 있다. 이 책
에서 작가 박경리는 말한다.

　　일본은 거짓의 두 기둥을 박아 놓고 국민을 가두어 왔다. 하나는 천
　　조(天照)의 상속권 주장의 만세일계(萬世一系)요. 다른 하나는 현인신

『토지』의 주무대가 된 악양면 평사리의 '무딤이들'.

(現人神)으로 왕을 치장한 신도(神道)다. 각일각 변화하는 생명과 만
상의 원리를 어찌하여 일문이 만세에 걸쳐 군림할 수 있을까. 나고
죽는 우주 질서에서 일왕도 예외가 아니거늘 어찌하여 신으로 칭하
는 걸까. 거짓은 만사를 거짓으로 만든다.


  제2차 대전이 끝나고 승전국 대표 맥아더 장군이 일본 문제를 정
리할 때 일본 헌법은 교묘한 형태로 바뀌었지만 그것은 외형일 뿐
지금 우리의 눈으로 읽어도 기괴하고도 이상하다. 종전 헌법에는
바로 그 제1조가 '대일본 제국의 통치는 만세일계 천황이 한다'고
되어 있다. 살아 있는 신, 천황을 삶의 기반으로 한 일본인들이 정

말 진정한 뜻의 민주주의 정치를 실행할 수 있는 것일까? 이 일본론은 이미 『토지』속에 등장하는 일본인 지식인 오가다 지로와 기름 낀 속물 친일파 조용하와 제문식 등과의 대담에서 펼치는 유려한 소설적 웅변으로 형상화되고 있다. 그는 산문 글쓰기에서 다시 주장한다.

> 옛날 일본은 아시아에서 고도였을 뿐만 아니라 문화에서도 고아 같은 존재였다. 기능적이며 공리적인 특성은 차라리 서쪽에 가깝다. 그리고 일본은 서쪽을 등에 업고 동쪽을 배신한 유일한 나라이다.

그러기에 『토지』의 작가는 일본을 이웃해 있는 우리의 불행을 도처에서 이야기하였다. 그의 장강(長江)과도 같은 이론은 이웃해 있는 일본뿐만이 아니라 문화를 말하고 지성을 말하는 모든 인류에게 닿는다.

## 능동성 이론으로 본 『토지』

모든 존재는 능동적일 때 비로소 그 존재의 값을 제대로 지닌다. 모든 사물이나 존재가 피동화될 때 그것은 이미 자발성이나 생명의 독자적 정신을 잃게 된다. 진정한 뜻의 위대한 작가는 이것을 모두 읽는다. 박경리 소설의 위대성은 바로 이 점에서 돋보인다. 김원일이 그의 장편소설 『바람과 강』에서 형상화한 인물 이인태가 고향을 떠난 다음, 만주 벌판에서 겪은 갖은 수모와 그 수모의 뒤끝이, 다시는 고향에 갈 수 없는 반작용으로 요연하게 드러내고 있는 것은 바로 왜정 치하에서 모든 생명이 능동성을 잃고 피동화되었다는 그런 삶의 생존 내용을 치열하게 베껴 보여 준 것이다.[1)]

> "방금 도망쳤다! 굴 밖을 수색하라!"
> 왜병들은 일제히 굴 밖으로 뛰어나갔다. 나카노는 동굴 주변을 수색하다가 그들의 도피처를 발견했던 것이다. 숨 가쁘게 추적, 도피하는 일군의 폭도를 육안으로 잡은 것은 화개 근방이었다. 화개에서 악양 쪽을 향해 달아나는 것을 본 나카노는 이제 그들은 독 안에 든 쥐라 생각했다. 그리고 평사리 마을을 포위한 것이었는데…… 나카노 준위는 사실 구경꾼들 속에서 열여섯 명의 장정을 색출하여 하동읍으로 나오는 순간 헛짚고 엮어 가는 것이 아닌가 하고 생각하긴 했었다. 그런데 어째 그랬던지 오광대의 광대들을 염두에 떠올리지는 않았다.

『토지』는 처음부터 끝끝내 이 능동성의 문제를 탐색하는 치열한 자기 투쟁으로 피를 튀긴다. 위 인용문의 일본군들이 한국 농민들을 잡아다가 족치는 장면처럼 일본인들은 하나같이 문화나 정신을 잃은 민족임을 나타낸다. 존재의 피동화, 존재의 어둠 속에서 나의 나됨을 찾으려는 힘씀은 생명 모두의 공통된 몸부림이다. 이 떨리

---

1) 현경준의 단편소설들 이를테면 「격랑」이나 「오마리」, 「별」 등 작품 세계나 이기영의 장편 『고향』, 『두만강』 등 작품이 추구하는 세계는 모두 사람의 사람됨을 찾아 자신이 얽힌 피동적 삶에서 능동적 자아를 찾기 위한 몸부림과 그 투쟁의 이야기를 우리에게 전한다.

는 몸부림을 작가는 눈여겨 베낀다. 남의 아픔이나 슬픔, 캄캄한 앞
길에 대한 속 막힘을 곧 나의 것과 같은 것으로 알고, 마음을 실어
그 마음을 읽고 섬세하게 그것을 드러내는 공력을 나는 위대한 작
가정신이라 읽는다. 박경리는 이 정신을 까마득한 경지로 키워 우
리 앞에 『토지』로 우뚝 세워 보인다. 이 작품 읽기는 그 많은 이야기
분량과 치열한 숨결 고르기로 인해 단숨에 읽기가 어렵다. 그러기
에 이 작품을 읽으려고 할 때 우리가 주목해야 할 요점이 있다고 나
는 보았다.

첫째, 이야기는 끝도 없고 시작도 없는 삶 판의 연장이다.[2] 이럴
때 '마디 이론'은 『토지』 읽기의 적절한 독법을 제시한다. 모든 이
야기는 마디로 형성되어 있다. 특히 박경리의 『토지』는 마디로 이
야기를 잇는다. 여러 이야기의 마디들이 거대한 다성악(多聲樂)적
효과를 갖추면서 융합되어 형상화된 작품이 바로 『토지』이다.

둘째, 이 작품은 최 씨 일가를 중심으로 해서 이루어지고 있지만
수십 명의 가족들이 움직이고 스스로 그 능동적 삶을 찾아 애쓴다.
그들은 각기 자기의 집짓기를 위한 몸부림으로 떨린다. 존재의 떨
림, 생명의 떨림은 모두 자기의 집짓기를 위한 몸부림이고 민족의
집짓기, 우주의 집짓기를 향한 빛 찾기이다. 이 독법으로 읽을 때

---

2) 이 이론은 아리스토텔레스가 일찍이 세워 준 처음 가운데 끝이라는 이야기 원리와는 좀 충돌
하는 논리이다. 말의 빛 속에 놓일 때 이야기는 계속되는 것으로 읽히지만 그것이 말의 어둠
속에 들 때면 이야기는 사라진다. 그러나 그 이야기가 끝난 것은 아니다. 작가가 말을 멈추었
을 때 독자는 다시 그것을 마음속에 이어 다시 생각한다. 그러므로 이야기는 끝이 없고 사건
도 끝이 없이 숨어들 뿐이다.

『토지』는 독자인 내 앞에 바로 선다. 그러면서 이 이야기 떨기들은 우리를 크나 큰 감동에 젖게 한다. 누구도 이 작품을 읽지 않고 일본을 말하거나 생명을 말하기 어렵다. 한국인의 가장 격조 높은 정신의 맑기와 그 처연함을 이 작품을 통해 읽을 수 있다고 나는 확신한다. 가히 서슴지 않고 일독을 권하는 이유이다.

**더 생각해볼 문제들**

1. 이 소설은 전통적인 한국 고전소설들과 어떤 공통점이 있는가?

   한국의 전통적인 고전소설들은 대체로 길이가 길고 이야기 마디가 여러 가닥으로 나뉘어 있다. 예컨대 『윤하정삼문취록(尹河鄭三門聚錄)』이나 『완월회맹연(琓月會盟宴)』 등의 고전소설들은 우선 그 길이가 박경리의 『토지』와 맞먹거나 그보다 길다. 『윤하정삼문취록』이 180책으로 극 길이만 해도 『토지』와 비슷하지만 그 앞뒤에 붙인 내용들이 있어 더 길 수가 있다. 유장한 이야기를 가지고 세상을 논하는 이야기 문학의 기법은 박경리가 그 전통적인 맥락을 잇고 있다고 할 수가 있다.

2. 이 긴 소설의 중심 내용은 과연 어떤 작품과 견줄 수 있을까? 이들 작품들과의 차이점과 공통점은?

   한국의 현대 작품들 속에는 이른바 대하 장편소설들이 많이 쏟아져 나왔다. 홍명희의 『임꺽정』을 비롯하여 김주영의 『객주』, 『화척』, 『활빈도』 등이 있고 황석영의 『장길산』, 조정래의 『태백산맥』, 『한강』 등이 있다. 길이로만 읽는다면 이것들과 『토지』는 분명 공통점이 있다. 그러나 그 작품 속에 든 내용이나 사상들은 상당한 차이가 있다. 오히려 러시아 작가 솔로호프의 『고요한 돈강』과 비교하는 식자들도 상당히 있다. 이런 내용들은 각자가 찾아나설 만한 소설적 탐색 여정이라고 할 만하다.

3. 이 소설이 지닌 다성악적 요소를 찾아 이 작품을 통해 보여 주려고 한 내용들은 어떤 것이 있는가?

   앞에서 나는 『토지』를 일본론이라고 읽었고 '능동성 이론'의 중요한 이론적 전거들이 있다고 풀이하였다. 과연 이 작품을 그것만으로 볼 수가 있을까? 왜놈들이 한반도를 침략하여 식민지화에 성공한 연도를 작품 배경으로 설정하고 있다. 한국 자체 내에서도 계급의식이 뚜렷하던 이 어수선한 시대 한국 사회에 퍼지던 반봉건 및 반제국주의 원리에 대한 작가의 숨결이 어떤 것인지를 날카롭게 찾아 읽을 필요가 있다. 예컨대 동학 사상과 중국에서 겪었던 태평천국의 난 등에 대한 작가의 안목에 대해 깊이 살펴볼 필요가 있고, 중요한 작중인물들의 계급 마찰 장면에 대해서도 깊은 통찰력이 필요하다. 각 인물들이 내고 있는 목소리의 핵심 찾기!

**추천할 만한 텍스트**
『토지』, 박경리 지음, 마로니에북스, 2012.

---

**정현기(鄭顯琦)**
연세대학교 국어국문학과 교수.
연세대학교 국어국문학과를 졸업하고 동 대학원에서 박사 학위를 받았다. 1979년 『문학사상』에 문학 평론 당선으로 비평 활동을 시작했다. 현재 '우리말로 학문하기' 회장을 역임하고 있다. 저서로는 『비평의 어둠 걷기』, 『한국 현대문학의 제도적 권력과 사회』, 『한국 소설의 이론』, 『한국 문학의 해석과 평가』, 『인간아 인간아』, 『포위 관념과 멀미』 등의 저서와 시집 『시 속에 든 보석』이 있다.

# III

# 산업화의 그늘과 진실

대소간에 대사가 있을 때마다 그녀가

징발됐던 것도 남의 집 뒷수쇄에 뛰어난

능력을 보였음이니, 온갖 일의 들무새요 안머슴이었던 것이다.

"말꼬랑지 파리가 천리 가더라구 옹젬이가 그렇당께."

부락 사람들은 그녀의 억척과 솜씨를 그렇게 비유하였고,

그녀는 그녀대로 그런 말 듣게 된 자신을 대견스레 여기는 것 같았다.

— 『관촌수필』 제2화 「행운유수(行雲流水)」 중에서

## 이문구 (1941~2003)

호는 명천(鳴川). 충남 보령에서 태어났다. 한국전쟁이 일어나면서 남로당 보령군 총책이었던 아버지와 두 형을 잃었다. 1959년 상경하여 갖가지 일을 전전하다 서라벌예술대학 문예창작과에 입학하여 스승인 김동리가 「다갈라 불망비」를 『현대문학』에 추천하여 작가로 나섰다. 7, 80년대 자유실천문인협의회 간사와 실천문학사 대표로 일하며 민주화 운동에 헌신했다. 민족문학작가회의 이사장 재임중에 발병하여 2003년 2월 25일 타계했다. 문단의 통합 활동과 민주화 운동, 그리고 문학적 성과를 모두 인정해 문단 사상 초유로 문단 3단체가 합동 장례식을 올렸으며 정부는 은관문화훈장을 수여했다. 장편소설 「장한몽」, 「매월당 김시습」 등과 소설집 「해벽」, 「관촌수필」, 「우리 동네」, 「유자소전」, 「내 몸은 너무 오래 서 있거나 걸어왔다」 등과 동시, 산문 등을 남겼다.

# 01

## 민 중 의  전 기  모 음 집
# 이문구(李文求)의 『관촌수필』

최시한 | 숙명여자대학교 국어국문학과 교수

### 주류에서 벗어난 문학

『관촌수필(冠村隨筆)』은 이제 한국 현대문학의 고전 가운데 하나가
되었다. 무엇이 한 책으로 하여금 무수한 책 속에서 살아남아, 대를
이어 읽히게 하는 것일까? 이 물음은, 이 소설이 여러 면에서 주류
에서 벗어난 것처럼 보이기에 매우 중요하다.

　우선 이 소설은 장편소설 분량이지만 기본 줄거리가 지속되는 이
야기가 아니다. 1972년부터 1977년까지 발표된 8편의 연작(連作)
중·단편소설을 1977년에 발표 순서대로 묶어 출판한 것인데, 각기
독립된 이야기이므로, 초판 표지에 적혀 있듯이 소설이라기보다
'소설집'이 어울린다. 옹점이, 어머니, 대복이 같은 인물이 여기저
기 얼굴을 비치기도 하나, 여덟 꼭지 모두 '나'가 함께 살고 또 만난

사람들에 관한 별도의 이야기인 것이다. 물론 각 꼭지가『관촌수필』이라는 전체에 종속되지만, 그 관계가 여느 연작보다 훨씬 더 느슨하여, 그들을 묶는 끈이라곤 화자이자 인물인 '나' 한 사람과 관촌이라는 공간, 그리고 일정한 시간대 정도이다.

그런데 그 '나'가 다름 아닌 작가 이문구 자신이다. 이 작품은 중심 줄거리가 없는데다가, 일단 좁은 의미에서의 소설 즉 허구(fiction)의 산문이라고 보기 어려운 것이다. 아예 후기에 작가 스스로 "남의 이야기가 아니"며 "후제 내 자식이나 조카들에게 읽히기 위해 소설이니 문학이니를 떠나 눈물을 지어 가며 쓴 고인에 대한 추도문"인 것도 있다고 밝혀 놓았다. 본문에도 그 비슷한 말이 여러 번 나오고, 땅 이름, 사람 이름 따위가 실명(實名)이며 '나'의 생애 또한 작가의 그것과 일치한다. 시간으로 보아도 이야기하는 지금, 현재는 항상 작품이 발표되던 1970년대 당시이다.『관촌수필』은 얼마 전까지 충남 대천(大川, 한내)시였고 지금은 보령시 대관동에 속한 관촌(冠村, 갈머리)에서 1941년에 태어난 이문구가, 해방 뒤부터 6·25를 거쳐 새마을운동에 이르는 30여 년 세월 동안에 자기를 포함한 그곳 사람들이 겪어 낸 삶을 기록하듯 재현해 낸 '이야기(서사)'인 것이다.

그뿐 아니다. 이 작품은 그 지방의 이야기를 그 지방의 말, 곧 보령 중심의 충청도 사투리 위주로 서술한다.『관촌수필』을 언급할 때면 맨 먼저 나오는 이 점은, 실은 허점투성이인 한국의 국어사전에서 찾기 어려운 토박이말을 잘 살려 쓰고 표준어 아닌 사투리를 많이 썼다는 뜻이다. 사전에 없는 말과 사투리가 고전이 된 것이다.

『관촌수필』의 배경이 된 충남 보령시 대관동 전경.

　무릇 고전이란 아무리 설명하고 파헤쳐도 남는 부분이 있게 마련
이다. 『관촌수필』이 이렇게 중심이 아니고 주변에 속한 듯한 면이
있으면서도 어떻게 고전의 반열에 올랐는가를, 이 작품의 푸짐한
말솜씨를 조금 본뜬 말투로 몇 가지 면에서 풀어 보기로 한다.

## 속어를 격상시키고 공식어를 격하시킴

『관촌수필』의 화자이자 작자인 '나'는, 제1화 「일락서산(日落西
山)」에 자세히 서술되어 있듯이, 양반집 자손으로서 조부에게 가르
침 받은 법도가 몸에 배어 있다. 한마디로 말하기 어려우나, 그 법
도란 분수와 염치를 알며 사람으로서의 자연스러운 정(인정)에 따

르는 것이다. 이는 굳이 양반 평민의 신분을 가릴 것 없이 한국 전통사회에 일반화된 가치이기에, 화자의 태도는 양식 있는 사람의 일반 상식과 정서에 매우 가깝다. 하지만 그가 사람들의 속을 섬세하게 읽는 마음의 촉수, 특히 약한 자들을 바라보는 눈은 보통 사람보다 몇 배 예민하고 따뜻하다.

이야기를 하고 있는 1970년대 현재 화자이자 작자인 '나'는 30대의 어른이다. '나'는 객관적으로 묘사하여 보여 주기보다 자기를 완전히 노출하면서 옳고 그름과 좋고 나쁨까지 주관적으로 말해 주어 버린다. 이 서술 방식이 바로 근대소설이 도입되기 이전의 전통적 이야기 방식, 말하자면 '옛날 이야기' 따위를 하는 화법이다.

실향민이나 다름없는 '어른 나'가 고향 관촌에 돌아와 과거를 회상하는 게 이 소설의 기본 이야기 행위이다. 회고 투요, 귀향소설 투인 것이다. 그런데 이야기되는 사건과 인물을 보면, 대강 앞의 사분의 삼은 주로 해방 직후 약 6~7세 때부터 전쟁 통에 집안이 망하고 고향을 떠나기까지 10여 년 동안 자라나는 '나'의 눈으로 본 것들이다. 노상 '어른 나'가 나서서 회상하고 말하되, 현재와 과거가 뒤섞인 第5화 「공산토월(空山吐月)」과 第6화 「관산추정(關山芻丁)」 어름까지는 '어린 나'를 초점자로 한, '어린 나'가 체험한 것이 중심을 이룬다. 그 뒷부분 약 사분의 일은 그로부터 약 10년 후인 1970년대 현재 '어른 나'가 관촌에 와서 직접 경험하고 말하는 내용이다. 이러한 이야기 방식과 시간 설정은 『관촌수필』이 너무 과거 지향의 회고담에 기울지 않게 하면서, 독자로 하여금 현재 입장에서 과거를 보고 과거의 연장선상에서 현재를 보도록 한다.

『관촌수필』은 술술 읽히다가 어느새 가슴에 젖어든다. 시골 사랑방에서 입담 좋은 사람의 경험담을 들을 때 그대로이다. 이것은 화자의 태도가 따뜻하고, 그가 하는 이야기가 모든 사람을 사로잡는 잃어버린 '낙원—고향'과 그곳 사람들에 대한 이야기이기 때문이다. 아울러 전통적 태도와 방식으로 흘러간 일을 떠오르는 대로 늘어놓듯 회상하고, 언문일치가 되어 있으며, 때로 매우 시적(詩的)이기 때문이다. 언문일치가 언제 얘기냐고 할지 모르나, 사실 한국어는 아직도 입으로 하는 말[言]과 글자를 빌어 하는 말[文] 사이의 거리를 만족스러울 만큼 좁히지 못하고 있다. 이 소설은 충남 보령 지방의 토박이가 쓰는 말, 낱말은 물론이고 어투, 비유, 속담 등과 그에 밴 숨결과 정서까지가 그대로 글자로 옮겨져 된 '글'이다. 민중의 생생한 비유와 속담이 녹아 있는 데를 한 곳 뽑아 본다.

> "평지에 지여두 절은 절인디, 대복이라구 보는 것보덤 허는 게 낫은
> 줄 모를 거여?" 준배 아버지는 대복이 역성을 들고픈 눈치였다.
> "보리밥풀루 잉어를 낚자는 심뽀지, 츤헌 짐승일수록 새끼버팀 깐다
> 더니 되다 만 것이 인저 사람 도둑질루 들어섰단 말여."
> "두엄에다 집장 띄워 먹구 훔친 떡 뒷간에 가 먹기지. 지집 사내 붙
> 는디 무슨 공부 무슨 학문이 필요혀?"
> "나무두 마주스는 게 있구, 꽤구락지도 올챙이가 크야 자손 본다우.
> 지랄을 해두 분수가 있으야지, 동네 챙피스러 친정에두 못 가겠어."
> ― 제4화 「녹수청산(綠水靑山)」 중에서

말은 곧 사람이자 문화이므로 『관촌수필』은 이야기되고 이야기하는 때와 곳의 언어와 함께 문화를 재현하는데, 그 표현의 풍부함과 마당맥질, 참게 잡이 등 갖가지 풍속의 재미는 끝이 없다. 아무리 기억력이 좋더라도 작가가 사전 편찬자와 민속학자를 능가하는 수집과 퇴고 끝에 이루었을 이러한 성취는 참으로 뜻 깊은 것이다. 인물마다 입담이 좋아 대화에서 그들 간의 성격 차이가 잘 나지 않는다는 대가를 치르기도 하지만.

그런데 법도를 알고, "일단은 세태에 순응하는 길만이 가장 안전한 처신이라 단정하고" 있으며, 또 한국전쟁 때 사상 문제로 아버지와 두 형을 잃은 '나'는, 비판적인 말을 여간해서는 내놓고 하지 않는다. 한다 하더라도 인물 간의 대립이나 사건을 통해서 규모 있게 하기보다 툭툭 던지는 말로, 그 말도 대개 화자의 서술이 아니라 인물들의 대화로, 또 그 말과 실제 행위 사이의 어긋남에서 일어나는 반어적 효과를 빌어서 한다. 앞에서 보았듯이 사회적으로 낮고 작은 이들의 속어(俗語)를 격상시키는 한편, 높고 큰 이들의 지배적이고 공식적인 언어를 격하시킴으로써 웃음을 일으키고 비판을 행하는 것이다.

어린애를 추행한 마을 어른을 무릎 꿇려 놓고, 내일이면 저도 자기가 임신시킨 처녀 하나와 고향을 등질 청년이 하고 있는 다음 말은, 70년대의 지배층 언어를 패러디한 것이다. 이런 말들은 우리가 산업화, 근대화를 앞세우다가 무엇을 잃어버렸는지, 또 당대의 독재 정권이 어떤 폭력을 행사했는지를 간접적으로 드러내고 풍자한다.

"우리가 지역사회 발전과 근대화를 위해서 발벗고 나섰다는 것은 당신두 잘 알 거여. (중략) 잘살어 보자는 의지와 근면과 협동 정신이 투철한 마을이라구 평판이 났어. 다시 말허면 어제의 종채리가 아닌, 오늘날의 종채리로 이미지를 확 바꿔 버렸어. 그에 힘입어 우리는 또 80년대에 가서 호당 소득 2백만 원을 목표로 사업을 시작했던 거라.

그런데 당신은 어떻게 했는지 말해 봐. 반생산적, 반사회적, 반도덕적인 행위만을 일삼었다구 어디 네 입으로 직접 읊어 봐. 싫은감? 싫으면 말 안 해두 좋아. 그 대신 이렇게 허여. 아싸리 말해서 내일 당장 지집 새끼를 몰아 가지구 여기서 떠나."

— 제8화 「월곡후야(月谷後夜)」 중에서

## 민중들의 전(傳)

읽을 때는 술술 잘 읽었으나 막상 무어라고 해 보려 들면 곤란한 게 많은 작품이 『관촌수필』이다. 앞서 언급했듯이, 소설은 허구성을 지녔다고 배운 사람이 보기에는 도무지 소설이라 부르기 꺼려진다. 또 작자 자신이라고밖에 볼 수 없는 화자가, 계획된 플롯이라는 게 아예 없는 듯이 주섬주섬 이야기를 늘어놓으니, 발단과 전개를 따지면서 '작품은 유기체' 운운하는 이론을 갖다 대기가 곤혹스럽다. 가령 제5화 「공산토월」은 "역시 객담이지만, 지난 9월 초순 어느 날이던가, 나는⋯⋯"으로 시작되고, 한참 진행되다가는, "어쩌다 이야기가 이에 이르렀는지 알지 못하겠다"고 한다. 작가가 소설이라고 하니까 소설이지, 말 그대로 '붓 가는 대로 쓴 글'이라는 의미에서 일종의 서사적 수필로 여겨지기 쉽다. 20세기 초 한국에 들어온 서구의 소설과 이론을 기준 삼아 가지고는 적절히 판단하기 어려운 것이다.

그렇다면 『관촌수필』은 어떤 양식의 글인가? 동양 문화권에서 오랜 전통을 지닌 이야기 틀 가운데 전(傳)[1] 양식이 있다. 물론 『사기(史記)』의 열전편(列傳篇) 같은 정전(正傳)은 아니지만 대부분의 고소설이 'ㅇㅇ전'임을 상기해 보면, 그것이 얼마나 보편적인 양식이었는지 얼른 알 수 있다. 크게 보아 『관촌수필』은 바로 이 전의 전통을 이어받은, 전들의 묶음으로 여겨진다. 여덟 꼭지 모두가 크게 보아 여덟 사람의 전 혹은 전기인 것이다.

『관촌수필』을 제쳐 놓고 보아도, 이문구는 '전' 작가라 할 수 있다. 그는 전이라든가 그에 가까운 소설을 많이 썼는데,[2] 그들이 「박용래 일대기」처럼 온전히 실제 전기인지, 장편 역사소설 『매월당 김시습』처럼 불가피하게 허구가 얼마간 포함된 것인지는 별로 중요하지 않다. 눈여겨볼 것은, 넉 자의 한문으로 된 『관촌수필』 각 꼭지의 이름이 암시하듯이, 한문 배우기로 공부를 시작했으며, "어질고 슬기로운 선비를 닮고 싶어 늘 신경이 무지지 않도록 관리해

---

1) 기본적으로 '전'이란 후세에 남길 만한 실존 인물의 행적을 기록한 일대기이다.

2) 이문구 소설의 제목에는 「이모연의(李某演義)」, 「변사또의 약력」처럼 전을 연상시키는 것은 물론이고 아예 전이라고 명시한 「김탁보전(金濁甫傳)」, 「유자소전(兪子小傳)」 등이 있다. 또 『관촌수필』에 뒤이어 발표된 「우리 동네 이씨」, 「우리 동네 최씨」 등의 『우리 동네』 연작도 전집(傳集)에 가깝다.

온" 이문구가 전 같은 소설을 썼다, 또 전을 쓰듯이 소설을 썼다는 사실이다.

주로 전은 업적을 남겼거나 다른 이에게 귀감이 될 만한 사람에 대해 쓰는 것이다. 그런데 여덟 명의 주요 인물 곧 할아버지, 윤 영감, 옹점이, 대복이, 석공(石工) 신현석, 복산이 아버지 유천만, 신용모, 김희찬 등은 우리의 가족이나 이웃 같은, 보통 사람보다 특별히 잘난 게 없거나 오히려 모자란 사람들이다. 대복이, 신현석 등은 살면서 큰 실수를 하였고, 유천만은 동네에서 정상인이 아니라고 아주 제쳐 놓은 사람이며, 신용모도 그와 별로 다르지 않다. 집안 신분으로 따지면 옹점이, 대복이, 신현석, 유천만 등은 평민도 못 되는 노비 계층이다. — 별도의 단편소설이지만 『관촌수필』에 추가해도 좋을 「명천유사(鳴川遺事)」(1984)의 최 서방도 그들과 별로 다름없는 머슴이다. — 한마디로 업적과는 거리가 멀고 귀감이 되기도 어려워 보이는 인물들인 셈이다. 사실 "우왕좌왕하는 시대에 이미 적응을 할 수 없"었던 할아버지도 나이가 많고, '나'가 예를 갖추어서 그렇지, 냉정하게 보면 결점이 많은 인물이다.

그러나 가만히 살펴보면, 『관촌수필』에는 사회적 약자(弱者)는 많아도 악인이 없다. 그들이 '나'를 사랑하여 큰 도움을 주었거나 가까운 친구라서 그런 것만은 아니다. 그들이 인정 있고 바탕이 착한 사람들이며 도저한 역사와 세월의 풍파 속에서 불행과 억압을 견뎌 온 사람들이기 때문이다. 아니, 화자가 따뜻한 손으로 그들한테서 '귀감이 될 만한' 인간적 가치를 애써 찾아내어 보여 주기 때문이다.

한마디로『관촌수필』은 소설식으로 자세히 서술한 민중 전기 모음집이다. 양반의 후예로 태어났으나 농촌에서 막일을 겪었고 도시의 밑바닥 일터를 전전하였으며, 후에 농촌으로 이사하여 살았던 작가가, 따뜻하고 결기 있는 시선으로 주위 사람들의 인간적 모습을 적어 남기고 알리며, 그들을 억압하고 소외시키는 현실을 폭로하기 위해서 지은 현대판 전기인 것이다.[3] 이렇게 볼 때『관촌수필』이 서사적 골격이 약하고 허구성이 적은 것은 어쩌면 당연한 일이다. 갈등을 전개시켜 가는 사건 위주 이야기가 아니라 인물 위주 이야기이기 때문이요, 지어내어 극적인 효과를 추구하기보다 있는 사실을 결곡하게 써서 남기고 알리기를 추구하기 때문이다.『관촌수필』이 중심이 아니라 주변에 속하는 소설처럼 여겨진 것도 같은 맥락에서 해명된다. 전은 이미 지난 시대의 '덜 근대적인' 양식이고 그 대상 인물들은, 1960~70년대의 농민을 포함하여, 하층 계층인 까닭이다. 그런데 한국 역사에서 무엇이 과연 근대적이고 중심적인 것이어야 하는가? 한국 문화는 주로 누가 지닌 무엇을 이어받고 발전시켰어야 하는가?『관촌수필』은 그 중대한 질문을 던진다.

## 계속되는 불행과 저항

『관촌수필』의 인물들은 대부분 불행하다. 불행한 자가 불행을 알아

---

3) 연암 박지원의 한문 단편들, 홍명희의『임꺽정』등이 민중 전기의 요소를 지니고 있다.『관촌수필』은 그 전통 속에 있다.

본다. 그러므로 그들을 회상하고 서술하는 '나' 또한 불행한 사람이다. "시작에서 끝이 없으되 결국은 잠깐이기에 세월이라 이름했거니 한다"는 '나'의 눈과 목소리는 대개 젖어 있다. 그래서 이 소설을 감싸고 있는 인정(人情)은 자주 정한(情恨)으로 흐른다.

그 불행들은 어디서 비롯되었는가? 우선 그것은 한국전쟁이다. 전쟁이 가져온 죽음과 궁핍, 무엇보다 그로 인한 전통적인 삶의 파괴 때문이다. 조선 시대의 유교적 질서와 규범이 아직 남아 있는, 선량한 사람들이 인정으로 얽혀 사는 농촌 공동체를 파괴한 것은 전쟁 말고도 또 있다. 산업화, 외국 문물의 유입, 현실과 괴리된 정책, 세상에 만연한 폭력과 배금주의 등이 그것이다.

연보에 따르면 이문구는 4남 1녀 가운데 4남으로, 6·25전쟁 발발과 함께 남로당 보령군 총책이었던 부친과 두 형을 잃으면서 집안이 망한다. 『관촌수필』에는 부친이 "세 고을(서천·보령·청양군)의 지하당을 창설하고 이끌었"고, 할아버지가 전쟁이 난 해에 "아들과 큰손자를 앞세우고" 세상을 떠났다고 되어 있다. 그런데 이 소설에서 그 사건에 관한 서술은 그게 거의 전부이다. 『관촌수필』에서 빼놓은 것을 후에 썼다고 볼 수 있는 「명천유사」에 "1950년대에는 난리에 중형이 함께 일했던 수십 명과 한 두름으로 엮이어 옥마산 중턱의 후미진 이어닛재 골짜기에서 학살을 당하였"다는 구절이 더 있을 뿐이다. 대복이, 신현석, 순심이 등이 전쟁 중에 북쪽을 위해 한 일들이 자세히 서술된 것과는 대조적이다.

이런 양상 자체가 불행은 아직도 진행 중임을 드러낸다. 사실 그런 이야기를 그 정도라도 쓸 수 있었던 것, 아버지가 "목숨을 내놓고 자신의 사상을 관철하고자 하던 그 굳건한 정신이 외경스러웠다"고 내놓고 말할 수 있게 된 것도, 1970년대였고 이문구였기에 가능했다. 그러고 보면 이 소설은 "한내천 모래사장에서, 또는 쇠전이나 싸전 마당에서 강연회를 열었으니, 그것은 힘없는 농민과 노동자들의 감동과 지지를 얻는 데 조금도 부족함이 없는 웅변이었다"는 부친의 사업을, 아들 이문구가 소설 쓰기로 이어받았음을 보여 주는 증거물이다. 여기서 개인의 불행이 민족과 국가의 불행과 만나며, 작가의 글쓰기가 당대 민주화 투쟁의 정신과 만난다. 『관촌수필』을 낳은 것은, 한국 근대사의 비극 속에서 빼앗기고 억눌린 자들을 위해 저항하는 정신이다.

## 새로운 스타일의 창조

명절 때 시골로 가는 차량 행렬이 말해 주듯이, 지금 한국의 50대 이상은 거의가 고향이 농촌이다. 그런데 그곳은 옛날의 그곳이 아니기에, 전쟁의 와중에서 또 산업화의 물결을 타고 도시로 모였던 이들은 실향민이 되었다. 『관촌수필』은 이 거대한 변화로 바뀌어 버린 땅, 파괴된 관계, 잃어버린 가치 앞에서 실향민이 꿈과 죄의식에 젖어 부르는 슬픈 노래이다.

　그 노래는 크게 보아 민중 전기의 모습을 띠고 있는데, 그 양식과 인물, 언어 등은 근대소설사의 주류와 다르다. 이른바 4·19세대 작가인 이문구는, 그러나 서구의 문학을 지향하는 대세에서 벗어나 전통을 계승하고 '토종 것'의 맛과 멋을 살려 냄으로써 문학사의 바람직한 한 방향을 열었다. 그것은 민중을 위해 나서는 정신으로 이

루어진, 형식과 내용 모든 면에서 이루어진 문학적 민주화 운동이
요, 주체성 회복 노력이다.

　보기에 따라서 『관촌수필』은 혼란스런 잡탕이거나 거칠거칠한
멍석이다. 그러나 이 작품은 하나의 스타일을 창조함으로써 고전이
되었다. 앞으로 이 스타일은 하나의 정형이 될 것이다.

## 더 생각해볼 문제들

1. 『관촌수필』에는 일반적으로 좋게 평가받지 못하는 사람의 행적을 자세히, 또 따뜻하게 그린 경우가 많다. 한 인물을 택하여, '나'가 왜 그러는가를 여러 관점에서 살펴보자.

2. 현대 한국인은 문학에 대한 고정관념을 가지고 있다. 흔히 문학이란 어떤 것이어야 한다고들 생각하는가? 『관촌수필』이 좋은 작품이라고 볼 때, 그런 생각은 어떤 문제점을 지니고 있는가?

3. 『관촌수필』이 전근대적인 가치 즉 유교적 규범과 신분 질서를 옹호하고 그리워하는 작품이라고 주장하는 사람이 있다고 하자. 가장 적절한 근거를 찾아 제시하면서 그 주장에 찬성하거나 반대해 보자.

**추천할 만한 텍스트**

『관촌수필』, 이문구 지음, 문학과지성사, 1977/1991.

---

**최시한(崔時漢)**

숙명여자대학교 국어국문학과 교수.

서강대학교 국어국문학과를 졸업하고 동 대학원에서 박사 학위를 받았다. 경상대학교 국어교육과 교수를 역임했으며, 연구서로 『가정소설 연구』, 『현대소설의 이야기학』, 『소설의 해석과 교육』을 펴냈다. 소설집 『낙타의 겨울』, 『모두 아름다운 아이들』이 있다.

아버지가 그런 세상에서는 지나친 부의 축적을 사랑의 상실로 공인하고,

사랑을 갖지 않은 사람 집에 내리는 햇빛을 가려 버리고, 바람도 막아 버리고,

전깃줄도 잘라 버리고, 수도선도 끊어 버린다.

그 세상 사람들은 사랑으로 일하고, 사랑으로 자식을 키운다.

비도 사랑으로 내리게 하고, 사랑으로 평형을 이루고, 사랑으로 바람을 불러

작은 미나리아재비 꽃줄기에까지 머물게 한다.

— 『난장이가 쏘아올린 작은 공』의 「잘못은 신에게도 있다」 중에서

## 조세희 (1942~ )

경기도 가평에서 태어나 서라벌예술대학 문예창작과와 경희대학교 국어국문학과를 졸업했다. 1965년 《경향신문》 신춘문예에 「돛대 없는 장선(葬船)」이 당선되어 등단한 그는, 1975년 「칼날」을 출발로 하여 이른바 '난장이' 연작을 발표하기 시작했다. 1978년 12편의 연작을 묶어 『난장이가 쏘아 올린 작은 공』을 출간, 이 연작 소설집으로 동인문학상을 수상했다. 『난장이 마을의 유리 병정』, 『시간 여행』, 『침묵의 뿌리』 등의 작품집을 냈으며, 1990에서 1991년까지 장편 『하얀 저고리』를 『작가세계』에 분재했다.

# 02

대 립 과 초 극 의 뫼 비 우 스 환 상 곡

# 조세희(趙世熙)의
# 『난장이가 쏘아 올린 작은 공』

우찬제 | 서강대학교 국어국문학과 교수

## 문학의 사회성과 미학성

조세희의 『난장이가 쏘아 올린 작은 공』 연작은 1975년 12월부터 3년여에 걸쳐 발표되었고 1978년에 단행본으로 출간되었다. 이후 줄곧 문학사·정신사·사회사에서 두루 문제작으로 논의된 현대의 고전이라고 할 수 있다. 주지하다시피, 『난장이가 쏘아 올린 작은 공』은 난쟁이로 상징되는 못 가진 자와 거인으로 상징되는 가진 자 사이의 대립적 세계관을 바탕으로 하고 있다. 그 대립 속에서 난쟁이들의 불행과 비극은 비단 경제적인 문제에서 그치는 것이 아니라 사람살이 전면에 걸쳐진 것이었다. 그 비극적 현실은 그동안 정도의 차이에도 불구하고 제대로 해소되지 않았다. 『난장이가 쏘아 올린 작은 공』은 산업화가 본격적으로 진행된 이후 이 땅에서 거의 최초로 자유와 더불어 평등의 이념형을 본격적으로 형상화한 작품이다. 많은 사람들이 개인의 물질적 이익을 추구하려고 허둥대던 시절에 사랑으로 더불어 잘살 수 있는 희망과 해방의 조짐을 모색한 문학인 것이다. 현실을 피상적으로 관찰하지 않고 애써 심연에서의 근원적인 인식 지평에서 현실과 대결하고자 했던 작가의 긴장 어린 노고가 거기에 담겨 있다.

물론 치열한 현실 인식만 가지고 소설이 되는 게 아니고, 또 그 현실 인식의 내용이 계속 유효하다고 해서 그 소설이 계속 읽힐 수 있는 생명력을 지니는 것은 더욱 아니다. 소비사회의 추세에 따라 문학작품마저 점차로 패션화되는 경향, 그 생산과 소비, 유통 시간이 점점 짧아지는 추세를 고려할 때 30년 가까운 세월이란 가히 장중한 무게가 아닐 수 없다. 조세희의 『난장이가 쏘아 올린 작은 공』이 현대의 살아 있는 고전의 반열에 오를 수 있었던 가장 핵심적인 이유는 무엇보다 그 문학성에 있었을 것이다. 그의 치열한 현실 인식이 도저한 문학적 실험 정신과 어우러져 과연 잘 빚은 항아리 모양으로 생명의 활기를 지피고 있는 형상이다. 짧은 문장의 절묘한 결합으로 창조해 낸 아주 새로운 이야기 스타일, 리얼리즘과 반리얼리즘의 접합, 문학의 사회성과 미학성(문학성)의 결합, 현실과 이상의 산업 시대 묘사, 신화적 교감과 긴장 등등의 측면에서 작가는 나름대로 카오스모스(chaosmos, chaos(혼돈)과 cosmos(질서)의 합성어)의 소설 시학을 구축하는 데 성공했던 것이다.

조세희의 『난장이가 쏘아 올린 작은 공』은 대립적 세계관에서 출발
하되 그것을 혁파하고 넘어서는 새로운 인식 지평을 모색하고자 한
소설이다. 증조부가 노비였던 난쟁이는 평생을 신체적 불우와 사회
적 편견, 경제적 질곡으로 인해 고통 속에서 살다 죽어 간 인물이
다. 전체적으로 보아 난쟁이는 1970년대 한국 사회와 경제의 생산
과 소비 및 분배 구조에서 억압받은 소외 계층을 표상하는 전형적
인물이다. 마침내 산업사회의 증후가 본격화되던 당대 사회에서 자
신의 난처한 경제적 토대와 세계의 타락상으로 인해 철저하게 소외
된 삶을 살 수밖에 없었던 존재다. 이런 조건의 인물을 작가는 '난
쟁이'라는 신체적 불구성에 빗대어 상징적으로 형상화한 것이다.
'난쟁이'의 저편에는 상대적으로 불구성을 내포하고 있는 '거인'이
놓인다. 조세희가 상징적으로 시도한 바 '난쟁이—거인'이라는 대
립축의 패러다임을 「환경 파괴」 등의 글에 제시된 작가의 주석적
진술을 토대로 정리하면 이렇다. 우선 현상적으로 보아 '못 가진
자—가진 자'의 대립을 비롯하여, '빈곤—풍요, 고통—안락, 분노—
사랑의 결핍, 피착취—착취, 어둠—밝음, 검정—노랑, 추움—따뜻
함' 등이 병렬적 관계를 이룬다. 이 현상적 대립항들은 사회경제적
조건 면에서 거인이 '+' 징표를, 난쟁이가 '—' 징표를 지니고 있음
을 보여 준다. 물론 이는 타락한 교환가치 측면에서의 징표일 따름
이다. 가치 측면에서는 그 징표 체계가 역전된다.

　난쟁이는 "사랑으로 일하고 사랑으로 자식을 키"(「잘못은 신에게
도 있다」)우고 싶어 했다. 반면 난쟁이의 대안에 놓이는 거인 자본

철거민촌의 철거민들. 도시 재개발로 삶의 터전을 잃은 도시 빈민은 오늘날에도 꾸준히 양산되고 있다.

가의 손자인 경훈은 "사랑으로 얻을 것은 하나도 없다"(「내 그물로 오는 가시고기」)고 말한다. 이 화해할 수 없는 거리의 심연, 혹은 문제적인 거리가 현상적인 징표를 역전시킨다. 즉 '사랑−사랑의 결핍, 도덕적−비도덕적'이라는 대립항으로 난쟁이가 '+' 징표를, 거인이 '−' 징표를 가지게 된다. 양자 공히 '−' 징표를 지닌다는 점에서 온전한 정상인이 될 수 없는 상황이다.

작가가 보기에 인간적인 삶은 '정상인'의 삶이지만, 정상적이지 않은 허위적 현실을 분명하게 인식하기 위해 우선 '−' 징표를 전경화(前景化)[1]한다. 그래서 난쟁이는 끝끝내 인간의 대지에서 희망의 길을 찾지 못한다. 「우주 여행」에서 지섭이 말한 대로 지구가

'불순한 세계'이기 때문이었을까. 지섭이 항상 읽는 책에 나오고 또 윤호가 나중에 공감하게 되는 대목은 이렇다.

> "(…)지상에서는 시간을 터무니없이 낭비하고, 약속과 맹세는 깨어 지고, 기도는 받아들여지지 않는다. 눈물도 보람 없이 흘려야 하고, 마음은 억눌리고 희망도 이루어지지 않는다. 제일 끔찍한 일은 갖고 있는 생각 때문에 고통을 받는 일이다."
> -「우주 여행」 중에서

지섭은 또 결론적으로 말했었다.

> "(…)사람들은 사랑이 없는 욕망만 갖고 있습니다. 그래서 단 한 사 람도 남을 위해 눈물을 흘릴 줄 모릅니다. 이런 사람들만 사는 땅은 죽은 땅입니다."
> -「난장이가 쏘아 올린 작은 공」 중에서

이러한 지섭의 말은, 사랑이 거세된 소유 욕망 때문에 인간과 세 상이 죽어 간다는 것으로 요약 가능하다. 세상에서 거세당한 사랑 의 이데아를 추구하고자 했던 난쟁이는, 그 때문에 더더욱 불행했

---

1) 언어를 비일상적으로 사용하여 두드러지게 보이도록 하는 일. 상투적인 표현을 깨트림으로 써 새로운 느낌이나 지각이 일어나도록 하는 것으로 프라하 학파가 언어학과 시학에서 쓴 용 어이다.

다. 이 점 꼽추나 앉은뱅이의 경우도 마찬가지였다. 불구성의 증폭
으로 요약될 '난쟁이성'은 「은강 노동 가족의 생계비」에 나오는 수
저 이미지에서 여실하게 확인할 수 있다. 큰아들 영수의 꿈에서 "아
주 큰 수저를 끌고" 가던 "작은 아버지"의 "몸은 놋수저 안에서 오
므라"들고 만다. 수사학으로 볼 수 있는 가장 극단적인 난쟁이성의
징표라 할 만하다. 난쟁이는 사랑 없는 욕망으로 점철된 거인들의
욕망의 밥숟갈에 의해 삼킴을 당했다. 그가 꿈꾼 사랑의 세계는 어
디에도 없었다. 그래서 그는 "벽돌 공장의 굴뚝 위에 올라가 종이
비행기를"(「우주 여행」) 날리는 대리 행위를 할 수밖에 없었다. 이
계여행(異界旅行)만을 꿈꿀 수밖에 다른 도리가 없었다. 그러나 꿈
은 결코 충족되는 게 아니었다. 그래서 난쟁이는 자신이 사랑의 삶
을 희원하던 바로 그 장소(공장 굴뚝)에서 투신자살하고 만다.

　난쟁이의 큰아들 영수 역시 마찬가지다. 산업시대의 본격적인 노
동자 1세대인 영수는 난쟁이인 아버지의 생각을 진전시키고자 했
다. 아버지는 사랑으로 이루어진 세상을 만들기 위해 법률 제정이
라는 불가피성을 감수해야 했던 인물이다. 그러나 법률 제정을 필
요로 하는 세상이라면 기존의 세상과 다를 게 없다고 영수는 생각
한다. 하여 영수는 "교육의 수단을 이용해 누구나 고귀한 사랑을 갖
도록" 하여 "누구나 자유로운 이성에 의해 살아 갈 수"(「잘못은 신
에게도 있다」) 있도록 하고자 했다.

　나는 은강에서 일하는 사람들을 머릿속부터 변혁시키고 싶은 욕망
　을 가졌다. 나는 그들이 살아가는 사람이 갖는 기쁨·평화·공평·행복

에 대한 욕망들을 갖기를 바랐다. 나는 그들이 위협을 받아야 할 사
람은 자신들이 아니라는 것을 깨닫기를 바랐다.
　　- 「잘못은 신에게도 있다」 중에서


　영수의 변혁 욕망·꿈·희망은, 아버지의 그것이 그러했듯이, 현실
에서 충족될 수 없었다. 노사 협상이 완패로 끝난 다음, 영수는 신
도 잘못을 저지르고 있는 이 세상에서 자신의 생각이 통할 수 없으
리라는 사실을 절감하게 된다. 그리고 "난장이네 큰아들로 태어나
(중략) 불행하게도 무엇을 선택할 기회를 한번도 가져 본 적이 없
다"(「클라인씨의 병」)는 생각에 이른다. 그가 추구하는 진정한 삶의
차원을 현실이 빼앗아 갔기 때문이다. 이 슬픔은 곧 분노와 적의로
옮겨 간다. 적의의 끝, 분노의 절정에서 영수는 자본가를 살인, 사
형당하고 만다. 역시 비극적인 결구로서, 끝내 난쟁이성을 벗어나
지 못한다.
　사정이 한층 심각한 것은 거인 쪽이다. 거인은 지독한 사랑의 결
핍 상태에서 더더욱 비도덕적인 살만 찌우고 있는 판이니, 그 '-'
징표의 심각성을 더해 갈 뿐이다. 이 점 은강그룹 회장의 손자인 경
훈의 시점으로 서술되고 있는 「내 그물로 오는 가시고기」에서 확인
할 수 있다. 경훈의 아버지는 말한다. "우리에겐 지켜야 할 게 많아"
(「내 그물로 오는 가시고기」). 경훈은 노동자들에 대해 생각한다.
"보나마나 나이보다 작은 몸뚱이에 감춘 적의와 오해 때문에 제대
로 자라지 못할 아이 (중략) 다"(「내 그물로 오는 가시고기」). 또 경
훈은 난쟁이와 그의 큰아들에 대해서도 야수적이고 비인간적인 인

물이었을 것으로 생각한다. 반성조차 할 줄 모르는 그는 죄 많은 거인 의식의 극단을 보인다. 그러니 경훈의 의식의 끝은 이럴 수밖에 없다. "사람들의 사랑이 나를 슬프게 한다", "사랑으로 얻을 수 있는 것은 하나도 없었다." 대표적인 '-' 징표의 본보기다. 반성 없는 '-' 징표는 다른 쪽의 '+' 징표와 만날 수 없다. 난쟁이와 그의 아들이 추구하던 사랑의 세계와는 결코 조우할 수 없었던 것이다. 그러기에 현실은 '그물'과 '가시고기'의 대립적인 축도로 인식된다.

> 내 그물로 오는 살찐 고기들이 그물코에 걸리는 것을 보려고 했다. 한 떼의 고기들이 내 그물을 향해 왔다. 그러나 그것은 살찐 고기들이 아니었다. 앙상한 뼈와 가시에 두 눈과 가슴지느러미만 단 큰가시고기들이었다. 수백 수천 마리의 큰가시고기들이 뼈와 가시 소리를 내며 와 내 그물에 걸렸다. 나는 무서웠다. 밖으로 나와 그물을 걷어올렸다. 큰가시고기들이 수없이 걸려 올라왔다. 그것들이 그물코에서 빠져나와 수천 수만 줄기의 인광을 뿜어내며 나에게 뛰어올랐다. 가시가 몸에 닿을 때마다 나의 살갗은 찢어졌다. 그렇게 가리가리 찢기는 아픔 속에서 살려 달라고 외치다 깼다.
> ─「내 그물로 오는 가시고기」 중에서

경훈의 꿈 내용이다. 여기서 알 수 있는 것처럼, 그물과 가시고기는 분명히 대립적인 관계에서 벗어날 수 없다. 말 그대로 먹고 먹히는 관계이다. 이 관계는 생존을 위한 투쟁을 불가피하게 만든다. 여기에는 사랑도 반성도 없다. 그러므로 경계는 분명하다. 이렇게 경계가 분명한 상황에서라면 경훈 쪽의 대롱이 난쟁이 쪽의 구멍으로 들어갈 리 만무하다. 그러므로 현실에서 "그것은 없다"(「클라인씨의 병」)라고 과학자는 잘라 말한다.

이렇게 허위적인 현실 상황을 분명하게 인식하기 위해 조세희는 추상적 대위법(對位法)을 구성한다. 그러나 그것은 단순한 이분법적 세계관과는 다르다. 반성하고 초극해야 하는 현실을 명료하게 인식하기 위한 방법론적 기제이기 때문이다.

## 대립의 초극을 위한 카오스모스

조세희는 허위적 현실 상황을 추상적 대위법의 세계로 구성하면서도, 사랑과 희망의 길을 위한 지향 의식을 분명히 한다. 그 희망의 길 위에서 다시 비극의 길 혹은 허위적 현실을 거듭 만날 수밖에 없었기에 사정은 단순치 않다. 그렇지만 비극의 길과 희망의 길이 분리 대립을 일으키는 현실, 둘이 서로 만날 수 없다는 고정관념을 초극하고자 한 작가의 지향 의식이 전경화된다. 기존의 타락한 현실과 타락한 인식의 틀에 탈(頉)을 내고 혼돈을 일으키면서 새로운 사랑의 질서, 희망의 질서를 탐색하고자 한 작가의 지향 의식이 주목된다는 것이다.

이와 관련하여 작중 수학 교사가 주목된다. 이 연작에서 작가의 현실 인식안(眼)과 가장 근접한 인물로 보이는 수학 교사는 프롤로그 격인 「뫼비우스의 띠」와 「에필로그」에 등장한다. 「뫼비우스의 띠」에서 그는 굴뚝 청소부 이야기를 학생들에게 한다. 이 화두는 인식론의 기본 틀을 알게 하는 데 대단히 중요하다. 수학 교사는 질문한다. "두 아이가 굴뚝 청소를 했다. 한 아이는 얼굴이 새까맣게 되어 내려왔고, 또 한 아이는 그을음을 전혀 묻히지 않은 깨끗한 얼굴로 내려왔다. 제군은 어느 쪽의 아이가 얼굴을 씻을 것이라고 생각하는가?"(「뫼비우스의 띠」). 이 질문에 한 학생은 얼굴이 더러운 아이가 씻을 것이라고 대답한다. 지극히 현실적이고 평면적인 답변이다. 이 대답을 부정하고 교사는 답1 ─ "얼굴이 더러운 아이는 깨끗한 얼굴의 아이를 보고 자기 얼굴도 깨끗하다고 생각한다. 이와 반대로 깨끗한 얼굴을 한 아이는 상대방의 더러운 얼굴을 보고 자기도 더럽다고 생각할 것이다." ─ 과 답2 ─ "두 아이는 함께 똑같은 굴뚝을 청소했다. 따라서 한 아이의 얼굴이 깨끗한데 다른 한 아이의 얼굴은 더럽다는 일은 있을 수가 없다." ─ 를 들려준다.

답1은 탈현실적인 타자성의 철학에 근거한 것이다. 인식 주체와 대상이 스미고 짜이는 가운데 가능한 답변이다. 그러나 이는 답2의 상태를 경유해야 비로소 제 모습을 찾을 수 있을 것이라고 생각한 것 같다. 수학 교사 스스로 답1을 부정하고 답2를 말하고 있으니 말이다. 답2는 과학적이고 구조적인 인식의 소산이다. 답2를 진정하게 초극할 수 있을 때 답1의 의미가 올곧게 드러나는 것이라고 한다면, 곧 답1은 탈현실적이고 탈구조주의적인 인식의 결과라 해도 좋겠다. 현상 그 자체를 체계적이고 구조적으로 인식해야 한다는 답2의 사유 체계는 난쟁이의 현실, 거인의 현실을 적확하게 파악해야 한다는 대립적 세계관과 맞물린다. 앞에서 살핀 이항(二項) 대립의 세계가 그것이다. 그런데 그것은 각각 질적 변환이 필요한 상태다. 각각의 질적 변환과 그 대립의 초극은 어떻게 가능할 수 있을 것인가. 이때 답1의 의미가 새삼 소중해진다. 타자성의 철학에 근거한 질적 변환, 다시 말해 타자를 통한 주체와 대상 및 그 상호 작용의 재정립이 중요한 관건이 되는 것이다. 난쟁이는 거인에게 '분노의 사랑'으로 다가서고, 거인은 난쟁이에게 '연민의 사랑'으로 다가설 수 있는 새로운 사랑의 가능성의 지평은 바로 이 지점에서 열릴 수 있는 것이다. 이 새로운 사랑의 가능 지평이야말로 초극의 아름다움을 구현한 세계다.

그런데 이 초극의 미학이나 타자성의 철학은 거리가 분명한 직선적 평면에서는, 다시 말해 과학적인 구조 속에서는 구현되기 곤란하다고 생각한 것으로 보인다. 수학 교사가 뫼비우스의 변환을 의식하고 있는 것은 이런 까닭이다. "안과 겉을 구별할 수 없는" "뫼비우스 곡면" 내지 "내부와 외부를 경계 지을 수 없는 입체, 즉 뫼비우스 입체"를 상상해 보라면서, 수학 교사가 "간단한 뫼비우스의 띠에 많은 진리가 숨어" 있다고 말하는 대목이 문제적인 것도 그 때문이다. 뫼비우스 변환은 미분기하학에서 모든 것은 방향을 줄 수 있다는 공리에 대한 반례(反例)이고 탈례(脫例)이다. 아마도 이 구부러진 곡면의 탈례가 지닌 부분 운동의 궤적에 새로운 전체 운동의 구조가 실현되어 있지 않을까 고심한 것으로 생각된다. 그것은 안팎의 구분이 따로 없는 '클라인씨의 병'의 논리와 더불어 분명 기존의 질서를 탈 낸 혼돈의 세계임에 틀림없을 터이지만, 그 혼돈의 곡면, 혼돈의 탈례를 통해 새로운 질서를 변형 생성시킬 수도 있지 않을까 하는 작가의 지향 의식과 관련된다. 대립적 세계상을 초극하고자 한 작가의 상상적 의지, 그 초극의 지평에서 진정한 사랑의 세상을 꿈꾸었던 지향 의식, 바로 그런 것들로부터 조세희 나름의 카오스모스의 소설 시학을 구축할 수 있었던 것으로 보인다.

　이 연작에서 굴뚝 청소부 이야기를 비롯해 '뫼비우스의 띠'나 '클라인씨의 병' 모티프는 지향 의식의 리얼리티 효과를 낳는 기제들이다. 혼돈 속의 질서, 혹은 질서 속의 혼돈을 탐문하는 카오스모스적 의식이기에 이분법적 세계관의 단순성을 보완하는 기제이면서, 이 연작 전체에 복합성의 미학을 부여한다. 조세희의『난장이가 쏘아 올린 작은 공』은 확실히 그 자체로서 하나의 '뫼비우스의 띠' 같은 소설이요, '뫼비우스 환상곡'이다. 대단히 비극적인 산업 시대의 소외된 신화이자, 동시에 소외 초극 의지의 신화이다. 현실주의적 전망이 닫혀 있던 시대, 아니 전망은 차치하고라도 현실 인식마저 미망에 휘둘려야 했던 시절, 작가 조세희는 이처럼 양가적이고 역설적인 난쟁이 신화를 창조했던 것이다. 작가의 현실 인식과 전망 추구는 1970년대 한국 작가가 감당할 수 있는 거의 최대치의 고행의 결과가 아닐까 짐작한다. 신에게도 잘못이 있는 험한 세상에서, 그 특유의 사랑법에 기대어 희망의 길을 놓치지 않으려 한 작가가 바로 조세희다. '거인'과 '난쟁이'의 대립적 경계를 해체한 초극의 지평에서 진정한 인간의 모습, 정녕 인간다운 삶의 공간을 꿈꾼 조세희의 소설이야말로, 문학의 위의(威儀)와 영광을 생생하게 표상한다.

## 더 생각해볼 문제들

1. 「은강 노동 가족의 생계비」에서 난쟁이의 큰아들 영수는 다음과 같은 꿈을 꾼다.

> 작은 아버지가 아주 큰 수저를 끌고 가고 있었다. 푸른 녹이 낀 놋수저를 아버지는 끌고 갔다. 머리 위에서는 해가 불볕을 내렸다. 아버지에게 그 놋수저는 너무 무거웠다. 그래서 불볕 속에서 땀을 흘리며 숨을 몰아쉬었다. 지친 아버지는 키보다 큰 수저를 놓고 쉬었다. 쉬다가 그 수저 안에 들어가 누웠다. 아버지는 불볕을 받아 뜨거워진 놋수저 안에 누워 잠을 잤다. 나는 수저 끝을 들어 아버지를 흔들었다. 아버지는 눈을 뜨지 않았다. 아버지의 몸은 놋수저 안에서 오므라들었다. 나는 울면서 아버지의 놋수저를 잡아 흔들었다.

이 꿈 내용을 어떻게 해석할 수 있을 것인가? '아버지'와 '놋수저'의 관계를 중심으로 생각해 보면서 작중 난쟁이의 운명과 그 운명을 바라보는 큰아들의 태도 및 난쟁이를 다루는 작가의 관점 등에 대해 숙고해 보자.

2. 『난장이가 쏘아 올린 작은 공』 연작의 후일담이라고 볼 수 있는 「난장이 마을의 유리병정」에서 난쟁이의 딸 영희는 이렇게 말한다.

> "그렇지만 행복동에서 우리를 지키기 위해 싸운 병사가 아버지였다는 생각 오빠는 안 들어? 아버지는 작고 투명한 유리병정이었어. 누구나 아버지 속을 환히 들여다볼 수 있었지. 약한 아버지는 무엇 하나 숨길 수도 없었어. 하루하루의 싸움에서 유리병정은 후퇴만 했어. 어느 날, 더 이상 후퇴해 디딜 땅이 없다는 걸 작고 투명한 유리병정은 알았어. 유리병정은 쓰러지고 깨어져 피를 흘렸어. 그렇게 작고 그렇게 투명한 몸 어디에 그것이 있었을까. 큰오빠도 아버지와 같은 유리병정이었어."

'유리병정'의 비유를 중심으로 난쟁이의 초상을 정리해 보고, 그가 '행복동'에서 아이러니컬하게 행복하지 못한 이유 및 그가 행복하게 살 수 있는 조건 등에 대해 생각해 보자.

3. 이 연작소설에 나오는 '뫼비우스의 띠'와 '클라인씨의 병'의 원리에 대해 자세히 관찰한 다음, 현실에서 일어나는 여러 문제들을 그런 원리로 해결할 수 있는 가능성이 있는지 고민해 보자.

**추천할 만한 텍스트**

『난장이가 쏘아 올린 작은 공』, 조세희 지음, 이성과힘, 2000.
(초판은 1978년 문학과지성사에서 간행.)

---

**우찬제(禹燦濟)**

서강대학교 국어국문학과 교수.

서강대학교 경제학과를 졸업하고 동 대학원 국문학과에서 박사 학위를 받았다. 1987년 《중앙일보》 신춘문예에 당선, 평론 활동을 시작한 뒤, 『세계의 문학』, 『오늘의 소설』, 『비평의 시대』, 『포에티카』, 『HITEL 문학관』 편집위원으로 활동했다. 건양대학교 국문학과 교수와 미국 아이오와대학교 아시아태평양연구소 방문학자를 역임했으며, 현재는 계간 『문학과사회』 편집동인으로 활동하고 있다. 소천이헌구비평문학상과 김환태평론문학상을 수상했다.

저서로 『욕망의 시학』, 『상처와 상징』, 『타자의 목소리―세기말 시간 의식과 타자성의 문학』, 『일제 강점기의 현대소설1―소설의 길, 사람의 길』, 『일제 강점기의 현대소설 2―상처의 시대, 고통받는 개인과 사회』, 『고독한 공생―밀레니엄 시기 소설담론』, 『텍스트의 수사학』 등이 있다.

옥바라지 두 달 만에 그는 이등병 계급장을 달고 백화를 만나러 왔다.
하룻밤을 같이 보내고 병사는 전속지로 떠나가졌다. "그런 식으로 여덟 사람을
옥바라지했어요. 한 달, 두 달, 하다 보면 그이는 앞사람들처럼 하룻밤을
지내구 떠나가군 했어요." 백화는 그런 일 때문에 갈매집에 있던 시절,
옷 한 가지도 못 해 입었다. 백화는 지나간 삭막한 삼 년 중에서
그때만큼 즐겁고 마음이 평화로웠던 시절은 없었다.

— 「삼포 가는 길」 중에서

## 황석영 (1943~ )

만주 장춘(長春)에서 태어나 1947년 월남하여 서울 영등포에서 성장했다. 고등학교에 입학한 후부터 자퇴와 가출을 반복했고 베트남전에 참전하기도 한다. 1970년 단편 「탑」으로 작가의 길에 입문하였으나 소외된 지역들을 찾아다니며 민주화 운동과 지역문화 운동을 펼쳐 나가는가 하면 80년에는 광주를 바로 그 현장에서 경험하기도 한다. 또 1989년에는 통일 운동의 일환으로 방북을 감행하고 후에 이 사건으로 5년간 옥고를 치르기도 했다.
황석영의 작품은 작가의 생애와 밀접한 연관성을 지니는 것이 특징적이다. 초기작에 해당하는 「객지」, 「삼포 가는 길」, 「장사의 꿈」, 「낙타누깔」, 「한씨연대기」, 『장길산』 등에서는 산업화와 전쟁, 그리고 남북 분단 등 시대적 모순으로 인해 머물 수 없는 존재들에 주목하고 그들의 강한 남성성을 통해 시대를 구원하고자 하는 작품들이 주류를 이루었으나, 비교적 최근작에 해당하는 『오래된 정원』, 『손님』, 『심청』 등에서는 여성성 혹은 모성성을 통한 인류 구원의 가능성을 탐색하고 있다.

# 고향 잃은 자들의 우울과 희망
# 황석영(黃晳暎)의 「삼포 가는 길」

류보선 | 군산대학교 국어국문학과 교수

## 「삼포 가는 길」과 민중의 시대

때로는 짤막한 소설 한 편이 역사의 실질적인 단절을 만들어 내는 기폭제 노릇을 하는 경우가 있다. 일반적으로 소설이란 전에 없던 이야기의 창안을 통해 이 세상의 주변부적인 현상을 불러들이고 그를 통해 기존의 것과는 전혀 다른 세계상을 발명하고자 하는 특성을 지닌다. 물론 모든 소설이 다 그렇다는 것은 아니다. 하지만 소설이라는 제도는 끊임없이 새롭게 창안된 이야기를 통해 전혀 이질적인 세계상을 구성해 낼 것을 권장한다. 정확하게 말하자면, 강요한다. 소설이라는 제도는 하나의 창안된 이야기를 통해 그 시대를 떠도는 현상들을 이전과는 다른 방식으로 횡단하고 게다가 기존의 것과는 다른 인과성을 부여하여 전혀 새로운 시대상을 발명할 때만 그 가치를 인정해 주는 특이한 속성을 지니고 있다. 하여, 소설은 인간의 어느 실천 영역보다도 먼저 현실의 새로운 징후에 날카로운 촉수를 들이대고 급기야는 시대 전반이 예측조차 하지 못한 시대상을 발명해 내곤 한다. 그러므로 종종 짤막한 소설 한 편에 의해서 발명된 세계상이 그 시대의 역사적 패러다임 혹은 시대정신을 균열시키고 내파시키는 작지만 근본적인 진원지가 되곤 하는 것은 어떤 면에서 보자면 오히려 당연하다.

황석영의 「삼포 가는 길」은 역사적 전환의 기폭제가 된 유일한 소설은 아니지만 한국 소설 혹은 한국 역사에 획시기적(劃時期的) 전환을 이끈 몇 안 되는 소설 중의 하나임은 분명하다. 「삼포 가는 길」은 한 곳에 머물 수 없는, 그러니까 떠돌아다닐 수밖에 없는 세 인물의 짧은 순간의 동행기다. 외관상으로 보자면 아주 간단한 이야기지만, 이 우연스럽고도 짧은 동행기가 한국의 역사에 거대한 전환을 가져오는 기폭제 역할을 담당한다. 이 짧은 동행기가 당대의 시대적 규범이 얼마나 무수한 비정상적인 것, 우연적인 것, 차이, 고유성, 계산되지 않는 가치, 말하지 못하는 주체들의 고통과 희망을 배제한 자리에서 유지되고 있는가를 선명하게 보여 주었기 때문이다. 하여, 「삼포가는 길」 이래로 우리 사회는 자본주의적 계산성의 원리에 의해 쓸모없는 실존으로 격하된 민중들을, 자연을, 고향을 더 이상 외면할 수 없게 되었을 뿐만 아니라 그것들을 외면하고 진행된 근대화나 문명화를 더 이상 역사의 발전으로 규정할 수 없게 되었다. 실제로 한국 사회 전반은 1970년대 초, 중반부터 본격화된 물질적인 풍요만을 목적하는 산업화에 대해 비로소 비판적 인식을 보일 뿐만 아니라, 소외된 민중의 우울과 그곳에 깃든 구원의 힘에 드디어 가파른 관심을 갖게 되니, 이러한 시대적 전환은 「삼포 가는 길」의 성찰과 결코 무관하지 않다.

물론 「삼포 가는 길」 이후 한국 역사가 한 순간에 거대한 전회(前悔)를 행한 것도 아니고, 또 한국 역사 전반의 이러한 획시적 전환이 「삼포 가는 길」 한 편만으로 이루어진 것은 아니다. 하지만 분명한 것이 하나 있다. 「삼포 가는 길」은 그러한 전환의 단 하나의 요인은 아니지만 가장 강력한 기폭제에 해당하며, 때문에 「삼포 가는 길」 이후 한국 소설, 더 나아가 한국 역사는 분명코 「삼포 가는 길」 이전으로 돌아갈 수는 없게 되었다는 것.

그렇다면 이제 「삼포 가는 길」의 어떤 것이 그토록 오랫동안 당연시되었던 담론 체계 전반을 균열시키고 기존과는 전혀 다른 역사 지리지를 구축할 가능성을 열어젖혔는지를 살펴보자.

## 뜨내기들에 대한 관심과 호명

황석영의 소설에는 유독 뜨내기들에 관한 이야기가 많다. 보다 구체적으로 말하자면 임과 집과 길을 잃은 인간 존재들에 관한 이야기가 많다. 황석영 소설의 주인공들은 임과 집에서 유리된 자들이면서 또한 새로운 임과 집을 찾지 못한 자들이다. 그러니 황석영의 인물 대부분은 최소한의 정주지나 최후의 길마저 박탈당한 존재들이다. 그들은 임과 원치 않는 이별을 하고 자기 의사와 관계없이 집에서 쫓겨난다. 그것은 산업화 때문이기도 하고, 남북 분단의 대립적 상황 때문이기도 하고, 또한 이윤이라는 단 하나의 가치만을 인

정할 뿐 어떠한 가치도 인정하지 않는 전(全) 지구적 자본주의 시스
템 때문이기도 하다. 하여간 이들은 자신의 선택에 의해서가 아니
라 외부적인 요인에 의해서 갑작스럽게 임과 집으로부터 떨어져 나
오며, 그렇기에 당연히 새롭게 안주할 거처를 마련하지 못한다. 이
것만도 힘겨운데 그들은 새로운 거처로 나아갈 길마저 마땅히 찾지
도 못한다. 몸과 마음을 잠시 누일 최소한의 안식처마저도 잃어버
린 존재들, 황석영 소설의 주요 관심사는 바로 이들이다.

　「삼포 가는 길」은 이러한 황석영의 주요 경향과 전혀 다르지 않
은 소설이다. 「삼포 가는 길」의 인물들 역시 황석영의 대부분의 소
설이 그러하듯 몸과 마음을 잠시 누일 최소한의 안식처마저 잃은
존재들이다. 이렇게 한 곳에 머물 수 없는 세 인물들이 우연히 만나
그날 하루를 동행하게 되는데, 「삼포 가는 길」은 바로 이들의 하루
동안의 동행기이다.

　여기 세 명의 인물이 있다. 두 명의 남자와 한 명의 여자. 우연히
만나 먼저 동행을 시작하는 두 명의 남자는 한 곳의 공사가 끝나면
곧 또 다른 공사판을 찾아 나서야 하는 '뜨내기'들인 영달과 정씨이
다. 그들은 같은 공사판에서 일을 하다가 그 공사판이 막을 내리자
우연히 같이 길을 떠나게 된다. 이들의 동행에 우연히 한 여성이 같
이 끼어든다. 술집을 도망쳐 나온 작부 백화인데, 백화가 합류하면
서 이들의 우연한 삼인행(三人行)은 시작된다.

　그들은 물론 각기 다른 자신들만의 역사를 밟아 왔으며 그런 만
큼 각기 고유한 역사 지리지와 개성을 지니고 있다. 그중 「삼포 가
는 길」의 서사를 추동하는 초점 인물인 영달은 처음에는 "아주 치

1975년 이만희 감독이 영화화한 영화 『삼포 가는 길』의 포스터.

사한 건달"처럼 보이지만 알고 보면 "괜찮은 사내"이다. 정신분석
학적 용어를 빌자면 그는 '분리 불안 장애'를 앓고 있는 인물이다.
언제부턴가 집에서 떨어져 나와 혼자 끊임없이 떠돌아다니는 삶을
사는 그는 누군가를 끊임없이 그리워하나 누군가를 만나면 나중의
이별이 두려워 선뜻 정을 주지 못한다. 그래서 누군가를 만나면 "아
주 치사한 건달"처럼 행세한다. 물론 영달의 상대방에 대한 경원은
오래 가지 않는다. 그는 곧 상대방에게 넘치는 친밀성을 느끼게 되
고 그것을 통해 안정감을 획득한다. 그는 이렇게 혼자라는 불안감
에서 벗어나기 위해 끊임없이 누군가를 갈구하며 이 넘치는 욕망
때문에 아무하고나 관계를 맺고 또 쉽게 헤어진다. 이렇게 그는 거

둡거듭 아픈 이별에 고통받을 뿐만 아니라 때로는 사회적 관습을 위반하여 곤경을 치르기도 한다. 하지만 그는 그렇게 이별을 아파하고 또 때로는 치도곤을 치르면서도 누군가와의 친밀성에 대한 열망을 버리지 못한다. 결국 영달은 자신이 머물던 공사판에서 하숙을 치는 천가의 부인 청주댁과 정을 통하다 발각되며 그 사건으로 예정보다 빠르게 정처 없는 길을 나서기에 이른다.

그런가 하면 또 다른 인물인 정씨 역시 공사판을 전전하는 뜨내기이다. 그는 무슨 일인가로 '큰집'을 다녀왔고 그곳에서 배운 기술로 공사판을 전전하며 살아간다. 같은 뜨내기이면서도 그에게는 안정감이 있는데, 그렇다고 그에게 집이 있거나 임이 있는 것은 아니다. 그에게는 영달에게는 없는 것이 단 하나가 있는 바, 바로 갈 곳이다. 즉 그에게는 어떤 목적지가 있고 그것이 그를 안정적이게 만든다는 것인데, 그의 목적지는 다름 아닌 고향이다. 그는 10여 년 동안이나 가지 않았던 고향인 삼포에 가고자 한다. 삼포 그곳은 "비옥한 땅은 남아돌아 가구, 고기두 얼마든지 잡을 수 있"는 "정말 아름다운 섬"이다. 말하자면 삼포 그곳은 정씨에게는 생의 최고의 풍경이 담긴 곳이자 세상의 모진 세파를 전부 비본래적인 것으로 전도시켜 줄 수 있는 유일한 영토(들뢰즈식으로 말하자면, 탈영토화의 영토)이기도 하다. 그렇기에 정씨는 '뒤도 돌아보지 않고' 고향을 향해 성큼성큼 발을 내딛는다. 삼포가 이미 그 목가적인 풍경을 잃고 말았다는 소식을 듣기 전까지는. 그래서 결국은 자신도 영달과 같이 갈 곳이 없어졌음을 확인하기 전까지는.

「삼포 가는 길」에는 이 두 명의 남성 외에 또 한 명의 동행이 있는

데 술집 작부 백화이다. 백화는 "이제 겨우 스물두 살이었지만 열여덟에 가출해서, 쓰리게 당한 일이 많기 때문에 삼십이 훨씬 넘은 여자처럼 조로해 있는" "관록이 붙은" 술집 작부이다. 술집 작부와 짝이 맞는 '백화'라는 이름 아래 '점례'라는 본래의 이름을 묻어 두고 살아가는 그녀는 그녀의 과장되고 자학적인 표현에 따르자면 "나 백화는 이래 봬두 인천 노랑집에다, 대구 자갈마당, 포항 중앙대학, 진해 칠구, 모두 겪은 년"이다. 이런 굴곡진 삶은 그녀에게 누구 못지않은 악다구니를 갖게 해 그녀는 "국으루 가만 있다가 조용한 데 가서 한 코 달라면 몰라두 치사하게 뚱보 돈 먹자고 나한테 공갈 때리면 너 죽구 나 죽는 거야"라는 식의 거친 표현에 어떤 망설임도 없는 인물이 되어 있다. 하지만 이러한 악다구니는 그녀의 고달픔, 두려움, 공포를 이기기 위한 방어기제일 뿐이다. 그녀는 정작 누구보다도 힘겹다. "어디 가서 여승이나 됐으면 ……. 냉수에 목욕재계 백일이면 나두 백화가 아니라구요, 씨팔." 그녀는 결국 극도의 우울과 고통에 붙들려 있다가 결국 고향에 가겠다는 일념으로 탈출을 감행, 영달 등과의 짧은 여행에 합류한다. 그리고 그 짧은 동행 과정에서 영달에게 애정을 느끼지만 차마 표현하지 못하고, 영달의 배려로 고향으로 향하는 기차에 오른다.

「삼포 가는 길」은 이렇게 우연히 만난 두 남자와 한 여자 사이의 그리 길지 않은 동행기이다. 이 각기 다른 세 사람이 벌이는 갈등과 화해, 만남과 헤어짐의 기록은 그 자체만으로도 충분히 파격적이라 할 만하다. 당시의 근대화, 문명화는 사회 구성원 모두의 행복과 풍요를 위한 유토피아 프로젝트로 자처했을 뿐만 아니라 실제로 사회 구성원 모두의 삶의 질이 개선되고 있다고 알려지고 있었는 바, 이 막노동판의 노동자, 술집 작부의 우울하고도 절망적인 동행기는 그 근대화 프로젝트가 사실은 수많은 하위 주체들의 생존과 자존을 다시 회복할 수 없을 정도로 훼손한다는 사실을 너무나도 선명하게 보여 주었던 것이다. 한마디로 「삼포 가는 길」은 60년대 이후 산업화 논리에 의해 사회 구성원들의 관심 밖에 밀려나 있던 그 수많은 하위 주체들을 불러내고 그들의 목소리를 생생하게 전달함으로써 한국 사회 발전의 유일한 방법으로 의심조차 받지 않았던 산업화, 근대화가 선한 기능뿐만 아니라 악마적 역능까지도 수행한다는 점을 예리하게 묘파한 소설이라 할 수 있거니와, 이것이야말로 「삼포 가는 길」의 중요한 성과라 할 만하다.

## 그리운 고향, 사라진 고향

그렇다고 근대화에 깃든 악마성의 발견이 「삼포 가는 길」의 성과의 전부는 아니다. 이러한 성찰이 전부라면 「삼포 가는 길」의 성과는 그리 대단하다고 할 수 없는지도 모른다. 비록 당시로서는 드문 것이었다 하더라도 자본주의의 불균등한 배분과 그에 따른 사회적 모순의 비판에 관한 소설이라면 「삼포 가는 길」 이전에도, 또 그 이후에도 수없이 씌어졌기 때문이다. 하지만 「삼포 가는 길」은 '부익부 빈익빈'이라는 자본주의적 모순의 반영에만 그치지 않는다. 「삼포 가는 길」은 이윤 외에는 어떠한 가치도 인정하지 않는 자본주의적 모순이 사회경제적 황폐함만을 가져오는 것이 아니라 인간의 정신마저도 불구적인 것으로 전락시킨다는 사실을 치밀하게 그려

내는 바, 이것이야말로 「삼포 가는 길」이 문제적인 또 하나의 요인
이다.

　「삼포 가는 길」은 외관상으로 보자면 떠돌아다닐 수밖에 없는 세
명의 우연한 동행기이지만 자세히 살펴보면 세 명 모두가 같은 처
지에 있는 것은 아니다. 정씨와 백화는 같은 뜨내기이지만 영달에
게는 없는 무엇이 있다. 바로 갈 곳이다. 게다가 그들이 갈 곳이란
그냥 어떤 곳이 아니라 고향이다.

　　"그래요. 밤마다 내일 아침엔 고향으로 출발하리라 작정하죠. 그런
　　데 마음뿐이지, 몇 년이 흘러요. 막상 작정하고 나서 집을 향해 가
　　보는 적도 있어요. 나두 꼭 두 번 고향 근처까지 가 봤던 적이 있어
　　요. 한번은 동네 어른을 면발치서 봤어요. 이름이 백화지만, 가명이
　　에요. 본명은…… 아무에게도 가르쳐 주지 않아."

　　"사람이 많이 사나요, 삼포라는 데는?"
　　"한 열 집 살까? 정말 아름다운 섬이오. 비옥한 땅은 남아돌아 가구,
　　고기두 얼마든지 잡을 수 있구 말이지."
　　영달이가 얼음 위로 미끄럼을 지치면서 말했다.
　　"야아, 그럼, 거기 가서 아주 말뚝을 박구 살아 버렸으면 좋겠네."
　　"조오치. 하지만 댁은 안 될걸."
　　"어째서요."
　　"타관 사람이니까."

정씨와 백화는 이처럼 삶이 힘겨울 때면 고향을 떠올린다. 이 고향에 대한 기억은 정씨와 백화가 극한 상황 속에서도 흔들리지 않고 자신들의 고유한 리듬을 유지하며 살아가게 하는 원천이 된다. 그들은 지금, 이곳에서 더 이상 견딜 수 없을 때라도 그 극한 속에서 자기 스스로를 파괴하고 학대하며 살아가지 않는다. 영달 같은 존재가 이곳에 있어도 힘겹고 또한 이곳을 떠나면 더욱 힘겹기 때문에 이곳에 머물면서 끊임없이 자기 자신을 파괴하는 최악의 상황을 반복하고 있다면, 정씨와 백화가 놓여 있는 자리는 그런 최악의 상황과는 거리가 멀다. 정씨와 백화에게는 언제 어느 때든지 가고 싶으면 갈 곳이 있고, 또 그곳에 가면 바로 그 순간 자신들의 지친 몸과 영혼을 깨끗이 정화시킬 수 있을 것이라는 믿음도 있는 까닭이다. 그러므로 정씨와 백화는 영달과는 달리 분리 불안에 시달리며 아무런 애정도 없이 아무나와 관계를 맺는 조급함 따위를 보이지 않는다. 뿐만 아니라 결국은 혼자 남을까 두려워 사랑하는 사람을 자신의 곁에 두지 못하고 떠나보내거나 하지 않는다. 고향이라는 최후의 보루가 그들을 받쳐 주고 있으므로.

「삼포 가는 길」에서 이들 셋은 내내 같은 길을 걷지만 당연히 그 걸음걸음의 활력이나 의미는 크게 다르다. 영달은 다만 또 다른 일터를 찾아 나설 뿐이지만, 정씨와 백화는 자신들의 피곤한 몸과 마음을 누일 터전으로 귀환하는 길인 것이다. 그렇게 영달과 정씨 등은 "전혀 사정이" 다르다. 정씨는 "집으로 가는 중이었고, 영달이는 또 다른 곳으로 달아나는 길 위에 서 있었기 때문이"다.

하지만 이 우연한 동행이 끝날 즈음에 이들 사이의 차이는 사라진다. 이 우연한 동행의 마지막에 이르러 정씨나 백화는 어느새 자신들이 돌아갈 고향이 없는 존재라는 사실을 확인하기 때문이다. 이들은 여러 우여곡절을 거쳐 고향행 기차를 타기 위해 감천역에 도착한다. 하지만 그들은 그곳에서 충격적인 소식을 듣는다.

> "어디 일들 가슈?"
> "아뇨, 고향에 갑니다."
> "고향이 어딘데……."
> "삼포라구 아십니까?"
> "어 알지, 우리 아들놈이 거기서 도자를 끄는데……."
> (중략)
> "바다 위로 신작로가 났는데, 나룻배는 뭐에 쓰오. 허허, 사람이 많아지니 변고지. 사람이 많아지면 하늘을 잊는 법이거든."
> 작정하고 벼르다가 찾아가는 고향이었으나, 정씨에게는 풍문마저 낯설었다. 옆에서 잠자코 듣고 있던 영달이가 말했다.
> "잘됐군. 우리 거기서 공사판 일이나 잡읍시다."
> 그때에 기차가 도착했다. 정씨는 발걸음이 내키질 않았다. 그는 마음의 정처를 방금 잃어버렸던 때문이었다. 어느 결에 정씨는 영달이와 똑같은 입장이 되어 버렸다.
> 기차가 눈발이 날리는 어두운 들판을 향해서 달려갔다.

정씨는 고향으로 향하는 기차에 오르기 직전 고향이 크게 변했다는 소식을, 아니, 사라져 버렸다는 소식을 접한다. 삼포라는 지명은 남았지만 그곳은 더 이상 고향은 아닌 것이다. 그토록 가고자 했던 고향, 자신의 모든 고난을 위로해 주고 그들의 삶을 다시 의미로 충만하게 해 줄 것이라 믿었던 고향이 이미 사라져 버렸으니, 정씨는 이제 "영달이와 똑같은 입장"이 된다. "마음의 정처를 잃"기는 백화 역시 마찬가지이다. 물론 이 소설 어디에도 백화의 고향이 정씨의 고향처럼 그 목가적인 풍경과 본래적인 의미를 잃었다는 구절은 없다. 하지만 백화의 고향 역시 상처를 입고 돌아오는 아들/딸들을 아무 말 없이 다독여 줄 공동체적 질서는 잃었을 것이라고 암시되어 있으니, 백화의 고향도 이미 사라졌기는 마찬가지이다. 비록 백화의 고향이 목가적인 풍경을 유지하고 있다고 하더라도 이미 그곳을 지배하는 원리는 모든 존재들을, 특히 상처받은 존재들을 따뜻하게 감싸안는 대지적 모성이 아닌 만큼 백화의 고향은 상처를 입고 돌아온 아들/딸들에게 위안은커녕 오히려 더 큰 상처를 줄지도 모를 일이다. 그렇다면 백화 역시 "마음의 정처"를 잃었기는 마찬가지이며, 그녀 역시 "영달이와 똑같은 입장"이 되고 만 셈이다.

　이처럼 「삼포 가는 길」은 사회의 막장으로 떠밀린 존재들의 우연한 동행기이면서 동시에 고향이라는 마음의 정처 탓에 그나마 작은 행복을 누릴 수 있었던 존재들의 또 한 차례의 전락담(轉落談)이기도 하다. 여기서 「삼포 가는 길」이 영달의 처지와 정씨와 백화의 처지를 서로 '마음의 정처'의 있고 없음을 기준으로 구분했다는 사실, 그리고 결국은 정씨와 백화가 영달의 자리로 내려앉는다는 점을 거듭 강조하고 있다는 점은 주목할 만하다. 이러한 세계상이야말로「삼포 가는 길」의 고유하면서도 특기할 만한 발명품이라 일컬음직하다.「삼포 가는 길」이전에도 그리고 그 이후에도 뜨내기 인생에 대한 소설은 많았지만,「삼포 가는 길」처럼 뜨내기들을 분류하고 그들 사이의 또 한 번의 전락을 그려 낸 소설은 없었던 것이다.「삼포 가는 길」은 하위 주체들의 또 한 차례의 전락담을 통해서 산업화로 표상되는 근대의 유토피아 프로젝트가 사회에서 가장 소외된 존재들을 또 한번 전락시키는 것은 말할 것도 없고 특히나 그들의 '마음의 정처' 혹은 '영혼의 안식처'를 빼앗아 버림으로써 그들을 다시 회생할 수 없을 정도로 불행하게 만든다는 사실을 대단히 서정적인 문체로 담담하게 그려 낸다. 하지만 이 담담한 서경화(敍景畵)가 주는 충격은 무시무시할 정도이다. 아니,「삼포 가는 길」이 발명해 낸 세계상에는 당시의 시대적 규범, 더 나아가 오늘날의 시대적 규범을 전복시킬 정도의 폭발력이 내장되어 있다고 할 수 있다. 당시 사회 구성원 모두의 행복을 위한 것으로 받아들여졌던 산업화, 문명화라는 유토피아 프로젝트가 사실은 임과 집과 길이 없이 계속 떠돌아다녀야 하는, 이것만으로 충분히 불우(不遇)한 존재들을 한번 더 낮은 단계로 전락시키는 야만적 결과를 초래한다는 점이「삼포 가는 길」로 인해 너무도 분명해졌기 때문이다.

## 뜨내기들의 사랑 혹은 구원의 힘

그런가 하면「삼포 가는 길」은 영달과 백화 사이에 펼쳐지는 숨막히는 사랑과 이별의 드라마이기도 하다. 아니 진정한 사랑의 이야기이다.

「삼포 가는 길」의 삼인행은 먼저 동행하던 영달과 정씨에 백화가 합류하면서 이루어진다. 새벽에 길을 나선 영달과 정씨는 아침 요기를 위해 작은 읍내의 주점에 들러 그곳에서 백화라는 작부가 도망쳤다는 이야기를 듣는다. 혹여 길을 가다 만나 잡아다 주면 적지 않은 사례비를 준다는 유혹과 함께. 그런 일이 있었던 것인데 감천역으로 가는 길목에서 영달과 정씨는 백화를 만난다. 몇 푼의 노자밖에 없는 처지인지라 영달은 당연히 사례비 생각이 나, "나 그 사람들께 손해 끼친 거 하나두 없어요. 빚이래야 그치들이 빨아먹구 나머지구요. 아유, 인젠 술하구 밤이라면 지긋지긋해요. 밑이 쭉 빠져 버렸어. 어디 가서 여승이나 됐으면……" 하는 그녀의 말에 동정심을 느낀다. 뿐만 아니라 백화의 과거 이야기를 듣고는 백화에 대한 연민의 정을 품기에 이른다.

작업하는 열흘간 백화는 그들의 담배를 댔다. 날마다 그 어려 뵈는 죄수의 손에 몰래 쥐여 주곤 했다. 다음부터 백화는 음식을 장만해서 감옥 면회실로 그를 만나러 갔다. 옥바라지 두 달 만에 그는 이등병 계급장을 달고 백화를 만나러 왔다. 하룻밤을 같이 보내고 병사는 전속지로 떠나갔다.

"그런 식으로 여덟 사람을 옥바라지했어요. 한 달, 두 달, 하다 보면 그이는 앞사람들처럼 하룻밤을 지내구 떠나가군 했어요."

백화는 그런 일 때문에 갈매집에 있던 시절, 옷 한 가지도 못 해 입었다. 백화는 지나간 삭막한 삼 년 중에서 그때만큼 즐겁고 마음이 평화로웠던 시절은 없었다. 그 여자는 새로운 병사를 먼 전속지로 떠나 보내는 아침마다 차부로 나가서 먼지 속에 버스가 가리울 때까지 서 있곤 했었다.

이 백화의 과거 이야기는 두 사내, 그중에서 특히 영달의 마음을 크게 움직인다. 영달은 '백화'에게서 작부가 아니라 이름 그대로 세상의 어둠 속에서 "더욱 새하얗게 돋보"이는 순결한 꽃의 이미지를 발견하고, 나중에는 발이 삐어 꼼짝 못하는 백화를 업어 주며 지난날의 연인까지를 떠올린다. "백화가 어린애처럼 가벼웠다. 아마 쇠약해진 탓이리라 생각하니 어쩐지 대전에서의 옥자가 생각나서 눈시울이 화끈했다." 영달은 잠시 동안의 만남이지만 사랑에 빠져 버린다. 그러니까 결코 쉽게 받아들이기 힘든 그녀의 파란만장한 역사를, 그녀의 악다구니와 그 안에 오롯이 숨쉬고 있는 '백화' 같은 마음을 받아들이고, 그녀의 도움을 받아, 아무와 관계하되 진정으로 관계하지 않는 자신의 삶의 방식을 고치기로 결심한 것이다.

영달에게서 사랑을 느끼기는 백화도 마찬가지이다. 백화는 처음 영달이 식당집 사례비 운운할 때는 "치사한 건달"을 발견하나 말을 섞으면 섞을수록 타자에 대한 배려가 넘치는 사내임을 알게 된다. 오히려 영달의 건달기가 타자에 대한 배려나 사랑으로 인해 줄곧 상처를 받곤 했던 그의 불행한 과거가 만들어 낸 방어기제임을 확인하기에 이른다. 그리고 발이 삔 자기를 서둘러 업는 영달에게서 결정적으로 호감을 갖게 된다. 영달 같은 인물이라면 세상 사람이 작부에게서 갖는 오만과 편견이 없을 것이며 더 나아가 작부 생활을 하며 겪었을 상처마저도 하나하나 보듬어 줄 것이라는 기대를 하게 된 것이다.

백화와 영달은 그렇게 사랑에 빠진다. 하지만 서로에 대해 지니는 애정의 열도와 밀도에도 불구하고 그들은 헤어진다. 서로가 서로를 위하기에 도대체가 서로를 붙잡을 수 없는 것이다. 영달은 정말로 백화를 좋아하지만 백화를 또 다시 전락시킬까봐 선뜻 나서질 못한다. 지난날의 사랑처럼 큰 상처를 줄까 두려운 것이다. 영달은 "어디 능력이 있어야죠"라며 백화를 떠나보내기로 결심하는데, 이 영달의 말 속에는 사랑하는 사람을 붙잡지 못하는 무기력하고 무능력한 자신에 대한 회오가 가득하다. 다만 할 수 있는 일이란 자신의 전 재산을 털어 백화가 제발 고향으로 가기를 바라며 차표와 찐빵과 달걀을 사 주는 일뿐이다. 백화 역시 적극적이지 못하다. 영달이 붙잡아 주지 않는다면 먼저 나설 수는 없는 것이다. 그녀는 자신에게 차표를 건너는 영달에게 "정말, 잊어버리지…… 않을게요"라거나 "내 이름은 백화가 아니에요. 본명은요…… 이점례예요"라는 말로 답하는 것 이상 아무 것도 행할 수 없는 것이다. 결국 영달은 차표를 건네며 고향으로 돌아가 이제 행복하게 살기를 바라는 마음을 전하고 백화는 자신의 본명을 알려 주며 자신이 정말로 직업적으로가 아니라 자연인으로서 영달을 사랑했음을 진정으로 고백한다. 그리고는 헤어진다. 그리고 그렇게 그들 모두는 "마음의 정처"를 잃은 채 "눈발이 날리는 어두운 들판을 향해서 달려" 간다.

진실로 서로를 위하기에 서로를 붙잡지 못하는 이 한없이 이타적인 풍경이야말로 「삼포 가는 길」이 창조해 낸 또 하나의 위대한 세계상이라 할 만하며, 이는 「삼포 가는 길」을 풍요롭게 한 또 하나의 문제적인 장면임에 틀림없다. 일찍이 "위험이 있는 곳엔 구원의 힘도 함께 자란다"고 한 것은 횔덜린이거니와, 「삼포 가는 길」 역시 산업화가 양산해 내고 있는 위험 요소인 뜨내기들에게서 오히려 산업화가 초래한 위험을 구원할 힘을 발견한다. 그들은 자기만을 배려하는 차갑고도 메마른 근대적 모럴 때문에 더 이상 나빠질 것이 없는 극한 상황에 내몰려 있음에도 불구하고 자신의 행복을 위하여 또 다른 존재들을 극한에 몰아넣는 대신에 서로에 대한 배려를 잊지 않는 것으로 그려지고 있거니와, 「삼포 가는 길」은 이것으로 근대성의 그 냉정한 모럴을 넘어서기를 꿈꾼다.

종합하자면 「삼포 가는 길」은 세 명의 뜨내기들의 우연한 동행기 속에 산업화, 문명화가 인간에게 가져온 재앙을 치밀하게 기록함과 동시에 그 재앙 속에서 움트는 구원의 힘도 같이 제시한 소설이라 할 수 있다. 이러한 「삼포 가는 길」의 역사철학이 얼마나 혁신적이었는가 하는 것을 확인하기란 그리 어렵지 않다. 우리는 「삼포 가는 길」 전후로 민중 담론이 한국 사회를 움직이는 중심 의제로 자리 잡았을 뿐만 아니라 한국 사회 전반도 무조건적인 근대화나 산업화를 반성하기 시작했다는 사실을 아직도 선명하게 기억하고 있기 때문이다.

## 「삼포 가는 길」의 전복성과 문학성

「삼포 가는 길」의 이러한 전복성은 우선 작가의 치밀한 관찰력과 그것을 가능하게 한 역사철학에 기인한다. 다시 말해 인간 존재에게 있어 고향의 목가적인 풍경이 차지하는 의미와 위상을 통찰해낸 작가 황석영 특유의 역사철학이 그저 한 덩어리로 보이는 뜨내기들 사이에도 미묘한 차이가 있다는 것을 발견할 수 있도록 이끌었고 결국 이렇게 발견된 전혀 새로운 실재가 급기야는 당대의 시대적 규범을 한순간에 무화시키는 결과를 낳기에 이르렀던 것이다.

또한 「삼포 가는 길」 특유의 전복성은 「삼포 가는 길」의 치밀한 구성에 힘입은 바 크다. 「삼포 가는 길」은 소설이 진행되는 내내 자신이 말하고자 하는 바를 직설적으로 말하지 않는다. 다만 뜨내기들의 거친 말들을 통해서 산업화에 따른 그들의 고통과 원망을 드러내고, 또 불안정한 뜨내기와 보다 안정적인 뜨내기 사이에 나타나는 미세한 행동 방식의 차이를 통해서, 혹은 고향을 향할 때 그 인물들이 보이는 자신 있는 행동과 고향을 잃었을 때 한없이 머뭇거리는 행동 사이의 차이를 통해 고향의 정신적 의미를 완곡하게 전달하고 있다. 그런가 하면 그들의 거친 말들과 따뜻하고 아름다운 내면의 비교, 대조를 통해 그들에게 잠복되어 있는 구원의 힘을 그야말로 물 흐르듯 자연스럽게 제시한다.

「삼포 가는 길」의 이 자연스러움은 전적으로 부분과 전체, 인물과 인물, 사건과 사건 사이의 유기적인 통일성에 기인할 터인데, 「삼포 가는 길」의 이 유기적인 통일성은 읽는 사람들로 하여금 소설적 상황 속에 흠뻑 빠져들어 영달에게 자신을 투사하게 하는 것이다. 마찬가지로 읽는 이들은 자신도 의식하지 못하는 사이에 정씨가 되고 백화가 되어 눈발이 날리는 어두운 들판에 던져진다.

그렇게 되면 이제 더 이상 산업화가 사회 구성원 모두를 위한 유토피아 프로젝트라고 말하는 것이 불가능해지는 것은 물론, 우리가 "치사한 건달"이라고 밀쳐 두었던 그 뜨내기들에게서 우리에게는 이제 저 가슴 한켠에 간당간당 남아 있는 이타성이라는 구원의 힘을 읽어 내기에 이른다. 그저 단 한 편의 소설을 읽었을 뿐인데 이전의 나로 돌아갈 수 없는 희귀한 경험을 하게 되는 셈인데, 이것이야말로 위대한 소설, 그러니까 우리의 선입견 너머에 존재하는 실재들을 발견하여 그것으로 전혀 새로운 세계상을 구축한 소설만이 행할 수 있는 혁신성이다.

우리는 고향의 향취를 애써 모른 체하고 산업사회의 한 일원으로 진입하려는 한 인물을 빼어나게 그려 낸 바 있는 김승옥의 「무진기행」을 기억한다. 우리는 「무진기행」의 주인공이 부끄러움을 느끼면서도 결국 고향을, 고향에 깃든 자신의 무시무시하고도 매혹적인 역사와 기억 전체를 등지는 장면을 당연한 것으로 받아들인 바 있다. 아니, 오히려 한 개인과 사회의 발전을 위한 탈향인 만큼 부끄러움을 느끼는 것조차가 쓸데없는 것이라는 생각을 한 바 있다. 그렇게 자연과 인간이 조화를 이루는 땅, 영혼의 안식처인 고향으로부터 멀어진 사람들이 물질적인 풍요만을 위해 모든 노력을 경주했고 한국 사회 전반은 공동체 의식도 영혼의 안식처도 찾아볼 수 없는 불모의 사회로 변모한다.

「무진기행」이후 10년 정도의 세월이 흐른 후 씌어진 소설이 「삼포 가는 길」이다. 그런데 그 「삼포 가는 길」에는 흥미롭게도 「무진기행」의 주인공이 부끄러움을 느끼고 떠나온 그 고향이 어떻게 변했으며, 그렇게 목가적인 고향 풍경을 지워 낸 산업화가 어떤 비극들을 불러내었는지가 충격적으로 그려져 있다. 말하자면 우리는 「삼포 가는 길」을 통해 고향이란 단순히 우리가 태어나고 자란 곳이 아니라 인간의 최대의 행복이 깃든 곳이어서 고향에게는 부끄러움을 느낄 필요가 없으며 어떠한 선택도 해서는 안 된다는 것을 너무나 뼈저리게 확인할 수 있었던 것이다.

예전에 한 평론가가 "「무진기행」에서 「삼포 가는 길」까지 10년 걸렸다"라는 표현을 쓴 바 있거니와, 오늘 나는 문득 이 표현을 이렇게 바꿔 보고 싶다. "「무진기행」에서 「삼포 가는 길」까지 10년 정도밖에 걸리지 않은 것이야말로 우리 시대의 최고의 축복이다"라고.

## 더 생각해볼 문제들

1. 「삼포 가는 길」은 무엇보다도 현대사회에서 별로 주목받지 못하나 의미 있는 존재들, 구체적으로 말하자면 '뜨내기'들을 발견하고 그들의 삶을 역사적으로 맥락화함으로써 커다란 반향을 일으켰다. 혹시 지금, 이 시대에 「삼포 가는 길」의 뜨내기들처럼 사람들 관심 밖에 있지만 우리의 세계 내적 위치를 알려 주는 데 적확한 존재들이 있다면 어떤 부류의 사람들이라고 생각하는가?

   어떤 시대건 그 시대는 시대적 질서를 유지하기 위해 중요한 것과 중요하지 않은 것, 중심적인 것과 주변부적인 것을 나누고 그중 중요한 것에 초점을 맞추어 사회를 운영해 간다. 이러한 사회 운영 원리는 거의 모든 사람들이 동의하는 것이어서 당연한 것처럼 보이지만 면밀하게 관찰해 보면 그 사회 운영 원리는 수없이 많은 하위 주체들(우리가 바로 여기에 속해 있을 수 있음은 물론이다)의 절실한 욕망과 원망들을 억압하고 무의미한 것으로 전락시킴을 볼 수 있다. 따라서 우리 시대가 권장하는 가치관 때문에 오히려 고통받는 존재들이 우리의 주변에는 적지 않은 바 그 존재들에 관심을 가져 보는 것은 우리 시대를 이해하는 데, 그리고 우리가 보다 인간적으로 살아가는 데 큰 도움이 될 수 있을 것이다.

2. 「삼포 가는 길」의 인물들은 고향이 있고 없음에 따라 마음가짐이나 행동에 있어서 큰 차이를 보인다. 각자 자신의 고향은 어디인지, 또 그 고향이 자신에게 주는 의미는 무엇인지 생각해 보자.

   고향이란 말의 사전적 의미는 '태어나서 자란 곳'이다. 하지만 고향은 그 이상의 장소임에 틀림없다. 우리는 태어나서 자라는 그 시기에 생애 최대의 행복을 맛보는 것이 일반적이다. 다시 말해 아무런 사심 없이 순수한 마음으로 주변의 존재들과 어울리며 하나가 되는 일체감 같은 것을 경험하는 것이다. 아니 실제로 그렇지 않았을 수도 있다. 인간이라면 모두가 지금 자신의 차갑고도 메마른 삶과 구분되는 어떤 순간을 갖고 싶어하며, 고향에서의 행복한 시간이 만들어 낸 판타지일 수도 있다. 그렇게 이상화된 경우라 하더라도 우리가 고향을 떠올린다는 것은 중요하다. 그 생애 최고의 행복의 순간이 현재의 황폐한 나를 되돌아보게 하고 반성하게 하기 때문이다.

3. 「삼포 가는 길」은 자본주의적 합리성과 그에 따른 사회 전반의 산업화, 도시화를 현존재들을 불행하게 하는 가장 중요한 요인으로 꼽고 뜨내기들의 짧고 강렬한 사랑과 친밀한 관계를 통해 우리의 불행을 넘어설 가능성을 발견한다. 만약 자신이 불행하다면 그 불행의 가장 핵심적인 요인은 무엇이라고 생각하는가. 또 그 힘겨운 상태를 넘어설 수 있는 계기는 무엇이라고 생각하는가.

살아온 역사와 살아가는 방식이 모두 다 다르므로 사람들마다 불행을 느끼는 원인은 다 다를 수밖에 없다. 중요한 것은 각자가 자신이 불행한 원인을 찾아보는 것이다. 그렇게 하다 보면 결국 사회 전체에 대해 관심을 갖게 되고 그 관심은 곧 우리에게 사회에 대한 고유한 인식을 지니도록 하는 계기가 될 수 있다. 그리고 구원의 힘을 찾기 위해서는 주변 사람들 중에 뭔가 시대착오적인 것처럼 보이는 사람들을 주목해 보는 것도 좋다. 시대에 순응하는 사람들이란 합리적인 존재처럼 보여도 어떤 면에서 보자면 이 시대의 불행을 확대재생산하는 존재일 가능성이 높을 수 있기 때문이다. 자, 우리 모두 주변의 시대착오자들에게 눈을 돌려 보자.

**추천할 만한 텍스트**

『김윤식 교수의 소설 특강 6』, 김윤식 지음, 한국문화사, 1997.

『황석영 중단편 전집 2— 삼포 가는 길』, 황석영 지음, 창작과비평사, 2000.

**류보선**

군산대학교 국어국문학과 교수.

서울대학교 국어국문학과를 졸업하고 동 대학원에서 박사 학위를 받았다. 계간 『문학동네』 편집위원이며, 저서로 『한국 근대문학의 정치적 (무)의식』, 『경이로운 차이들』, 『또 다른 목소리들』, 편저인 『구보가 아즉 박태원일 때』 등이 있다.

도시는 어떤 모습으로 잠에서 깰까? 새처럼 푸드득거리며 깰까?

사나운 짐승처럼 으르렁거리며 깰까?

능구렁이처럼 꿈틀거리며 깰까? 그러나 다 아니었다.

도시는 엷은 안개 같기도 하고 연기 같기도 한 것에 잠겨 몽롱하니

비몽사몽간처럼 보였다. 나는 이 게으르고 아둔한 도시의 귀청에다 대고

목청껏 악을 한번 써 봤으면 얼마나 속이 후련할까 싶었다.

— 『도시의 흉년』 중에서

## 박완서 (1931~ )

경기도 개풍군에서 태어났다. 6·25전쟁으로 서울대학교 국어국문학과를 중퇴한 바 있고, 1970년 『나목』으로 한
국 문단에 등장했다. 등단 이래 오늘날까지 꾸준한 작품 활동으로 수많은 작품집을 출간했고, 수많은 문학상을 수
상했다. 『휘청거리는 오후』, 『살아 있는 날의 시작』, 『욕망의 응달』, 『목마른 계절』, 『엄마의 말뚝』, 『오만과 몽상』,
『그해 겨울은 따뜻했네』, 『서 있는 여자』, 『꿈엔들 잊힐리야』(원제 『미망』), 『그 많던 싱아는 누가 다 먹었을까』,
『아주 오래된 농담』 등은 비교적 잘 알려진 그의 작품들이다. 천의무봉의 출중한 이야기꾼으로서 솜씨 좋은 거장
(巨匠)이기도 하다. 예술적 성취도, 주제의 폭과 지성의 깊이, 대중적 지지의 면에서 박완서는 유례를 찾아보기
힘든 가히 우리 시대의 '국민 작가'라고 할 수 있다.

# 이 도시의 타락을 어찌할 것인가
# 박완서(朴婉緖)의
# 『도시의 흉년』

김주언 | 단국대학교 교양학부 강의교수

### '도시'라는 화두

세태소설, 풍자소설, 병리 소설, 분단 소설, 페미니즘 소설, 생태학적 소설, 가족 소설, 가족사 소설, 사상 소설, 여성 역사소설, 성장소설, 도시 소설, 자전소설, 노인 소설. 소설이라는 것 이외에 이들의 공통점을 묻는다면 아무래도 쉬운 문제가 아니다. 이 다양한 소설 명칭들은 오늘날 소설 장르 연구에 흔히 등장하는 이름들이지만, 동시에 박완서의 여러 소설들을 다양한 관점에서 보는 풍요의이름들이기도 하다. 『도시의 흉년』(1979)을 읽는 우리는 가족 소설이나 성장소설, 또는 세태소설이라는 개념에도 유의해야 하지만, 무엇보다도 '도시 소설'[1]이라는 관점을 주목할 필요가 있다.

작품의 시대적 배경은 1960년대 말이거나 1970년대 초반으로

보이는데, 공간적 배경은 물론 '도시'이고 구체적으로 밝히면 서울
이다. 그러나 서울은 단지 작품의 배경이라는 단순한 세팅 정도를
넘어서 그 자체의 문제성으로 고양된 화두이다. 1970년대 전후(前
後)의 우리 문학사를 보면 이처럼 도시성(urbanism) 자체가 도저
한 의문에 부쳐지는 상황이 그리 낯선 일은 아니다. 이미 김승옥이
「서울 1964년 겨울」(1965)에서 비속 도시 서울을 "모든 욕망의 집
결지"라고 지목한 사실을 기억하자. 『도시의 흉년』이 씌어진 시점
에는 조세희의 『난장이가 쏘아 올린 작은 공』(1978)이, 노동자 계
급의 소외라는 이 도시의 구조적 어둠에 대한 문학적 보고서를 제
출하기도 했다. 문학사는 이즈음에 수많은 도시 소설(류)들이 양산
되었다고 기록하고 있다. 박완서의 『도시의 흉년』은 이러한 일련의
문학사적 맥락에서 읽을 수 있는 작품이다.

지옥 같은 가정, 타인 같은 가족
특히 70년대 전후의 도시가 문제시되는 정황을 이해하기 위해서는
먼저 이 시대를 차분히 들여다볼 필요가 있다. 한마디로 말해서 '개
발독재'로 표상되는 박정희 정권은 1969년 3선개헌과 1972년 10

---

1) 일반적인 도시 소설의 문법에서 도시는 정태적인 배경이거나 물리적인 장소에 국한되지 않
고 인물과 플롯을 형성하는 데 적극적으로 참여한다. 소설의 의도는 도시를 탐구하는 것이
고, 도시가 어떤 가치관과 생활양식에 의해 살아가고 있는가를 보여 주는 것이고, 개인의 성
격과 운명에 도시가 어떤 영향을 미치는가를 보여 주는 것이다. 이렇게 보면 소설의 진정한
주인공으로 다름 아닌 도시 자체가 부상한다. 『도시의 흉년』이라는 표제도 이러한 숨은 주인
공이 드러나고 있다고 볼 수도 있다.

월유신 등으로 부족한 정치적 정당성을 경제적 성과를 통해 상쇄하려고 했다. 다른 무엇보다도 국가가 부강해지고 잘 먹고 잘살게 되는 것이 제일 중요하다는 가치관이 이 과정에서 한국 사회에 자리 잡았다고 볼 수 있다. 당연히 경제성장 그 이상의 지상 목표란 의문스러운 것이었다. 그런데 이 경제성장이라는 조국 근대화 프로젝트는 산업화를 통해 이루어지고, 산업화는 생활 세계의 측면에서 보자면 다름 아닌 거대도시화이기도 한 것이다. 그러므로 이 와중에서 서울은 근대화·서구화·산업화·대도시화·경제 발전·잘 먹고 잘 살기 등의 강박 가치가 숨가쁘게 어깨를 걸고 등식 관계를 맺어 갈 때, 이 모든 것이 한 몸에 결합된 괴물로 탄생했다.

사회의식이 있고, 사회변동에 민감한 작가들이 이 괴물에 호기심을 갖는 것은 당연한 일이었다. 작가 박완서의 선택은 이 괴물 도시의 외부 풍경을 주유하는 게 아니라, 도시의 현저하고 보편적인 삶의 양식이 집약되어 있는 한 가정 내부를 도시 사회 병리의 뚜렷한 물증으로 집중 조명하는 것이었다. 작가가 선택한 가정을 보자.

서술자 '나' 지수연은 밖에서는 생기발랄한 여대생이다. 소설은 이 여대생이 "웬만한 동네에서 흔히 볼 수 있는 벼락부자 티가 더럭더럭 나는 속악을 극한 양옥"에 도착하는 것으로 시작한다. 이 "양옥"은 추후 차라리 "집구석"으로 표현되는데, 이 서술 태도만으로도 우리는 충분히 거침없는 비판과 풍자, 나아가 야유의 어조까지를 감지할 수 있다. 이 "집구석"이 바로 '나'의 가정이다. 이 가정에는 물론 가정부도 있지만 무엇보다도 가족이 있다.

할머니는 쌍둥이 남매로 태어난 수연이 수빈과 상피 붙을 운명이라고 수연을 학대하고 저주를 퍼붓지만, 수빈에게는 끔찍한 편애를 바치는 시종일관 표독스러운 늙은이다. 가정에 무관심하고 무능한 아버지 지대풍은 "등신 같은" 위인이다. 일제 식민지 시대에는 징용에 끌려갔다가 해방과 함께 돌아왔고, 6·25전쟁 때는 식솔들을 서울에 남겨 놓고 홀로 피난을 다녀온 바 있다. 가족을 부양할 능력이 없는 그는 섹스 능력 또한 상실한 성불구자이기도 하다. 이 불구의 남성은 불구 여성 "절름발이 첩"을 만나서야 잃었던 섹스를 다시 회복하는데, 그가 섹스를 회복했을 때는 가부장의 권력 또한 회복한다는 사실은 의미심장하다. 아버지에게 부재하는 남성성은 어머니 김복실 여사에게 떠넘겨져 있다. 지수연의 가정을 지옥으로 만드는 장본인이기도 한 어머니는 "무식하고 충동적이고 원색적"이며, 동대문 광장시장에 여러 개의 포목상 점포와 공장을 가지고 있는 재력가다. "중이 고기맛, 사람에게는 돈맛 — 이것은 곧 엄마의 신앙이자 인간에 대한 이해의 폭"이기 때문에 돈이면 안 되는 게 없다는 돈의 권능에 사로잡혀 있는 속물이다. 이 어머니는 아버지와 더불어 '나'에게는 벗어나야 할 "숙명적인 악몽"이 될 뿐이다.

이러한 가족 구성원들은 다만 사유재산의 창고 같은 가정에서 서로를 속이고 경멸하고 상처 낸다. 지수연은 "우리 집 세간들뿐만 아니라 사람들까지도 다만 모여 있을 뿐인지도 모른다"고 생각한다. 그렇다면 이 서로에게 소외된 가족들을 모여 있게 하는 것은 무엇인가. 세태 묘사에 치중하던 소설은 이 대목에서 등장인물들의 허위의식을 날카롭게 까발리는 분석 정신을 발휘하기 시작한다.

허구가 견고하고 찬란할수록 우린 허구 안에 숨어 살 수밖에 없었다. 자연히 우리의 본질은 처음부터 그런 허구의 껍질을 갖지 않았던 사람보다 훨씬 약하고 초라했다. 우린 잘난 척이 몸에 배 있었고, 이 잘난 척할 자격을 박탈당하면 도대체 어떻게 행동해야 되는지를 알고 있지 못했다.

우린 엄마를 싫어했지만 그런 점으로 엄마와 그렇게 닮아 있을 수가 없었다.

장편소설 『도시의 흉년』 상권에서는 거짓 투성이 가족 관계를 지탱하는 것이, '허구'라고 적고 있다. 허구 공동체의 그들은 허구를 공유한다는 점에서는 닮아 있다. 허구가 견고할수록 결속력이 강화된다는 점에서 그들은 일정 부분 생활의 공모자이기도 하다. 이 '허구'는 하권에 가서는 결국 '허위'라는 좀 더 노골적인 표현을 얻는다.

여태껏의 우리의 으리으리하고 번들번들한 생활을 받쳐 주던 것은 엄마도, 아버지도, 재산도 아니라, 실은 이런 사실을 은폐한 허위의 기둥이었는지 모르겠다.

왜냐하면 그 허위가 폭로됨과 동시에 우리의 생활은 산산이 와해될 것이 뻔했기 때문이다.

나는 내가 편안히 몸담고 있는 풍요와 익애의 세계를 벗어나기를 얼마나 꿈꾸었던가. 그 허위의 외기둥이 받치고 있는 터무니없이 으리으리한 집구석을 도망치는 꿈이야말로 매일 꾸어도 퇴색하지 않는 나의 가장 신선한 꿈이었다.

　여기서 우리가 무엇보다도 눈여겨볼 대목은 지수연의 태도이다. 지수연도 그들 가족의 일부이고 그들 허위의 삶의 일부를 공유하고 있다. 그러나 전적으로 그렇지는 않다. 작가에게 작가가 보는 모든 것을 보는 절대적 시점을 부여받았을 뿐만 아니라, 작가의 연민과 사랑이 실리고 있는 지수연의 삶을 떠받치고 있는 것은 '허위' 말고도 또 하나가 더 있다. 그것은 "집구석을 도망치는 꿈"이다. 타락한 현실에 도덕적 긴장으로 맞서는 이 탈주의 꿈을 응원하는 것, 『도시의 흉년』을 읽으면서 놓칠 수 없는 관전 포인트의 하나다.

## 천민자본주의, 혹은 비루한 도시의 안쪽

여기까지 보면, 이 소설은 사회 현실이나 역사적 현실보다는 도시 세태 풍속으로서 중산층의 허위의식이나 가족 문제에 주력하는 작품이라고 할 수도 있다. 사실 지수연의 가정에는 세상사의 정치적 의미에 노출된 인물도 없고, 세상사를 전하는 신문이 배달되지만, 신문을 '본다'고 말할 만한 장면조차 등장하지 않는다. 즉 사회변동의 표지라고 할 만한 것이 작품의 전면에 등장하지 않는다. 그러나 이 작품은 가족 구성원들 사이의 관계를 통해 문제적 현실의 이면을 드러내고, 이 현실에 대한 작가의 비판과 공격 의지는 도처에 심각한 문제의식으로 내장되어 있다. 이 문제의식을 일관하는 것이 바로 자본주의, 구체적으로 말하자면 '천민자본주의'[2]에 대한 비판이다. 『도시의 흉년』이 적나라하게 폭로하고 있는 천민자본주의의 실상을 보자.

광장시장의 재력가 김복실 여사의 치부 과정은 처절했다. 무능한 남편 때문에 굶어 죽을 정도로 가난했던 그녀는 6·25전쟁 중에 피난민이 빠져나간 서울에서 도둑질부터 시작했다. 도둑질로 긁어모은 재산으로 외국 주둔군을 상대로 한 매춘업을 벌였다. 매춘업이 불황일 리 없었다. 세상은 돈이 움직였고, '달러'는 돈 중의 돈이었다. 그렇게 벌어들인 돈을 다시 부동산 투기에 바쳤다. 이 이력만 보아도 놀라운 재테크 수완가라고 할 수 있지만, 여기에 김복실이 누구나 다 하는 것쯤으로 간주하는 세금 포탈도 빼놓을 수 없다. 그러나 이런 식의 치부는 김복실 여사뿐만이 아니라고 『도시의 흉년』은 말한다. 지수연에게는 경화라는 친구가 있다. 경화는 엄청나게 큰 아파트에서 파티까지 여는 부잣집 딸인데, 경화의 아버지는 형의 재산을 가로채고 그 형이 죽자 장조카를 자기 회사의 수위로 부리는 파렴치한으로 설정되어 있다. 이를테면 김복실과 경화의 아버

---

2) 천민자본주의(Pariakapitalismus)는 막스 베버(Max Weber)가 사용한 사회학상의 용어지만, 오늘날 자본주의의 비윤리성과 부도덕성을 경멸적으로 언급할 때 흔히 사용하는 개념으로 일반화되었다. 막스 베버에 따르면 천민자본주의란 고대 인도와 페니키아 또는 이탈리아 도시국가들에서 보듯이, 저급한 윤리의식하에서 주로 투기적 이익만을 추구했던 상업자본주의의 하나로서 국부의 실체인 상품 생산 활동과는 거리가 먼 자본주의를 의미한다. 종교적으로나 도덕적으로나 비천하게 여겼던 생산 활동을 의미하기 때문에, 시장경제의 윤리성을 지키며 경제활동을 하려는 합리적 의지보다는 수단 방법을 가리지 않고 자기만 잘살겠다는 이기적 욕심이 지배적이다. 한국 사회에서 천민자본주의적 경향은 부동산 투기에서 현저하다. 학계에서는 주로 한국에 이러한 천민자본주의가 나타난 시기가 박정희 정권 시절의 1·2차 경제개발계획이 일어난 직후로 보고 있다.

『도시의 흉년』의 공간적 배경이 된 도시, 서울의 전경.

지는 천민자본주의 시대의 주역인 셈이다. 『도시의 흉년』에는 좋은
의미의 자본주의 모습은 소개되어 있지 않다. 가령 작가가 『꿈엔들
잊힐리야』(원제 『미망』)에서 개성 상인들의 풍속을 통해 보여 주는
근대 초기자본주의의 밝은 면이 이 작품에는 전혀 없다. 부자들이
이처럼 한결같이 존경받을 수 없는 인물로 그려진다는 사실은 무엇
을 의미하는가? 때는 바야흐로 이 졸부들의 시대인데, 작가는 이
천박한 시대와 정면으로 맞서고 있는 것이다.

이 천민자본주의의 풍요의 세상에서 그러나 그들은 행복하지 않
다. 자식들의 교육 문제, 군대 문제, 애인 문제, 심지어 순결 문제까
지 모두 돈으로 해결할 수 있다고 믿는 김복실 여사지만 그녀에게

는 그 무엇으로도 해결할 수 없는 남편의 성불구가 있다. 지수연 아버지의 남성성의 거세와 왜곡은 수난의 한국 근현대사와 모종의 함수관계가 있을 수도 있겠지만, 무엇보다도 경제력의 무능과 무관하지 않다. 이 남자는 돈의 위력 앞에 가부장의 권력을 반납하고, 실질적인 가모장(家母長)의 체제에 순응한다. 그 결과 이 남성은 가정에서는 있으나마나한 부재의 방식으로 존재한다.

　물론 풍요 속의 빈곤은 아버지의 성 능력 결핍만은 아니다. 그것은 도처에 만연해 있다. 지수연의 가족들이 보여 주는 심각한 말 가난이야말로 정신의 적빈(赤貧)에 가깝다 할 것이다. 그들의 언어생활을 특징짓는 것은 동어반복이다. 할머니는 걸핏하면 "저년을 진작 진자리에서 죽였어야 했는데, 저년이 우리 집안 망칠 애물이야"라고 저주 타령만 늘어놓고, 어머니는 주로 "먹어라 먹어"나 "내가 너희들을 어떻게 키웠는데"라는 말밖에 할 줄 모른다. 아버지는 "괜찮다, 괜찮다"로 모든 관심을 비켜 간다. 지수연이 명동에서 유명 디자이너에게 비싼 옷을 몇 벌씩 맞추고도 스스로를 초라하게 느끼고, "이 시끌시끌하고 야하고 첩첩이 겹겹이 켯속도 많고 사람도 많은 이 바닥이 젊음을 살살 꼬시기는 비결이 화냥끼가 고작이란 말인가. 어디메쯤 소나기 같은 환호는 없나. 사무치는 슬픔은 없나."라고 포만의 허기에 진저리 치는 것도 다 이 풍요 속의 빈곤의 다른 표정이라고 할 수 있다.

　그러나 아버지 지대풍은 끝까지 무능하지는 않았다. 첩 살림이라는 비밀 생활을 요령껏 꾸려 갔고, 점점 간지(奸智)가 발달해 갔다. 아버지의 첩 역시 점점 물욕에 눈을 떠갔다. 아버지는 첩의 오빠를 운전기사로 채용하고, 아무것도 모르는 어머니는 그만 아버지의 계략대로 운전기사와 정분이 나고 만다. 이제 가정은 파탄 일보 직전에 와 있다. 이 모든 것을 알고 있는 지수연이 어머니에게 귀띔이라도 해 준다면 파탄은 면할 수 있을 것이다. 그러나 지수연은 많은 기회가 있었음에도 그냥 지나친다. 왜 그럴까? 지수연은 어머니에 대해 일말의 애정과 연민이 없는 것도 아니다. 또, 지수연은 과외에 과외를 거듭하고 재수에 재수를 거듭해 겨우 서울대학교를 간 지수빈과는 비교가 안 될 정도로 현명하고 야무지다. 가령, 지수빈이 남매 쌍둥이는 상피 붙는다는 저주의 운명을 돈으로 여자를 사서 해결하는 방식으로 풀었다면, 자료 조사와 정보 분석에 의해 그런 사례는 한 건도 없다는 식으로 운명의 저주로부터 해방되는 지수연이다. 그런데 왜 그녀는 이 대목에서만은 유독 무력하고 아둔한가? 도대체 무엇 때문인가?

어떤 독자는 이 대목에서 작가의 실수를 의심할지도 모른다. 작가는 이 점에 대해서 도처에서 몇 겹의 방패막이 해명을 해 놓았다. 정리해 보자면 첫째, 지수연이 파멸을 당하는 것이 아니라 스스로 파멸을 선택할 때까지 자기 집안의 현상 유지가 필요했다. 둘째, 애인 구주현과의 연애에 빠져 있기 때문이다. 셋째, 어머니에 대한 보복을 위해 고자질을 지연시켰다는 것 등이다. 이 해명 가운데 어느 쪽에 더 신빙성을 부여할지는 우리의 자유다. 그러나 분명한 것은, 작가가 선택한 것은 확고한 파멸 의지라는 것이다. 작가는 단지 파탄이 아니라 최대한 몸피를 키운 완전한 파멸을 등장인물들에게 요구하고 있는 것이다. 다시 말해, 지수연의 머뭇거림은 환부를 완전히 부패시킨 후, 도려내려는 서술 전략이라고 볼 수 있다. 그래야 새살이 돋을 수 있고, 신생(新生)의 출발이 가능할 수 있기 때문이다.

## 탈주의 꿈이 도달한 녹색 대안의 세계

지수연의 집은 파멸했다. 아버지 첩의 집을 찾아간 어머니는 뇌출혈로 쓰러졌다 겨우 의식을 회복하기는 했지만 이제 "배고파 죽겠다"는 말만 반복할 뿐이다. 수연의 언니 수희는 처가의 재산을 보고 결혼한 서재호와 파경에 이르렀다. 수빈은 적당히 핵심을 피하고 사는 게 일관된 생활 태도였지만, 애인 문제로 부모와 어긋난 이후로 "엄마야" 대신에 "어머니"라고 부르는 어른이 되었다. 무엇보다도 수빈에게는 가난한 순정과 결혼했다는 것이 가장 큰 변화라고 할 수 있다. 수연은 이제 수빈과 상피 붙었다는 오해를 받고 집에서 쫓겨난 상태다. 수연은 꿈을 이룬 셈인가? 그러나 지옥에 있지 않다는 것만으로는 아직 자유롭다고 말할 수 없다.

수연이 진정한 의미의 탈주의 꿈을 성취했다고 말하기 위해서는 단지 지옥 같은 가정의 파멸만으로는 부족하다. 그것이 내면적인 것이든 사회적인 것이든 수연 자신의 새로운 각성, 눈뜸이 있어야 할 것이다. 한편으로는 "나는 내 생명의 모든 것, 나의 건강, 나의 미모, 나의 연령, 그리고 나의 탄생과 더불어 내 내부에 축적된 온갖 기억들을 사랑했다"고 말하지만, 다른 한편으로는 "나는 내가 만일 마흔 살을 넘어 살게 되면 자살이라도 해야겠다고 굳게굳게 다짐했다"라고 말할 정도로 자기 사랑과 자기 혐오를 반복하는 방황의 젊은이가 바로 수연이 아니었던가. 이 자기 애증의 오락가락이 누구에게나 젊음의 알리바이고 정체성이겠지만 수연의 그것은 좀 심각한 편이었다. 가령, "너 죽고 나 죽자 식의 원시적인 파괴욕"으로 형부 서재호를 유혹할 때 수연의 외부로 향하는 자기 파괴의 공격적 충동은 최고조에 달했다. 그때와 집안이 파멸한 지금은 무엇이 다른가? 수연은 이제 대학을 졸업했다. 그러나 대학을 졸업했다고 내면의 이런 충동들도 모두 졸업하고, 사회를 보는 새로운 눈을 떴다고 할 수는 없을 터이다. 이 문제를 해결할 수 있는 인물이 바로 수연의 애인 구주현이다.

구주현과의 사랑은 자연스럽게 자기 사랑과 자기 혐오, 그리고 삶의 충동과 죽음의 충동에서 후자를 지워 가는 자기 충만의 과정이 아닐 수 없는 것이다. 수연의 내면의 방황이 이렇게 사랑을 통해 방향성을 찾을 때, 구주현은 수연을 새로운 세계로 이끈다. 그들의 새로운 세계의 이름은 '농촌'이다. 모든 문제를 만병통치약 '사랑'과 '자연'으로 미봉하는 것은 낭만주의자들의 오래된 해결책이다. 작가는 이런 오해로부터 자유롭기 위해 조심스럽게 그들의 '사랑'과 '농촌'에 접근한 흔적이 역력하다.

"못 믿겠으면 온 동네 사람 앞에서 맹세해도 좋아. 자기는 사모관대 하고 나는 족두리낭자하고 마당에 차일 치고 온 동네 사람을 다 불러모아 국수잔치를 하면 될 거 아냐. 나도 내가 지긋지긋하게 미워하고 사랑한 식구들과 친척들을 다 초대할 거야. 그 자리가 나에게도 그들과의 화해의 자리가 됐으면 얼마나 좋을까. 꼭 그렇게 될 수 있을 것 같아."

"환상은 금물이야. 그 일이 말처럼 그렇게 쉽지는 않을 테니까."

『도시의 흉년』은 발단, 전개, 절정, 파국 등 근대소설의 기본 구성 원리에 충실한 작품이다. 도시의 문제에서 발단이 된 이 작품이 농촌 귀향으로 대단원을 맺는 것은 지극히 자연스러운 논리적 귀결이라고 할 수 있다. 여기에 다소 비약이 있다 할지라도, 달리 어떤 대안이 있을 수 있겠는가. 저 천민자본주의의 도시는 농촌을 돌아갈 수 없는, 돌아가서도 안 되는 역사적 유물로 퇴장시켰지만, 그곳에서만 가능한 삶을 추구하는 그들의 귀향은 결코 퇴행이 아니다. 그들은 다만 비속 도시의 욕망에 대한 과부하와 편집증으로부터 벗어나 평균적인 삶과는 다르게 사는 삶을 선택했을 뿐이다. 다만 이제 우리는 그들의 순수의 한계를 걱정할 일이다. 세상은 만만치 않으며, 이 점 농촌도 예외가 아니고 그들은 좌절할지도 모른다. 그러나 최소한 그들에게는 거부해야 할 것은 거부하기 때문에 사랑하고 싶은 것을 사랑할 수 있는 힘이 있다. 이 점에 관한 한 그들은 저주받은 운명으로부터도 자유롭고, 비속한 도시의 속악으로부터도 자유롭다고 하지 않을 수 없다.

## 진리가 그대들을 자유롭게 할지니

지수연의 상처는 과연 완전히 아물었을까? 혹 그것은 오늘날 우리들 모두의 상처로 덧나고 있지는 않은가? 착잡하지만, 『도시의 흉년』 책장을 덮기 전에 숙고해 볼 문제들이다. 오늘의 이 번들거리는 소비 자본주의의 화려한 유혹 속에는 과연 무엇이 숨겨져 있는지 우리는 쉽게 가늠할 수 없다. 『도시의 흉년』에 등장하는 원색적인 악당들은 그래도 순진한 편이었는지 모른다. 지금은 허위가 극복되고 없는 것이 아니라, 사실은 교묘히 은폐되고 개칠되었다고 보아야 할 것이다. 이 위장을 '세련'이라고 불러 본다고 해서 위로가 되는 것은 아닐 터이다.

작가가 제시하는 희망은 특히 지수연으로 대표되는 젊은이에 있다. 지수연의 정신적 독립은 거창하게 말하면 우리가 역사는 진보한다고 말할 수 있는 까닭이기도 하다. 그런데 지수연은 과연 누구인가? 그 졸부의 딸일 뿐만 아니라, 오늘날 우리의 교묘하게 왜곡된 어떤 질곡을 비추는 거울일지도 모른다. 그렇다면 지수연은 자유로워야 할 것으로부터 자유롭지 못한 우리가 자유를 연습하는 데 있어서 그 누구보다도 호적한 친구일 것이다.

지수연을 만나자. 그녀가 젊음을 바쳐 터득한 진리가 그대들을 허위로부터 적어도 그 진리만큼은 자유롭게 할지니…….

## 더 생각해볼 문제들

1. 『도시의 흉년』에서 아버지와 어머니는 데면데면한 사이지만 자식 교육, 특히 아들 교육 문제에 대해서만은 그들의 곰삭은 속물근성이 의기투합한다. 부부의 지속적 결합과 자녀 양육을 기본 골격으로 하는 가족의 기본 형태는, 많은 이론가들의 가족에 대한 탈신비화 작업에도 불구하고 오래된 것이고 쉽게 사라지지는 않을 것 같다. 그러나 가족의 형태는 놀라운 변화가 있을지 모른다. 프랑스의 미래학자 자크 아탈리는 『21세기 사전』에서 앞으로 다양한 분야에 상당한 영향을 끼치면서 가장 큰 변화를 겪을 조직으로 '가족'을 꼽았다. 아탈리는 개인주의와 시장 원리가 모든 선택, 특히 결혼의 선택을 언제든지 되돌릴 수 있는 권리를 강조한다고 말한다. 게다가 사회적 투명성이 높아지면서 여러 명의 연인을 갖고 있는 실상이 폭로되고 있다는 것이다. 그 결과로 나타나는 것은 일부다처제와 일처다부제이다.

   이때 다만 문제가 되는 것은 자신을 속이지 않고도 여러 명과 동시에 사랑에 빠졌다는 진실성과 감정의 솔직함 같은 가치에 대한 존중일 뿐이다. 『도시의 흉년』에도 가족의 형태는 우리가 보아 왔던 전통적 의미의 그것은 아니다. 아버지는 첩을 가지고 있고, 어머니는 정부를 가지고 있다. 『도시의 흉년』에 나타난 가족의 형태가 위에서 말한 의미의 가족의 유연화와 어떤 식으로든지 관련이 있을 수 있다면 과연 어떤 관련성이 있는지 생각해 보자. 또, 아무리 새로운 가족 형태를 수긍할 수 있다고 하더라도, 『도시의 흉년』의 그것은 단지 지탄받아 마땅한 것이라고 한다면, 그것은 무슨 이유 때문인지 생각해 보자.

2. 『도시의 흉년』에서 수연은 거액의 돈을 가난한 순정의 생활 속으로 던져 넣을까 궁리한다. 순수한 적선의 충동 때문이 아니다. 오히려 그 반대다. 순정의 생활을 더럽히고 자존심을 유린하고 싶은 악의의 충동 때문이다. 물론 수연은 악의에 찬 인물이 결코 아니다. 그렇다면 이런 악의는 어떻게 설명될 수 있을까? 수연은 생각한다. "돈을 손에 쥐자 그 돈으로 남을 해칠 생각부

터 한 걸 보면 돈의 독성은 결코 그것을 쓰는 사람에 따라 결정되는 게 아니라, 돈 자체가 태어날 때부터 강한 독성을 지니고 태어나는 거나 아닌가 몰라"라고. 그러니 사람은 다만 그 독성에 감염되는 입장이어서 자신의 어머니는 결코 나쁜 사람이 아니라고 순정을 설득한다. "알고 보면 아주 약하고 불쌍한 분"이라는 것이다.

이상, 수연이 순정에게 내보인 돈에 대한 생각을 간단히 정리하자면 돈이라는 사회적 존재가 그것을 가진 자의 의식을 규정한다는 유물론적 인식으로 요약된다. 그러나, 존재 탓을 하지 않고 의식이 책임질 부분은 과연 없을까? 다시 말해 돈에게 모든 책임을 뒤집어씌우지 않고 순수하게 돈의 주인 본인이 감당해야 할 책임의 부분은 없는 것일까? 있다면 그것은 무엇인지 생각해 보자.

3. "모든 행복한 가정은 서로가 엇비슷하지만, 불행한 가정은 제각기 나름대로의 불행을 안고 있다." 톨스토이의 장편소설 『안나 카레니나』는 이렇게 시작한다. 『도시의 흉년』은 톨스토이의 이 의미심장한 통찰을 야학 교사의 입을 통해 전하고 있다. 그러면서 가난한 사람들도 각기 제 나름대로 가난하다고 덧붙이고 있다. 관심과 애정의 눈으로 보면 가난은 결코 개성이 없는 단색이 아니라는 것이다.

진정 건전한 사회란 끔찍한 불행이나 가난만 총천연색으로 다양할 것이 아니라, 그 사회 구성원들이 행복을 느끼는 원천이 다양한 사회를 지칭하는 것인지도 모른다. 돈을 가장 많이 버는 사람이 가장 행복한 사람이고, 그 다음 행복한 사람은 그 다음으로 돈을 많이 버는 사람이라는 식으로 행복의 사회적 위계가 수직적으로 서열화되어 있다면, 그 단색조의 행복에서 사람들은 과연 살맛을 느낄까? 이 문제를 『도시의 흉년』에서 부자들이 한결같이 부정적으로 묘사되고 있는 점과 관련지어 생각해 보자.

**추천할 만한 텍스트**

『도시의 흉년』(전 2권), 박완서 지음, 세계사, 2002.

---

**김주언(金住彦)**

단국대학교 교양학부 강의교수.

단국대학교 국어국문학과를 졸업하고 동 대학원에서 박사 학위를 받았다. 《서울신문》 신춘문예에 문학
평론이 당선되어 문학평론가로 데뷔하였다. 저서로는 『한국 비극소설론』, 『서양의 고전을 읽는다 3』(공
저)이 있고, 논문 및 평론으로는 「한국 비극소설의 기원적 양상」, 「한용운의 탈문학주의, 혹은 문학을 상
상하는 방식」, 「비극소설의 노래−김훈론」, 「종합적인 사고 행위로서의 창의적 글쓰기 방안 연구」, 「교
양 없는 시대의 교양으로서의 글쓰기」 등이 있다.

# IV

# 여성성의 탈주

그들은 저 햇발에 비치어 빛나는 저 바다 물결을 온 가슴에 안은 듯하였다.
그리고 그들의 눈에 비치는 모든 만물은 새로움을 가지고 그들을 맞는 듯하였다.
동시에 무력하고 성명 없던 자기들이 오늘 이 순간에는 이 우주를 지배하는
모든 권리란 권리는 다 가진 듯이 생각되었다. 자기들이 단결함으로써
이러하고 있으니 기세를 부리던 백동데 안경을 위시하여 기선의 기중기며
선원들까지 아주 동작을 잃어버리고 깜짝하지 못하였다.

— 『인간 문제』 중에서

## 강경애 (1906~1944)

황해도 장연에서 태어났다. 평양 숭의여학교에 입학했다가 동맹 휴학과 관련하여 퇴학당하고, 이후 동덕여학교
에서 1년 정도 수학했다. 1931년 《조선일보》에 「파금」을 독자 투고로 발표한 뒤, 같은 해 『혜성』에 장편소설 『어
머니와 딸』을 연재하면서 문단의 주목을 받게 되었다. 이후 간도 용정으로 이주하여 살면서 본격적으로 소설을
발표했다. 「그 여자」, 「소금」, 「모자」, 「원고료 이백원」, 「지하촌」, 「어둠」, 「마약」 등의 단편소설을 발표했고 장편
소설 『인간 문제』를 《동아일보》에 연재했다.

# 01

# 식 민 지  조 선 의  축 도 ( 縮 圖 )
# 강경애(姜敬愛)의 『인간 문제』

이상경 | 한국과학기술원 인문사회과학부 교수

궁핍한 시대를 증언하고 문제의 본질을 파헤치는 작가로서의 도정

1930년대 여성이 작가가 되려면 최소한 중등교육을 받을 수 있는 경제적 여유와 쓴 글을 발표할 지면을 얻을 수 있는 관계망이 필요했다. 강경애는 그런 점에서 다른 여성 작가와는 성장 배경이 달랐다. 불우한 가정환경과 극한의 궁핍이란 작가에게 다양한 경험을 하게 하는 기회가 된다. 남성 작가들에게서 궁핍의 경험담을 듣는 것은 쉬운 일이다. 그러나 여성의 경우는 그런 궁핍을 딛고 자기를 세울 수 있는 기회란 극히 드물었다. 궁핍한 환경에서는 대부분의 여성들은 아예 교육도 받지 못하고, 자기 정체성을 세우는 성찰의 시간도, 글을 쓸 만한 시간과 공간도 가지지 못했다. 그리하여 공식적인 기록물에 여성의 흔적을 남길 수 없었다. 그런 점에서 강경애

1920년 일본군은 독립군 투쟁에 대한 보복으로 만주에 거주하던 한인들을 대거 학살했다.

는 드물게 하층 여성의 목소리를 공식 기록으로 끌어올린 식민지 시대 하층 여성의 대변자였다. 그뿐만 아니라 첨예한 충돌의 현장인 간도 — 중국 동북지방 — 에서 살면서 항일 무장투쟁에 참가한 사람들의 면모를 목격하고, 그들의 고통과 정당성을 식민지 조선에 전하는 것을 작가로서의 의무로 삼았다.

강경애는 1906년 4월 20일 황해도 송화군 송화에서 가난한 농민의 딸로 태어나 아버지가 죽은 뒤 재혼하는 어머니를 따라 장연에서 성장하게 되었다. 일곱 살 무렵 집안에 굴러다니는『춘향전』에서 한글을 깨치고 한글 고전소설을 독파하자 동네 할아버지 할머니들이 다투어 데려다 과자를 사먹이고 소설을 읽게 했다. 그래서 동네에서 '도토리 소설장이'라는 별명을 얻었다. 열 살이 지나서야 어머니의 애원과 간청으로 겨우 보통학교 — 지금의 초등학교 — 에 입학했지만 수업료나 학용품 값을 마련할 수 없어 옆 친구의 돈과 물건을 훔치기라도 했으면 하는 절박한 심정으로 눈치 공부를 했다. 1921년 형부의 도움으로 평양 숭의여학교에 입학한 뒤 추석에 성묘하는 것도 미신이라고 규제하는 미국인 교장과 엄격한 기숙사 생활에 항의하다가 1923년 10월 퇴학당했다. 그 후에 서울의 동덕여학교에서도 잠깐 공부했지만 졸업하지 못하고 고향에 돌아오게 되었다.

고향에는 가난한 어머니가 있었고, 똑똑했던 여학생 강경애는 아무 성취한 것 없이 병든 몸으로 돌아왔다. 이런 그녀에 대한 소리 없는 비난에 심신의 고통을 겪으며 강경애는 본격적으로 작가가 되기로 결심했다. 작가로 살겠다는 다짐을 하면서 강경애는 1929년 말부터 본격적으로 작품을 써서 발표하기 시작했다. 강경애는 신문에 독자 투고 형식으로 당시 프로문학과 민족주의 문학 사이에서 절충주의 문학 이론으로 성가를 올리던 양주동과 염상섭을 비판하고 프로문학을 지향하는 평론을 발표했다. 또한 역시 독자투고 형식으로, 국내에서 집안 문제, 연애 문제로 고민하던 청춘남녀가 만주 지역 항일 무장투쟁에 헌신한다는 내용의 단편소설 「파금(破琴)」을 발표했다. 그런가 하면 모녀간의 관계를 통해 봉건적 인습과 성적·경제적 억압으로부터의 여성 해방을 도모한 장편소설 『어머니와 딸』도 썼다.

고향에서 본격적인 작가 수업을 하던 무렵 강경애는 수원 고등농림학교 출신으로 장연군청 직원으로 부임한 황해도 황주 사람 장하일을 만나게 되었다. 이후 장하일은 강경애의 문학 세계를 이해하고 언제나 제일 먼저 강경애의 작품을 읽고 서로 토론하고 조언을 하는 좋은 독자였으며, 강경애의 병을 고치기 위해 갖은 노력을 한 헌신적인 남편이었다. 그런데 장하일의 조혼한 아내가 나타나면서 두 사람은 장연에서 더 이상 살기가 곤란하게 되었다. 두 사람은 장연을 떠나 한동안은 인천에서 품팔이를 하면서 지내기도 하다가 1931년 6월경 간도로 이주하게 되었다. 이 시기 인천에서의 노동 경험은 뒤에 『인간 문제』를 쓸 때 귀중한 자산이 되었을 것이다. 용정의 동흥중학교 교사직을 얻은 장하일은 항일 무장투쟁 세력과 일정한 연관을 가졌던 것 같고 강경애는 이후 중간에 간혹 서울이나 장연을 왕래하지만 주로 간도에 거주하면서 손수 물 긷고 빨래하며 한편으로는 꾸준히 작품을 발표했다.

강경애의 모든 소설은 간도에서 씌어졌다. 강경애보다 앞에는 최서해가, 그리고 강경애 이후에는 안수길이 간도에서의 체험을 자신들의 문학적 기초로 삼았지만 여성 작가의 경우에는 강경애가 유일하다. 이는 당대의 다른 여성 작가들이 대부분 조선 문화의 중심지인 서울에서 살며, 더욱이 잡지사나 신문사의 기자로서 문단의 중심에 있으면서 작품 활동 바깥의 부수적인 활동에 더 바빴던 경우가 많았던 것과 비교해서 강경애의 특성을 드러낸다. 문단의 변두리지만 당시 항일 무장투쟁의 중심지인 간도에서 살면서 창작에 전념한 것이 작가 강경애에게 예술적으로나 정치적으로 긴장을 주었고, 그러한 긴장감으로 당대 어느 작가보다 뛰어난 예술적 성취를 이룰 수 있었기 때문이다.

그 간도에서 강경애는 1930년대 식민지 자본가와 농민·노동자의 대립 구조 속에서 농민과 노동자가 현실의 문제를 해결하고자 하는 주체로 성장하는 과정과 그들의 조직적 투쟁을 현실성 있게 그려 우리 근대소설사에서 최고의 리얼리즘 소설의 하나로 꼽히는 장편소설『인간 문제』를 발표했다. 또 강경애는 간도 지방 조선 민중의 궁핍한 삶과 그러한 삶을 강요하는 억압 세력, 그 세력에 맞서 싸우는 항일운동 세력에 지속적인 관심을 가지면서 그들을 형상화하는 노력을 기울였다. 총을 들고 일어선 항일 유격대의 모습과 그에 대한 민중의 감정을 암시적으로 반영한「소금」이후,「모자(母子)」,「번뇌」같은 작품에서는 1930년대 초의 전성기 이후 항일 무장 조직이 점차 간도 지방에서 패퇴하면서 전향해 가는 세태와 남겨진 가족들의 고난을 그렸다.「어둠」은 간도 공산당 사건으로 사형당한 청년의 누이동생을 내세워 국내의 모든 사람이 침묵으로 넘긴 사건에 대해 주의를 환기하였다. 이 시기 국내에서는 일제의 군국주의가 강화되고 검열도 심해지면서 문학작품 역시 그 전 시기의 민족과 계급을 이야기하는 것에서 벗어나 일상의 궁핍과 감정의 갈피들에 대해 섬세하게 묘사하기 시작했다.「지하촌」은 그 궁핍의 극한 지점을 지긋지긋할 정도로 세밀히 묘사하여 독자로 하여금 외면하고 싶어 하면서도 외면할 수 없게 하였다.

1938년 무렵부터 신병이 악화되어 1939년에는 고향인 장연으로 돌아왔고 경성제대병원에서 치료를 받기도 하고 삼방 약수터에도 다니는 등 노력을 하였다. 하지만 결국 병이 악화되어 귀가 먹고 앞조차 보지 못하게 되었고 1944년 4월 26일 한 달 전에 돌아가신 어머니를 부르면서 숨졌다.

이렇게 강경애는 일제시대 보기 드문 여성 작가였으나 살아 생전 저널리즘의 각광을 받지 못하고 그래서 작품집 한 권 가지지 못하고 병고에 시달리다가 쓸쓸하게 눈감은 여성 작가였다. 그런데 해방 후 1949년 강경애의 남편 장하일은 자신이 부주필로 있던 '노동신문사'에서 『인간 문제』를 단행본으로 출간했다. 강경애는 해방 전 신문에 연재했던 소설을 단행본으로 내려고 계획했으나 출판사의 사정과 검열에 걸려 실제 책이 나오지는 못하고 눈을 감았다. 강경애와 동지적 관계를 유지하면서 강경애가 쓴 원고를 최초로 읽고 조언해 주는 좋은 독자였던 남편 장하일은 해방 전후의 어수선한 상황에서도 아내의 작품을 가지고 있다가 단행본으로 상재하여 아내에 대한 사랑을 구현했다. 구소련에서는 1955년 러시아말로 번역되었다고 한다. 그러나 이런 일들은 모두 삼팔선과 휴전선 북쪽에서 진행된 일이었고 남한의 독자는 1970년대가 넘어서야 강경애의 작품을 만날 수 있었다. 그나마도 『인간 문제』에서는 '노동자'를 '근로자' 혹은 '일꾼'이라고 바꾸는 왜곡을 거쳐야만 했다. 1980년대 이후 한국 사회의 민주적 발전의 진행과 함께 작품과 작가가 드디어 온전한 모습으로 독자를 만나게 되었으며, 1992년에 단행본이 출판되었다. 2006년 5월에는 일본에서도 번역본이 나왔다. 그런 의미에서 강경애는 근대 작가 누구보다도 더 정치적이고 사회적인 작가이다.

## 식민지 조선 사회의 절망과 희망 — 인간 문제

『인간 문제』는 강경애의 대표작인데 이 소설은 황해도 장연과 인천 부두를 공간적 배경으로 하고 있지만 작가는 간도라는 특수한 공간에서 국내를 바라보면서 당대의 어느 작가보다도 분명하고 구체적으로 역사와 현실 변혁에 대한 튼튼한 낙관적 전망을 가지고 현실을 반영함으로써 뛰어난 성과를 낳았다. 주인공은 소작인의 딸로 지주에게 성폭행당하고 방적공장의 여공이 되었다가 폐병으로 죽는 '선비'이다. 선비의 일생은 '식민지 조선의 농민의 딸'의 가장 대표적인 삶이다. 선비의 일생을 따라가면서 우리는 식민지 시대 친일 지주와 소작 농민의 모순, 친일 자본가의 하수인인 공장 감독과 공장 노동자의 모순 양상을 보게 된다.

소설의 이야기는 크게 두 부분으로 이루어져 있다. 전반부는 가난한 사람들의 눈물로 구두쇠 장자의 집터가 커다란 연못이 되었다는 원소(怨沼) 전설을 안고 있는 황해도 용연마을을 배경으로 지주이고 면장인 정덕호의 횡포와 그의 소작농인 농민들의 비참한 삶이 펼쳐진다.

선비의 아버지는 덕호의 심부름으로 가난한 집에 돈을 받으러 갔다가 너무 비참한 꼴을 보고는 오히려 가지고 있던 돈을 쥐어 주고 돌아왔다는 죄로 덕호에게 맞아 죽었다. 그런데 선비는 그 사실을 모른 채, 어머니까지 죽자 덕호 집에 살러 들어간다. 용연 동네에서 제일 가난한 '첫째'는 어머니가 매춘을 호구책으로 삼는 것에 불만을 품고 소작이라도 부치기를 원한다. 첫째는 순박하면서도 불뚝하는 성질을 가졌다. 어린 시절 선비를 좋아해 선비 어머니의 병에 좋다는 소태 뿌리를 밤새워 캐어다 주면서도 드러내 놓고 말도 못한 첫째지만 어머니의 매춘에 대해서는 내놓고 거칠게 비난한다. 이들

1937년의 인천 만석동 동양방적 전경.

이 사는 용연마을의 지배자 덕호는, 1930년대에 조선인 지주들이
노골적으로 일제와 야합해 가는 과정에서 농민을 수탈하고 도덕적
으로도 타락한 식민지 부르조아의 전형이다. 아들을 얻겠다는 일념
으로 소작농의 딸들을 차례로 첩으로 데려오고, 선비까지 공부시켜
주겠다는 감언이설로 유혹하며, 타작마당에서 저항한 농민들을 가
두었다 내보내면서 생색을 내고, 면장이 되어 식민지 정책을 찬양
하고 '법'을 내세워 농민을 위협하는 그런 인물이다.

　여름방학이 되어 서울에서 공부하던 덕호의 딸 옥점이가 대학생
인 유신철과 함께 돌아온다. 몽금포 해수욕장으로 가는 기차간에서
자기 아버지의 제자인 옥점이를 우연히 만나 옥점의 집에까지 놀러
온 신철은, 처음에는 옥점이의 외모에 끌렸으나 옥점의 집에서 열
심히 일만 하는 선비를 보면서 선비에게 마음이 끌린다. 그러나 그

일제 시대 여성 노동자. 식민지하 가난한 여성들의 삶은 더욱 처참했다.

는 어느 한편으로 마음을 정하고 행동하지 못하는 우유부단한 성격이고, 당시의 사회주의 사상의 세례를 받아 노동하는 선비가 아름답다고 생각하면서도 노동에 거칠어진 '시커먼 손'이 선비의 손일리가 없다고 생각하는 분열된 의식을 가졌다. 그는 서울로 돌아와서도 옥점이를 만나면서 속으로는 선비를 서울로 데려올 수 없을까 궁리를 한다. 그는 도서관에서 고시 준비를 하는 동료를 경멸하고 부잣집 딸인 옥점과 결혼하라고 강요하는 아버지에게 반발하여 가출을 하고, 노동운동을 하러 인천으로 간다.

그런가 하면 '첫째'는 타작마당의 억울함을 동료들에게 선동했다가 땅을 떼이고 도둑질로 먹고 살다가 결국 용연 동네를 떠나 인천의 부두 노동자가 된다. 선비는 공부시켜 주겠다는 덕호의 꾐에 넘어가 덕호에게 성폭행을 당하고 용연마을을 떠나 인천 대동방적공장의 여직공이 된다.

선비가 덕호 식구들의 모욕과 학대에 못 견뎌 용연 동네를 떠나는 그 격동적인 밤에 대한 묘사는 농민이 정든 고향을 떠나 어쩔 수 없이 낯선 길, 노동자로서의 낯선 삶을 향하는 두려움과 그 앞에 죽음이 놓여 있어도 갈 수밖에 없는 필연성의 비장함을 생생하게 보여 준다.

> 그날 밤! 선비는 봇짐을 옆에 끼고 덕호의 집을 벗어났다. 사방은 먹칠을 한 듯이 캄캄하였다. 그리고 낮에부터 쏟아질 줄 알았던 비는 쏟아지지 않으나 바람이 실실 불기 시작하였다. 선비는 읍으로 가는 신작로에 올라섰다. 선들선들한 바람만 그의 타는 볼 위에 후끈후끈 부딪치고 지나친다. 저편 동쪽 하늘에는 번갯불이 번쩍 일어서 한참이나 산과 산을 발갛게 비치어 주었다. 그때마다 우루루…… 하는 소리가 들린다. 선비는 전 같으면 이런 것들이 무서우련만 이 순간 그에게 있어서 아무 것도 두려울 것이 없었다. 그는 죽음으로써 모든 것을 당하리라고 최후의 결심을 굳게 하였던 것이다.

그래서 소설의 후반부는 식민지적 근대화의 관문인 인천이 공간적 배경으로 된다. 거기서 부두 노동자가 된 첫째와 방적공이 된 선비를 중심으로 살인적인 노동을 강요당하는 노동자들의 비참한 처지를 보여 주면서 점차 계급적으로 각성하고 조직적으로 뭉쳐 파업 투쟁을 하는 정황을 그린다.

선비가 일하는 인천 방적공장에서의 노동 과정, 기숙사 생활, 상금·벌금 제도를 교묘히 활용하여 노동을 착취하는 자본가의 술책, 공장 감독의 여공에 대한 성적 착취, 공장 내의 조직 선전 작업과 그에 대한 노동자들의 반응, 공장 감독의 노동자 이간책, 노동 현장에서 느끼는 동지애에 대한 폭넓은 묘사는 우리 문학사에서 최초의 것이며, 이 시기 다른 소설에서 찾아보기 어려운 구체성과 현실성을 지닌 것이다. 이는 그런 내용들을 소재로 하고 있다는 차원에서뿐만 아니라 그런 것들이 작품 속의 인물과 상황 변화 과정의 필연성을 매개하고 있다는 점에서 더욱 의미 깊다. 즉 선비는 자기보다 먼저 덕호에게 당하고 용연 동네를 벗어나 여직공이 된 친구 간난이를 만나 공장에 들어가게 되었고, 거기서도 공장 감독의 성희롱을 당하지만 이제는 간난이의 지도로 식민지 조선 어디에나 있는 '덕호'의 존재를 깨닫게 되었고 공장 내 조직 활동에 관여하게 되는 것이다.

타작마당에서 덕호에 맞서 농민을 선동했다는 죄로 주재소에 갇히는 경험에서 '법―주재소―덕호'로 연결된 식민지의 억압 구조를 몸으로 느꼈던 '첫째'는 인천에서 부두 노동자로 일하면서 신철이를 만나게 된다. 처음에는 육체노동에 익숙하지 않은 신철이를 첫째가 도와주었지만 신철이로부터 사회문제와 노동문제에 대해 깨우침을 받으면서 첫째는 의식에 변화가 일어나고 인천 부두 노동자의 파업에 주도적으로 참여한다. 이러한 근대적 공업과 식민지 무역의 중심지인 인천에 대동방적공장이 새로 들어서게 되는데, 한때 첫째는 그 건설 현장에서 일하기도 했다. 그리고 이 공장에 장연 덕호의 집에서 탈출한 선비와 이미 서울에서 노동자로 일하고 있던 간난이가 함께 노동자로 들어가게 되었다.

노동자가 된 이들은 노동운동의 지하조직에 관여하면서 폐쇄된 농촌 사회에서의 수동적이며 순응적인 농민 의식에서 벗어나 선진적인 노동자의 의식을 가지면서 능동적인 성격으로 변화한다. 그래서 선비와 첫째는 각각 자신이 눈뜨게 된 새로운 세계에 대해 상대방에게 알려 주고 싶어 하지만, 결국은 선비가 공장에서 얻은 폐병으로 죽어 시체가 된 뒤에야 첫째와 만날 수 있었다.

그런가 하면 신철이는 인천의 부두 노동 현장에서 활동하면서 첫째의 계급의식을 각성시키고 조직 활동에 끌어들이는 데 매개적 역할을 하지만 육체노동의 고통 속에서 동요한다. 결국 그는 부두 노동자의 파업과 관련, 검거된 뒤 옛날 자기가 경멸했던 친구가 검사가 되어 하는 설득과 가족 생각에 전향하고 부잣집 딸과 결혼한다.

이 시기 다른 프로문학 작품에서도 동요하는 소시민 지식인의 모습을 형상하고 있지만 대개 실천을 통해서 동요를 극복하고 꿋꿋한 투사가 되거나 아니면 실천을 수반하지 않은 관념상의 동요에 지나지 않는 경우가 많은데 그들과 비교해서 신철이는 실제 활동에 참가해서 어느 정도 긍정적 역할을 수행하지만 끝내는 진보의 반대편에 서는 인물로 형상되었다. 이밖에도 신철이가 가출한 뒤 일시 기식했던 친구인 기호나 일포는 감옥살이를 하고 나와 지저분한 방구석에 뒹굴며 건넌방 미인이나 넘겨다보고, 이나 잡고, 콧구멍과 발가락을 우벼 내서 맡아 보곤 하면서도, 어디서 물주를 잡으면 제일 훌륭한 잡지를 낼 수 있을 것이라는 허황한 공상만 하는 전락한 인텔리들이다. 신철이나 기호, 일포에 대한 비판적 묘사는 역사에 대한 낙관적 전망을 지닌 건강하고 긍정적인 인물 첫째를 더욱 부각시키는 데 기여하고 있다. 선비의 시체를 앞에 놓고 신철이의 전향 소식을 전해 들은 첫째는 인간의 본질적인 문제는 노동자계급인 자신들만이 해결할 수 있는 것임을 더욱 확연히 깨닫는 것이다.

이렇게 『인간 문제』가 보여 주고 있는 것은 일제의 식민지 지배 아래서 어떻게 소작농의 아들과 딸이 자신의 삶의 터전인 농토로부터 유리되어 도시로 가서 노동자로 전화하고 노동자로서 자신의 계급성을 자각하게 되는가 하는 것이다. 이를 통해서 강경애 자신을 포함하여 그 이전 프로문학을 지향했던 대부분의 작가들이 작품 속에서 아무런 매개 없이 단편적이고 추상적으로 노출시켰던 현실 변혁과 미래에 대한 전망이 『인간 문제』에서는 인물의 사고와 행위를 통하여 현실성과 구체성을 가지고 소설 그 자체로부터 드러나는 하나의 경향으로 묘사되었다. 이런 의미에서 1920년대 중반부터 1930년대 중반까지 카프의 작가들을 중심으로 하여 전개된 프롤레타리아문학 운동이 지향했던 목표에 가장 가까이 가 있는 작품이 『인간 문제』라고 할 수 있다.

인간 사회에는 늘 새로운 문제가 생기며 인간은 이 문제를 해결하기 위하여 투쟁함으로써 발전될 것입니다. 대개 인간 문제라면 근본적 문제와 지엽적 문제로 나눠 볼 수가 있을 것이니, 나는 이 작품에서 이 시대에 있어서의 인간의 근본 문제를 포착하여 이 문제를 해결할 요소와 힘을 구비한 인간이 누구며, 또 그 인간으로서의 갈 바를 지적하려고 노력하였습니다.

－《동아일보》 연재 당시 '작가의 말' 중에서

『인간 문제』를 써 나가는 작가 강경애가 세계를 바라보는 시각은 이 '작가의 말'에 압축되어 있다. 지엽적 문제가 아닌 근본적인 문제를 포착하겠다고 했는데 실제 소설에서 작가는 당대 현실의 인간 문제에서 가장 근본적인 문제는 식민지 부르조아와 노동계급의 갈등이라 이해하고 이는 노동계급의 단결에 의해서만 극복될 수 있음을 보이고자 했던 것이다. 그리고 『인간 문제』의 다음 부분은 부두 노동자의 파업 장면으로, 단결을 통해 자신들이 가진 힘을 새롭게 깨달은 노동자들의 감정이 인천항의 정경에 그대로 투사되어 있는 것으로 이 소설의 전체 주제를 풍경으로 보여 주는 뛰어난 대목이다.

해가 벌겋게 타올랐다. 그들은 저 해를 바라보면서 단결의 힘이란 얼마나 위대함을 깨달았다. 그리고 오늘의 저 햇발은 그들의 이 단결함을 보기 위하여 저렇게 씩씩하게 솟아오르는 듯하였다. 그들은 저 햇발에 비치어 빛나는 저 바다 물결을 온 가슴에 안은 듯하였다. 그리고 그들의 눈에 비치는 모든 만물은 새로움을 가지고 그들을 맞는 듯하였다. 동시에 무력하고 성명 없던 자기들이 오늘 이 순간에는 이 우주를 지배하는 모든 권리란 권리는 다 가진 듯이 생각되었다. 자기들이 단결함으로써 이러하고 있으니 기세를 부리던 백동테 안경을 위시하여 기선의 기중기며 선원들까지 아주 동작을 잃어버리고 깜짝하지 못하였다.

## 더 생각해볼 문제들

1. 소설의 첫머리에 소개되는 원소 전설은 우리나라 전역에 퍼져 있는 '장자못 전설'을 변형시킨 것이다. 두 전설을 비교하면서 그 변형의 의미 및 작품 전개에서 원소 전설이 가지는 효과와 의미를 생각해 보자.

2. 여기에 등장하는 신철이와 이기영의 소설 『고향』의 주인공 김희준을 비교하여 인물 성격의 차이 및 그것이 각 작품의 주제에 구현하는 바의 차이를 생각해 보자.

3. 소설 속에 그려진 부두 노동자와 방적공장의 파업에 대해 역사책의 기록을 찾아보고 이 공간이 현재에는 어떻게 변화했는지 조사해 보자.

**추천할 만한 텍스트**

『인간 문제』, 강경애 지음, 창작과비평사, 1992.

『강경애 전집』, 강경애 지음, 이상경 엮음, 소명출판, 1999.

**이상경(李相瓊)**

한국과학기술원 인문사회과학부 교수.

서울대학교 국어국문학과에서 강경애의 『인간 문제』를 처음 접하고 그런 대단한 작품이 있고 그 작가가 여성이라는 데에 충격을 받아 '강경애 연구'로 석사 논문을 썼고 그 시대의 문학사로 관심을 넓혀 가 「이기영 소설의 변모 과정 연구」로 박사 학위를 받았다. 근대문학사를 새로운 눈으로 그려 내는 데 관심을 가진 사람들과 함께 『한국 근대 민족문학사』를 썼다. 그 후 특히 여성 작가들에 관심과 애정을 가지고 『강경애 전집』, 『나혜석 전집』을 펴냈고 나혜석 평전 『인간으로 살고 싶다─영원한 신여성 나혜석』을 출간했다. 『한국 근대 여성문학사론』도 있다.

그에게서는 언제나 비누 냄새가 난다.

아니, 그렇지는 않다. 언제나라고는 할 수 없다.

그가 학교에서 돌아와 욕실로 뛰어가서 물을 뒤집어쓰고 나오는 때면

비누 냄새가 난다. 나는 책상 앞에 돌아앉아서 꼼짝도 하지 않고 있더라도

그가 가까이 오는 것을 – 그의 표정이나 기분까지라도

넉넉히 미리 알아차릴 수 있다.

－「젊은 느티나무」중에서

## 강신재 (1924~2001)

서울에서 태어나 경기여고를 졸업하고 이화여전을 중퇴했다. 1949년에 「얼굴」과 「정순이」로 『문예』지의 추천을
받아 등단했다. 단편집으로 『회화』, 『여정』, 『젊은 느티나무』, 『황량한 날의 동화』, 『그래도 할 말이/이 겨울』, 중편
집으로 『소설 신사임당/문정왕후 아수라』, 『간신의 처/풍우』, 장편소설로 『청춘의 불문율』, 『임진강의 민들레』,
『이 찬란한 슬픔을』, 『그대의 찬 손』, 『바람의 선물』, 『오늘과 내일』, 『신설』, 『숲에는 그대 향기』, 『유리의 덫』, 『파
도』, 『북위 38도선』, 『서울의 지붕 밑』, 『마음은 집시』, 『밤의 무지개』, 『천추태후』, 『불타는 구름』, 『우연의 자리』,
『모험의 집』, 『사도세자빈』, 『사랑의 묘약』, 『명성황후』, 『혜경궁 홍씨』, 『광해의 날들』등이 있다. 여성 작가 최초
로 『강신재 대표작 전집』(전 8권, 1974년)을 출간했다.

# 02

## 비 누 냄 새 나 는 사 랑 이 야 기
# 강신재(姜信哉)의
# 「젊은 느티나무」

김미현 | 이화여자대학교 국어국문학과 교수

### 독자의 취향 혹은 편견

강신재는 1949년 등단한 이래 1994년 절필하기까지 90여 편의 중
·단편과 30여 편의 장편을 창작한 작가임에도 불구하고 단편소설
「젊은 느티나무」로 기억되는 작가이다. 이런 사실이 작가로서는 닻
이자 덫이 되는 모순이 있다. 평판작으로서 작가에게 대중적 인기
와 문단의 주목을 동시에 얻게 해 준 의의가 있지만, 다양하고 폭넓
은 자신의 작품 세계를 전체적으로 조망받지 못하게 하는 한계로도
작용하기 때문이다. 사실 후반부로 갈수록 사회 비판 의식이나 역
사의식이 담긴 단편소설이나 장편 역사소설을 창작한 작가의 입장
에서는 '웰 메이드(well-made)' 계열의 소품(小品)에 해당하는
「젊은 느티나무」에만 열광하는 독자들의 취향에 섭섭하거나 당황

245

했을 수 있을 것이다.[1)]

왜 이토록 독자들은 이 작품만을 편식하며 거기에 열광하는 것일까? 심지어 1960년 발표 당시 고등학교 국어 선생님들이 이 소설을 교실에서 읽어 주었을 정도였고, 특히 "그에게서는 언제나 비누 냄새가 난다"라는 이 소설의 첫 문장이 유행어가 되기까지 한 이유는 무엇일까? 작가 스스로도 이 작품이 버스 안에서 우연히 스친 젊고 건강한 청년에게서 어느 순간 슬쩍 풍겼던 비누 냄새의 감각을 몇 줄 메모해 두었다가 소설화한 것이라고 밝히고 있다. 이처럼 순간적인 감각에 의존해 창작한 소설이 대하 역사소설들과 어깨를 나란히 할 수 있는 이유는 무엇일까?

더군다나 이 소설은 흔히 사랑의 좌절이나 여성들의 불행한 운명을 주로 다루어서 '행복을 믿지 않는 작가'라거나 '감정의 냉장고', '남성 기피증 환자'로까지 평가받는 이 작가의 소설답지 않게 긍정적이고 희망적이다. 차갑다기보다는 청량하며, 끈적거리지 않고 뽀송뽀송하다. 동시대 다른 작가들의 병적인 소설들에 비해 밝고 건강하다. 그래서 전쟁의 폐허나 근대화의 비극을 이야기하는 다른 소설들과는 근본적으로 다르다. 특히 1960년 1월에 발표된 소설이라고는 믿기지 않을 정도로 세련되고 서구적이어서 지금 읽어도 촌스럽지 않다. 그렇다면 바로 이런 이유 때문에 독자들로부터 사랑

---

1) 작가 스스로는 자신의 대표작으로 『파도』를 들고 있다. 그밖에 비교적 자신의 비위를 건드리지 않는 소설들로 「상」, 「황량한 날의 동화」, 「투기」, 「이브 변신」, 「보석과 청부」, 「강물이 있는 풍경」, 「양관」, 「점액질」 등을 든다.

받는 것일까? 찬찬히 따져 보자.

## 성장을 다룬 연애소설

가장 생명력 있고 보편적인 문학의 주제는 사랑이다. 사랑 이야기
가 나오지 않는 문학은 없다. 자연이나 국가를 사랑하는 사람도 여
성이나 남성, 가족을 사랑한다. 그래서 갈등을 느낀다. 이것이 바로
모든 문학 속 사랑 이야기가 비극이기 쉬운 이유이다. 심지어 독자
들은 이루어지지 않은 사랑 이야기에서조차 사랑의 영원성과 가치
를 읽어 낸다. 물론 갈등을 극복한 사랑 이야기가 '감동'이라는 무
기를 내세워 독자들에게 감정의 유토피아로서 제시되기도 한다. 그
러나 사랑의 제 맛은 롤랑 바르트(Roland Barthes)가 말한 바처럼
'깃털에 감싸인 사람'이 아니라 '살갗이 벗겨진 사람'의 처절한 고
투(苦鬪)이다.

　「젊은 느티나무」의 사랑 이야기도 장애가 있는, 그리고 현실적으
로는 불가능한 사랑 이야기이다. 여주인공인 숙희는 엄마와 재혼한
양아버지의 아들인 현규를 사랑하기 때문이다. 피 한 방울 섞이지
않았지만 법적으로는 남매지간이기 때문에 소설 속 남녀 주인공의
사랑은 근친상간적 요소를 띠게 되면서 사회의 금기나 제도를 위협
한다. 아무리 원수 집안의 후손들인 로미오와 줄리엣의 경우처럼
장애가 있는 사랑이 더욱 고귀하고 감동을 준다지만,「젊은 느티나
무」의 현규와 숙희의 사랑은 사회의 법이나 제도, 금기를 위반한다
는 점에서 한층 위험하고 불온하다. 운명이나 도덕, 윤리와 사랑 사
이의 한판 승부가 벌어져야 할 상황이다.

'오빠'

그는 나에게는 그런 명칭을 가진 사람이었다.

'오빠'

그것은 나에게 있어 무리와 부조리의 상징 같은 어휘이다.

그 무리와 부조리에 얽힌 존재가 나다.


이과대학의 수재이자 준수한 외모를 지닌 22살의 청년 현규와 미스 E여고 출신으로 미모와 지성을 겸비한 18살 소녀 숙희는 너무나 잘 어울리는 한 쌍이다. 심지어 근처에 사는 K장관의 아들 지수가 숙희를 좋아해서 적당한 긴장감과 갈등까지 제공되는 전형적인 삼각 구도의 연애 관계가 형성되고 있다. 그러나 숙희가 현규를 '오빠'라고 불러야 하는 상황이 문제다. 숙희가 현규의 누이동생이어야 한다는 사실이 그들의 사랑을 '무리'와 '부조리'의 상징으로 만든다. 지극히 정상적이고 아름다운 감정이 외부 상황이나 제약으로 인해 방해를 받고 있는 것이다.

현규를 사랑하는 일 가운데에 죄의식은 없다. 그런 것은 있을 수 없었다. 그러나 엄마와 무슈 리를 그런 의미에서 배반하는 것은 곧 네 사람 전부의 파멸을 의미하는 것이었다. 파멸이라는 말의 캄캄하고 무서운 음향 앞에 나는 떨었다.


여기서 중요한 것은 이들의 사랑이 지니는 부조리함이나 한계 자체가 아니다. 모든 사랑에는 어려움이 있다. 어려움 없는 사랑은 사

랑이 아니다. 때문에 이들의 사랑이 얼마나 힘든가가 아니라, 이런
사랑을 그들이 어떻게 헤쳐 나가는가가 더 중요하다고 할 수 있다.
사랑 자체가 아니라 사랑으로 인한 변화가 이 소설의 진정한 주제
이기 때문이다.

이 소설의 결말은 친오빠와의 근친상간을 자살로 마감하는 이 작
가의 다른 소설인『사랑의 묘약』과는 달리 해피엔딩이다. 부모들의
외국행으로 인해 자연스럽게 서로 떨어져 살 수 있고, 그동안 각자
의 학업에 충실한 뒤 유학을 간 후 외국에서 결혼을 할 수도 있다는
해결책이 제시되었기 때문이다. 흔히 이런 결말은 도피나 타협이기
쉽지만, 이 소설에서는 승화나 절충으로 다가온다. 제도나 금기를
완전히 전복시키거나 그것으로부터 일탈할 수 없다면, 이들의 상황
에서는 가장 현실적이고 합리적인 결말에 도달한 것이기 때문이다.
그 누구도 다치지 않는 '윈-윈(win-win)'의 사랑이 이 선남선녀의
사랑을 더욱 아름답게 만들고 있다. 그래서 다음과 같은 결말은 또
한번 독자들의 심금을 울리게 된다.

> 나는 젊은 느티나무를 안고 웃고 있었다. 펑펑 울면서 온 하늘로 퍼
> 져 가는 웃음을 웃고 있었다. 아아, 나는 그를 더 사랑하여도 되는
> 것이다…….

이런 사랑의 완성은 소설 속에서 '외출' 모티프를 통해 구조화된
다. 이 소설의 공간 구조가 '숙희의 방 → 공터 → 약수터 → 풀숲
→ 외가의 뒷산 등성이' 등으로 확대되면서 이들의 사랑의 농도가

짙어지고 있기 때문이다. 더 넓은 곳으로의 이동이 사랑의 발전을 의미한다는 것이다. 공간의 확대가 인식의 확대를 가져오면서 진정한 사랑의 의미를 깨닫고 성숙한 성인의 세계로 진입하는 과정을 단계적으로 보여 준다. '인공 남매'로 살 수밖에 없는 집의 공간으로부터 멀어짐에 비례해 가족이나 제도의 굴레로부터 자유로운 순수 자연인으로 살 수 있기 때문이다.

여기서 흔히 연애소설로만 규정되는 이 소설의 성장소설적 면모를 확인하게 된다. 성인의 세계로 입문하려는 인물이 겪는 내면적 갈등과 세계와의 불화의 과정을 다루기 위해 근친상간적 사랑과 사회적 제도와의 갈등을 주요 플롯으로 설정했다는 것이다. 본래 성장소설에서 사랑의 체험은 중요한 성장의 계기로 작용한다. 그래서 어느 시기보다 청년기 인물을 성장 주체로 내세울 때의 성장소설은 사랑으로 인한 시련과 그 극복 과정을 통해 자아의 성숙에 도달하는 것을 절실하게 보여 주게 된다. 고난과 위험을 감수하려는 순수한 사랑의 의지를 통해 "스물두 살의 남성이고 열여덟 살의 계집이라는 것이 진실의 전부"인 세계로의 진입이 이루어지고 있기 때문이다. 사랑은 그저 사랑일 뿐임을 알기 위해 인간은 어른이 되어야하고, 세상이 사랑 안으로 침투해 들어와야 한다. 이런 통과제의를 거쳐야 비로소 진정한 사랑은 가능해진다.

## 감각적인 서정소설

아무리 「젊은 느티나무」가 현실적 제약을 극복하는 젊은이들의 아름다운 사랑 이야기를 그렸다고 하더라도, 그런 연애소설의 성격만으로 이 소설의 인기 요인을 파악하는 것은 무리이다. 그런 특성은 연애소설이면 어디서나 볼 수 있는 기본이기 때문이다. 문제는 강신재만의, 그리고 「젊은 느티나무」만의 특색이 과연 무엇인가 하는 것이다.

우선 이 소설은 '분위기' 위주의 소설이다. 분위기는 소설 속 인물이나 소설을 읽는 독자가 느낄 수 있는 텍스트의 공기와 같은 것이다. 그런데 앞에서도 지적했듯이 이 소설은 1950년대 말이나 1960년대 초 한국 사회가 처한 상황과 동떨어진 듯한 분위기를 풍긴다. 이국적이고 세련된 도시 감각의 묘사나 부유층을 상징하는 소도구가 소설 전반을 지배한다. '무슈 리'로 불리는 양아버지의 담쟁이 덩쿨이 우거진 벽돌집에서 이해심 많은 양아버지와 온화하고 고상한 엄마, "아폴로"를 닮은 머리통을 지닌 오빠와 사는 숙희의 삶은 평화롭고 부유하다. 테라스가 있고 양탄자가 깔린 그 집에서 "뽀오얗게 얼음을 내뿜은 코카콜라, 크래카, 치즈" 따위를 간식으로 먹으며, "흰 쇼트와 감색 셔츠"를 입고 테니스를 치는 것이 취미인 남녀 사이에 어떠한 궁핍이나 결핍의 그림자도 찾아볼 수는 없다. 독자들은 이처럼 한 점 더러움이나 그늘이 없는 이들의 상황이 그대로 유지되기를 바라는 이상한 심리를 경험하게 된다. 흰색에 때가 타지 않기를 바라는 심정과 유사하다고나 할까. 그리고 외국어나 외래어를 많이 사용하는 번역체라고 비판받기도 했지만, "터키즈 블루의 원피스 자락"이나 "리라빛 하늘"과 같은 작가의 묘사가 독자들에게는 신선하게 느껴졌을 것이다. 어차피 이들의 사랑이 외국에서 수입된 것과 같은 이국적 정서에 부합한다면, 이들의 사

랑이나 그것을 묘사하는 작가의 언어가 독자들로 하여금 당시의 고
달픈 일상이나 전쟁의 후유증으로부터 벗어나는 데에 큰 몫을 했을
수 있다.

물론 이런 고급스럽고 이국적인 분위기가 이 소설의 가장 중요
한 점은 아니다. 더욱 중요한 것은 이 소설의 서정적인 면모이다.
서정 소설은 소설 같지 않은 소설, 마치 시 같은 소설을 일컫는 것
이다. 서사 장르인 소설이 흔히 행동이나 사건 중심의 스토리가 중
심이 된다면, 서정 소설은 복잡한 정서나 감정을 유발하는 장면이
나 분위기, 강렬한 감각 등을 중심으로 서술되는 소설을 말한다.
강신재의 「젊은 느티나무」는 인물이나 배경, 장면들이 논리가 아닌
감정을 통해 전달되면서 내면적 삶에 대한 관심을 보이기에 '읽는'
소설이 아니라 '느끼는' 소설에 해당한다. 강신재의 다른 소설인
『파도』나 「낙조전」, 「포말」, 「백야」, 「녹지대와 분홍의 애드벌룬」,
「찬란한 은행나무」 등도 배경이나 이미지가 소설의 주인공일 정도
로 서정성이 뛰어난 소설이다. 다음의 예문에서 확인되듯이 「젊은
느티나무」는 색채, 명암, 냄새 등에 대한 날카로운 촉수로 풍경과
심리 사이의 삼투압 작용을 일으킴으로써 감각적인 문체를 보여
주고 있다.

시무룩해 가지고 테라스 앞에 오면— 그 안 넓은 방에 깔린 자색 양
탄자 여기저기에 놓인 육중한 가구, 그 속에 깃들인 신비한 정적, 이
런 것들을 넘겨다 보면— 그리고 주위에 만발한 작약, 라일락의 향
기, 짙어진 풀내가 한데 엉켜 뭉긋한 이곳에 와서 서면— 나는 내 존

재의 의미가 별안간 아프도록 뚜렷이 보랏빛 공기 속에 떠 있는 것을 보는 것이다.

특히 이 소설의 제목이기도 한 '젊은 느티나무'는 소설 속 주인공의 젊음과 건강함을 상징하는 객관적 상관물로서, 이 소설을 감각적으로 만드는 데에 커다란 기여를 하고 있다. 사실 현실에서의 사랑은 고독하고 비루하며 고통스럽다. 사랑도 후천적인 노력을 요구하는 힘든 노동이기 때문이다. 그러나 젊은이들 사이에서 벌어지는 사랑 이야기는 그런 노동을 마다하지 않는 힘과 패기를 지니고 있기에 기적도 일으킬 수 있다. 작가 스스로도 "청소년의 세계를 불고 지나가는 청순청량한 바람의 감촉"을 느끼기를 바라는 마음으로 이 소설을 집필했다고 밝히면서, 그런 젊음의 상징으로 '젊은 느티나무'를 끌어오고 있는 것이다.

또한 「젊은 느티나무」에서 이런 젊은이들의 사랑의 진행 과정이 감각의 변화와 맞물려 묘사됨으로써 그러한 감각에 심리를 투사할 수 있게 된다. 그래서 이 소설에서는 물리적이고 현실적인 속성이 심리적인 현상으로 치환됨으로써 서정적 소설이 되고 있다. 가령 현규와 숙희가 '남남'의 관계일 때 숙희는 현규의 겉모습을 객관적으로 묘사하기에 '시각' 중심의 묘사가 이루어진다. 그러나 그들의 관계가 좀 더 발전하여 '남매' 관계가 될 때 숙희는 비누 냄새와 같은 '후각' 중심으로 현규를 인식한다. 그리고 드디어 '연인' 사이가 되었을 때 둘은 손을 잡거나 포옹하는 '촉각'의 단계로까지 발전하는 접촉 양상을 보여 준다. 시각이 대상과 주체 사이의 가장 먼 거리를 상정할 때 발생하는 감각이라면, 촉각은 대상과의 합일이나 일체가 가능한 가장 가까운 거리에서 느끼는 감각이다. 그리고 시각과 촉각의 중간 단계에 속하는 것이 후각이다. 이 소설은 주인공들의 관계가 '분리 → 갈등 → 합일'로 발전할 때마다 각각 '시각 → 후각 → 촉각'에 대응시키는 감각적 묘사를 보여 주고 있다. 감각적 거리가 소멸됨으로써 서로에게 느끼는 감정의 거리도 좁혀지고 사랑의 강도 또한 강해진다는 것이다. 이처럼 이 소설에서 중요한 것은 시간의 변화에 따른 사건의 진전이 아니라 감각적 묘사를 통한 심리적 분위기의 조성과 변화이다. 이를 통해 작가는 이 소설을 다른 어떤 소설보다도 감각적인 서정 소설로 만들고 있다. 이제 사랑은 생각하는 것이 아니라 보거나 냄새 맡거나 만지는 것으로 자리매김한다.[2]

## 여성적 심리소설

분위기나 문체가 아름다운 사랑 이야기라고 해서 이 소설의 매력이 모두 지적된 것은 아니다. 거기에 머물렀다면, 이 소설은 황순원의 소설 「소나기」의 성년 버전에 머물렀을 것이다. 이 소설의 압권은 여성 작가이기에 포착 가능한 여성 심리를 제대로 묘사하고 있다는 것이다. 무엇이 여성적이고, 무엇이 여성 심리인지, 그리고 여성 심리는 여성 작가만이 포착할 수 있는 것인지는 여성 소설의 주제나

---

2) 작가 스스로도 "나를 이끌고 가는 것은 대개의 경우 막연한 이미지뿐이다. 그리고 이때의 이미지는 정신 속에 기록되는 감각적 모습을 의미한다"고 밝히고 있다.

문체를 논의할 때 아직도 논란이 되는 문제이다. 그러나 한 가지 분명한 것은 이 소설에서 1인칭으로 설정된 여주인공 숙희의 현규에 대한 사랑의 감정이 거의 손에 만져질 듯 구체적으로 다가온다는 사실이다. 그래서 독자들은 1인칭으로 묘사되고 있는 숙희의 내면에 자연스럽게 감정이입하게 된다. 다음의 예문들이 이를 증명해준다.

(ㄱ) 세계적인 발레리나가 되어 보석처럼 번쩍이면서 무대 위에서 그를 노려보아 줄까? (한번도 귀담아 들은 적은 없지만 내 발레리나 선생은 늘 나에게 야심을 가지라고 충동을 한다.) 그러면 그는 평범한 못생긴 와이프를 데리고 보러 왔다가 가슴이 아파질 터이지. 아주 짧은 동안 그것은 썩 좋은 생각인 듯 내 맘속에 머물렀다. 그러고는 물거품처럼 사라져 없어졌다. 그리고는 이어 그에게 아무것도 바라지를 말고 식모처럼 그저 봉사만 하는 일에 감사를 느끼자는 생각이 떠올랐다. 그러나 슬픈 마음이 들기도 전에 발등 위로 눈물이 한 방울 굴러 떨어졌다.

(ㄴ) 전류 같은 것이 내 몸 속을 달렸다. 나는 깨달았다. 현규가 그처럼 자기를 잃은 까닭을. 부풀어 오르는 기쁨으로 내 가슴은 금방 터질 것 같았다. 나는 침대 위에 몸을 내던졌다. 그리고 새우처럼 팔다리를 꼬부려 붙였다. 소리 내며 흐르는 환희의 분류가 내 몸 속에서 조금도 새어 나가지 못하도록.

예문 (ㄱ)에서 작가는 남성과 헤어졌을 때 여성이 가질 수 있는 미묘한 감정을 리얼하게 묘사하고 있다. 상대방이 자신보다 못한 여성을 만나 자신을 잊지 못하거나, 혹은 그의 식모라도 되어 그저 바라볼 수만 있다면 좋겠다는 바람을 통해 상대방에 대한 미련과 애틋함, 욕망을 18세 소녀의 눈높이에 맞춰 전달하고 있다. 예문 (ㄴ)은 질투가 사랑의 또 다른 모습임을 보여 주는 경우이다. K장관의 아들 지수와 숙희가 다정하게 있는 모습을 보고 화가 난 현규가 숙희의 뺨을 때리자, 숙희는 오히려 감격의 눈물을 흘린다. 법적으로 남매지간이기에 서로의 감정을 숨겨야 했던 특수한 상황에서 벗어나 자신에 대한 사랑을 감정적으로 표현한 것이기 때문이다. 그 기쁨으로 숙희는 오히려 그 기운이 몸 밖으로 빠져나가지 못하도록 자신의 몸을 웅크린다.

이처럼 강신재는 추상적이거나 관념적으로 사랑의 기쁨이나 슬픔을 이야기하지 않는다. 그녀는 그것을 구체적이고도 육체적으로 말한다. 머리가 아닌 가슴, 이성이 아닌 감성으로 말하는 것이다. '감정의 점묘화가'라는 평가에 걸맞게 섬세하고 디테일한 세부 묘사를 통해 힘든 사랑에 빠진 젊은 남녀의 심리를 리얼하게 그려 내고 있다. 흔히 여성의 글쓰기를 '몸으로 글쓰기'라고 말하는데, 이는 여성들이 외부의 자극에 대해 보다 무의식적이고 본능적인 반응을 보이기 때문이다. 즉 여성들은 아메바처럼 강렬한 직관이나 솔직한 감각에 의해 사물을 인식하기에 감각적인 글쓰기를 행하기가 남성들보다 용이하다는 것이다. 강신재는 이러한 맥락에서 여성 특유의 민감성과 예민함을 가지고 여성의 심리 묘사에서 발군의 실력을 발휘하고 있다.

　물론 강신재 소설에서는 여성 주인공이 등장하는 경우가 많고, 그들의 삶에 대한 천착이 이루어지더라도 궁극적으로 여성이 아닌 인간의 삶에 관심이 있는 작가이다. 특히 1972년에 발표된 「달 오는 산으로」를 기점으로 초기의 감각적이고 서정적인 소설에서 벗어나 사회 비판적인 인식이 중심이 되는 객관적이고 서사적인 소설에 집중하는 변모 양상을 보인다. 하지만 최소한 「젊은 느티나무」에서는 감각적인 여성 소설의 면모를 유감없이 발휘한다. 특히 대개의 여성은 "평생 누군가를 생각하고 위하고 사랑하는 일 속에 자신의 존재의 의미를 발견하며 나가"기 때문에 여성과 사랑은 떼려야 뗄 수 없는 밀접한 관계가 있다는 작가의 의식이 잘 드러난 소설이다.

　이런 사랑에의 경도가 시인 고은으로 하여금 강신재가 '타이트 스커트 안에서만 두 다리를 자유롭게 움직일 수 있는 현실'을 그린다고 비판하게 하는 빌미를 제공하기도 했다. 하지만 사랑이라는 주제는 '밀실'에서 일어나는 개인적 문제이기도 하지만, '광장'에서 벌어지는 사회적 문제이기도 하다. 사랑을 통해 이야기하지 못할 것은 없다. 사랑에는 사랑 아닌 것이 8할 이상 포함되기 때문이다. 문제는 여성들의 미묘한 심리나 구체적인 생활 감정을 다룬 작품에 대해 신변잡기적이라거나 깊이가 없다고 낮게 평가하면서 반드시 역사나 사회문제를 다루어야 깊이나 가치가 있는 문학이라고 생각하는 ― 남성적 ― 무의식이다. 중요한 것은 '무엇을' 다루었느냐가 아니라 '어떻게' 다루었느냐일 것이다. 강신재는 「젊은 느티

나무」에서 심리적 리얼리티로서의 사랑의 문제를 감각적이고 여성
적인 문체로 밀도 있게 그려 냄으로써 여성 소설의 전범을 보여 주
고 있다.

### 사랑에 대한 이해 혹은 오해

사랑은 언제나 사랑 이상이다. 그래서 불가능한 것을 가능하게 하
는 것이 바로 사랑이다. 특히 아무것도 모르는 유년기의 사랑처럼
불분명하거나, 너무 많은 것을 아는 노년기의 사랑처럼 안정적이지
않기에 청소년기의 사랑은 그 어느 사랑보다도 유동적이다. 이것이
바로 작가 강신재가 '젊은 느티나무'로 상징되는 젊은이들을 내세
워 그들의 사랑에 비누 냄새를 풍기게 하는 이유이다. 비누 냄새는
유치한 우유 냄새나 젖 냄새도 아니고, 자칫 불결해지기 쉬운 땀 냄
새나 살 냄새와도 다르다. 그런 만큼 순간적이어서 유지하기도 힘
들지만, 또 그런 만큼 강렬하고 힘이 세다.

이처럼 전쟁의 폐허 속에서도 포기하지 못하는 사랑, 비일상적이
기 때문에 더욱 욕망하게 되는 사랑 이야기를 통해 작가 강신재는
독자들에게 순수하고 완전한 사랑에 대한 대리 체험과 카타르시스
를 제공하고 있다. 때문에 이 소설 속의 사랑이 비일상적이고 비현
실적이라고 비난하는 것은 오히려 이런 사랑의 강력한 힘을 재확인
하게 하는 아이러니가 발생한다. 현실 속에서는 불가능하거나 유지
하기 어렵기 때문에 더욱더 소중하게 다가오는 것이 바로 「젊은 느
티나무」 속 남녀 주인공의 사랑이기 때문이다. 우리는 누구나 자신
이 도달하지 못한, 혹은 이 세상에는 없는 사랑의 유토피아를 한번

쯤은 꿈꾼다. 이 소설은 이런 인간들의 판타지를 먹고 사는, 그래서 늙지도 않는 연애소설의 전형을 보여 준다.


## 더 생각해볼 문제들

1. '젊은 느티나무'라는 제목의 상징성과 사랑의 본질을 연결시켜 생각해 보자.

   모든 작가는 '단 한 편의 연애소설'을 꿈꾼다. 최고이자 유일한 연애소설을 씀으로써 사랑의 본질을 전달하려는 것이다. 이럴 때 사랑의 본질을 가장 잘 구현할 수 있는 주체의 설정이 중요해진다. 강신재는 '젊은 느티나무'로 상징되는 22살 청년과 18살 소녀를 주인공으로 설정해서 건강하고 순진무구한 사랑의 절정을 보여 주려 한다.

2. '비누 냄새'로 대변되는 감각적 문체와 여성 소설의 관련성에 대해 생각해 보자.

   이 소설은 흔히 이성—감정, 로고스—감성, 문화—자연 등의 대립을 남—녀라는 대립항으로 수렴하면서 이성·로고스·문화 등을 대표하는 남성의 축이 감정·감성·자연 등을 대표하는 여성의 축보다 우월하다는 고정 관념에 대한 저항을 요구한다. "그에게서는 언제나 비누 냄새가 난다"라는 첫 구절로 기억되는 이 소설은 여성 작가의 특장인 감각적 문체가 얼마나 강렬하면서도 효과적으로 소설의 주제나 인상을 결정하는지를 보여 주는 모범적 사례에 해당한다.

3. 이 소설이 지닌 60년대 소설로서의 의의는 무엇인가.

   한국 문학사에서 50년대의 소설이 6·25전쟁 체험과 불가분의 관계를 맺는 전후 소설이었다면, 60년대의 소설은 평론가 이어령의 말처럼 이전의 리얼리즘적 전통에서 벗어나 새로운 경향을 보여 주어야 한다는 '화전민' 의식을 강조했다. 한국 사회의 근대성을 문제 삼는 4·19세대 혹은 한글 세대라고 불리는 문인들이 중심이 되는 60년대 작가들 중에서 '빅3'의 작가는 최인훈·김승옥·이청준 등이다. 강신재는 1960년 1월 『사상계』에 발표한 「젊은 느티나무」를 통해 이전 소설과는 다른 감각적이고 도시적인 정서를 보여 주면서 이들 남성 작가들과 어깨를 겨루며, 박경리·손소희·한무숙 등과 함께 해방 이후의 대표적 여성 작가로 활동할 발판을 마련했다.

**추천할 만한 텍스트**

『젊은 느티나무』, 강신재 지음, 민음사, 2005.

---

**김미현(金美賢)**

이화여자대학교 국어국문학과 교수.

1996년《경향신문》신춘문예를 통해 등단하여 평론 활동을 시작했으며, 저서로『한국 여성 소설과 페미니즘』,『판도라 상자 속의 문학』,『여성 문학을 넘어서』등이 있다.

시를 남북으로 나누며 달리는 철도는 항만의 끝에 이르러서야 잘려졌다.
석탄을 싣고 온 화차는 자칫 바다에 빠뜨릴 듯한 머리를 위태롭게 사리며
깜짝 놀라 멎고 그 서슬에 밑구멍으로 주르르 석탄 가루를 흘려보냈다.
집에 가 봐야 노루 꼬리만큼 짧다는 겨울 해에 점심이 기다리고 있는 것도
아니어서 우리들은 학교가 파하는 대로 책가방만 던져 둔 채 떼를 지어
선창을 지나 항만의 북쪽 끝에 있는 제분 공장에 갔다.

— 「중국인 기리」 중에서

## 오정희 (1947~ )

서울에서 태어나 이화여고, 서라벌예술대학을 졸업했다. 대학 2학년 때인 1968년 《중앙일보》 신춘문예에 단편
소설 「완구점 여인」이 당선되어 등단했다. 가부장적 사회에 속한 여성 인물들의 내면 심리와 인간의 존재론적 불
안을 적확하게 형상화했다고 평가받고 있다. 오정희의 작품에는 육체와 기억을 매개로 한 시간에 대한 강박증이
주제화되는 경향이 나타나며, 작가는 개인의 심리가 역사적인 외상(外傷)과 교직되는 양상에 주목한다. 명확하고
섬세한 문체로 한국 소설의 미학적 지평을 확대시킨 주요 작품집으로는 『불의 강』, 『유년의 뜰』, 『바람의 넋』 등이
있다.

# 03

낯선 시간의 얼굴, 낯선 타자의 얼굴
## 오정희(吳貞姬)의 「중국인 거리」

허윤진 | 문학평론가

언어의 풍부한 색채 속으로

오정희는 여성이 경험하는 세계를 뛰어난 문체로 형상화한 작가다. 인간이 존재하고 있는 공간과 시간, 그리고 인간의 심리 변화를 세밀하게 표현하는 그녀의 작품들은 소설의 미학적인 즐거움이 무엇인지를 알려 주곤 한다. 마치 조각가처럼 한 문장, 한 문장을 세심하게 조형하는 것으로 알려진 그녀는 비교적 과작(寡作)인 편이다.

「중국인 거리」와 함께, 유년기의 고통스러운 성장을 그려 내고 있는 「유년의 뜰」, 인간의 육체가 지닌 섬뜩한 욕망과 생명력에 대한 집착이 생생하게 드러나는 「동경(銅鏡)」, 여성을 바람처럼 떠도는 존재로 만드는 역사적 트라우마, 가부장적 사회의 억압적 구조 등을 복합적인 시점으로 조망하고 있는 중편 「바람의 넋」 등 그녀

소설의 시점이 된 1959년 5월의 중국인 거리.

의 작품은 여전히 우리를 고민하게 한다. 여성은 생물학적인 기관으로 규정될 수 있는 존재인가? 사회가 여성을 규정하는 가치들, 예컨대 '여성성', '모성성' 등은 과연 자연적인 것으로 파악될 수 있는가? 이런 가치들은 사회적으로 구성되는 것인가? 그녀의 작품이 우리에게 묻는 근본적인 질문들은 너무도 다양하며, 여전히 대답을 기다리고 있다.

## 낯선 성장의 시간, 낯선 타자
「중국인 거리」는 아홉 살 때 해안촌 근처의 중국인 거리로 이사 왔던 한 소녀의 일인칭 시점으로 서술된다. 정확히 말한다면 유년기를 거쳐 성장해 버린 후의 '나'가 과거 어린 시절의 '나'에 대해서

최근의 중국인 거리. 인천의 관광 명소가 되어 가고 있다.

설명하고 묘사하고 있는 상황이다. '나'라는 존재는 의심할 수 없는 동일성을 지닌 존재가 아니다. 시간 속에서 '나'라는 존재는 다양한 스펙트럼으로 분화되어 나타난다. 이런 나'들'이 하나의 존재로 이어지도록 해 주는 것은 바로 기억이다. 유년기의 기억에 대해서 서술하는 순간, 과거의 서술되는 자아와 현재의 서술하는 자아는 연속성을 지니게 된다. 「중국인 거리」는 우리가 육체의 어중간한 상태를 견딜 수 없어 되도록 빠르게 지나쳐 버려야 했던 고통스러운 성장의 지점으로 돌아가고 있다.

　거울에 비친 나는 늘 낯설다. 나의 몸이 변화하고 있는 순간에 나를 바라본다면 더욱 그럴 것이다. 「중국인 거리」에서 나타나는 공간, 시간, 인물들의 이물감은 근본적으로 일인칭 서술자가 겪고 있는 낯선 변화와 결부되어 있다. 우선 제목이 명시적으로 보여 주는 것처럼 이 소설은 해안촌 근처의 중국인 거리를 공간적 배경으로 삼고 있다. 식구들과 함께 시골에서부터 트럭을 타고 이사 와서 도착한 중국인 거리는 '나'에게 지독히도 낯선 느낌을 줄 뿐이다. 그녀가 성장기를 보내게 될 이 공간은 사건이 발생하는 단순한 무대에 그치는 것이 아니다. 여타의 현대소설 작품들에서도 나타나는 것처럼 공간은 그곳에 속한 인간의 심리나 행동과 긴밀한 관계를 맺고 있다. 「중국인 거리」에서도 낯선 공간들은 존재의 속성을 구조적으로 드러내는 역할을 한다.

> 큰 덩치에 비해 지붕의 물매가 싸고 용마루가 밭아서 이상하게 눈에
> 설고 불균형해 뵈는 양식의 집들이었다. 그 집들은 일종의 적의로
> 냉담하고 무관심하게 언덕 아래를 내려다보며 서 있었다.

  이사 온 '나'의 눈에 비친 중국인들의 집은 '나'가 중국인들에 대해서 느끼는 감정을 효과적으로 집약하고 있다. 이웃으로서 살아가야 하는 그들은 어린 소녀의 눈에 불편하고 이상하게 다가올 따름이다. 그렇기에 중국인의 푸줏간에 고기를 사러 가는 것도 그녀에게는 긴장감을 불러일으키는 일상 속의 작은 모험처럼 생각되기도 하는 것이다. 타자(他者)[1]들과의 관계 속에서 자아를 형성해 가는 아이들에게 이질적인 타인들은 끊임없는 관심의 대상이 된다.

  통틀어 중국인 거리라고 불리는 동네에, 바로 그들과 인접해 살고

있으면서도 그들 중국인에게 관심을 갖는 것은 아이들뿐이었다. 어른들은 무관심하게 그러나 경멸하는 어조로 '뛔놈들'이라고 말했다. 우리는 그들과 전혀 접촉이 없었음에도 언덕 위의 이층집, 그 속에 사는 사람들은 한없이 상상과 호기심의 효모(酵母)였다.

여기에서 중국인은 실제의 특정한 타인들을 일컫기도 하지만, 상징적인 존재들이기도 한다. 나와는 '다른' 존재의 모습을 가장 확실하게 드러내는 이들이 바로 이방인이 아니던가. 이방인은 두려움의 대상인 동시에 매혹의 대상이기도 하다. 이러한 타인의 속성은 '나'와 한 중국인 청년의 관계에서 가장 아름답게 드러나고 있다.

나는 잊혀진 꿈속을 걸어가듯 노란빛의 혼미 속에 점차 빠져들며 문득 성큼 다가드는 언덕 위의 이층집들과 굳게 닫힌 덧창 중의 하나가 열리고 젊은 남자의 창백한 얼굴이 나타나는 것을 보았다.

중국인들의 집이 늘어선 언덕 위의 어떤 집에서, 일인칭 서술자는 젊은 청년의 얼굴을 보게 된다. '나'가 같은 동네에 사는 매기 언니라는 한 양공주의 집에서 처음으로 어른들의 음료인 술을 마시던

---

1)  '타자'라는 철학적 개념은 '타인'과 구별될 필요가 있다. '타인'은 '나'와는 다른 육체와 정신으로 이루어진 개인 혹은 개체에 가깝다. 반면 현대 철학에서 자주 운위되는 '타자'는 자아를 구성하는 외부 세계의 요소를 지칭한다고 할 수 있으며, 자아가 동일한 요소들로만 구성되지 않는다는 것을 입증한다. '타자'의 개념에 대해서는 프로이트, 라깡 등의 정신분석학 논의나 에마뉘엘 레비나스의 윤리학적 논의 등을 참조해 볼 것.

순간, 그녀는 우연히 건너편의 그 청년과 또 눈이 마주치게 된다. 창문 사이로 아련하고 아름답게 나타나는 청년의 얼굴은 작품에서 반복적으로 서술된다. 그때마다 소녀가 느끼게 되는 근원을 알 수 없는 슬픔은 우리도 한번쯤은 겪었을 감정의 성장통(成長痛)일 것이다. 같은 공간에 속한 타인들을 두려워하던 그녀가 타인에게 매혹되는 것은 '나'와 '너'의 관계가 지니는 야누스적인 특성을 온전히 드러낸다.

나와 너는 다르기에, 우리의 관계는 평화로울 수만은 없다. 낯선 이들이 맺는 관계가 함축하고 있는 갈등과 폭력성은 미국과 관련된 여러 측면을 통해서 잘 나타나고 있다. 주인공의 동네에는 미군들과 매매춘을 하는 여성들이 살고 있다. 소녀는 '매기 언니'라고 불리는 이웃집 언니에게 관심을 갖고 있다. 친구 치옥이의 집에 세 든 그녀는 미군 흑인 병사와 함께 살고 있다. 매기 언니와 한 침대를 쓰는 흑인 병사, 매기 언니의 '미제' 물건들, 이런 것들이 치옥이와 주인공에게는 모두 관심의 대상이 된다. 6·25라는 역사적 갈등 상황을 시작으로 우리 주위에 급속도로 자리 잡은 미국은 아이들에게 이렇게 경험되고 있었다.

소녀와 소녀의 오빠를 비롯한 동네 아이들이 미군 부대 주위를 지나갈 때 일어난 사건은 외부에서 온 세력이 지닌 잔혹한 힘의 실체를 보여 준다. 부대 안의 테니스 코트에 모여 칼 던지기를 하고 있던 미군 병사들은 칼의 방향을 바꾸어 아이들을 향해 칼을 던지고, 칼은 아이들 근처를 빠르게 지나 뒤편에 있던 고양이를 맞춘다. 고양이는 아이들을 대신하는 일종의 희생양인 것이다. 오줌을 지린

인천 자유공원에 세워진 맥아더 동상. 소설 속에서 미군의 위엄을 상징하고 있다.

채 도망가는 아이들의 모습은 담담하게 서술된다.

흑인 병사가 매기 언니를 창문 밖으로 밀어 버리는 사건 역시 폭력적인 타인의 모습을 예증한다. 그가 국제결혼을 해 줄 것이라고 믿었던 매기 언니는 그에 의해 참담하게 버려진다. 아마도 어떤 백인 병사와의 관계로 낳았을 혼혈아 '제니'의 엄마이기도 했던 그녀는 세상 밖으로 밀려갔다.

이처럼 낯선 것들과 조우하면서 지나가는 성장의 시간은 고통스럽기 그지없다. 사회적 역사와 개인적 역사가 교직되면서 형성되는 '나'는 낯선 세계와 결국 화해하지 못한다. 작품의 마지막 부분에서 이웃의 그 중국인 청년은 자신들이 축제를 할 때 쓰는 물품과 먹거리를 선물로 건넨다. 감정을 교환하는 표식이 되는 선물이 소녀에게 주어졌으나, 소녀는 그의 선물을 금이 가서 쓰지 않는 항아리 속에 넣어 둔다. 이것은 그의 감정을 마치 유물처럼 매장하는 것처럼 보이기도 하고, 자신의 은밀한 세계 안에 보관하는 것처럼 보이기도 한다. 어쨌든 소녀는 그의 선물에 화답하지 않음으로써, 감정의 '성장통'과 일종의 결별 의식을 치른다.

## 죽음을 향해 사라져 가는 여성들

이 소설의 일인칭 서술자가 유년기를 이토록 이질적이고 불편한 것으로 인식하는 이유는 무엇인가. 이것은 소녀의 육체가 성인 여성의 육체로 변화해 가는 필연적인 과정과 결부되어 있다. 가슴이 나오는 등 예고 없이 갑작스럽게 다가오는 신체적 변화는 아이를 당혹스럽게 만든다. 만일 신체적 변화가 아이에게 긍정적인 결과를 가져온다면, 아이는 이렇게까지 변화를 두려워하지 않을 것이다. 아이가 두려워하는 것은 자신이 '엄마'처럼 '엄마'가 될 미래의 시간이다. 엄마의 임신은 소설의 주된 서사적 분기점으로서 기능하고 있다.

집으로 돌아왔을 때 어머니는 수채에 쭈그리고 앉아 으윽으윽 구역질을 하고 있었다. 임신의 징후였다. 이제 제발 동생을 그만 낳아 주었으면 좋겠다고 생각하며 나는 처음으로 여자의 동물적인 삶에 대해 동정했다. 어머니의 구역질은 비통하고 처절했다. 또 아이를 낳게 된다면 어머니는 죽게 될 것이다.

밤이 깊어도 나는 잠을 잘 수가 없었다. 마악 생기기 시작한 젖망울을 할머니가 치마 말기를 뜯어 만들어 준 띠로 꽁꽁 동인 언니는 홑이불의 스침에도 젖이 아파 가슴을 싸 쥐며 돌아누워 앓았다.

엄마가 일곱 번째 임신을 하고, 여덟 번째 임신을 하고, 출산을 하는 순간은 아이에게도 단절과 변화의 시간이 된다. 엄마와 아이의 육체적 경험은 동시 발생적이다. 엄마가 여덟 번째 아이를 임신했을 때, 서술자도 신체적 변화를 겪는다. 이 변화는 순차적으로 진행되어, 소설은 엄마의 출산과 서술자의 초경이 연쇄되는 것으로 종결된다.

내가 낮잠에서 깨어났을 때 어머니는 지독한 난산이었지만 여덟 번째 아이를 밀어내었다. 어두운 벽장 속에서 나는 이해할 수 없는 절망감과 막막함으로 어머니를 불렀다. 그리고 옷 속에 손을 넣어 거미줄처럼 온몸을 끈끈하게 죄고 있는 후덥지근한 열기를, 그 열기의 정체를 찾아내었다.
초조(初潮)였다.

아이가 보기에, 성체가 된 여성의 몸은 한번도 자신의 의지로 자유로웠던 적이 없다. 여성이 임신할 수 있다는 생물학적인 가능성은 늘 여성의 삶을 출산이라는 노동에 종속되게 만드는 요인인 것이다. 그렇기에 아이는 자신이 잠재적으로 '엄마' 같은 존재가 되어가는 것에 불안과 공포를 느낄 수밖에 없었던 것이다. 엄마의 출산은 지금 순간적으로 끝났지만, 그녀의 임신과 출산은 또 언제 어떻게 반복될지 모른다. 그리고 그녀의 출산이 완전히 끝난다 해도, 성장한 소녀는 대를 이어 또 다시 임신과 출산에 복무하게 될 것이다. 거부하기 어려운 생물학적 성(性)은 개인을 억압하는 기제가 된다.

여성의 육체가 사회의 존속을 위해 도구화되고, 여성이 '모성'으로만 규정되는 상황은 여성들을 다양한 방식으로 불편하게 만든다. 「중국인 거리」는 여성들이 모두 죽음을 향해 사라져 가는 작품이라고 할 수 있다. 여기에서 일시적으로 살아남는 여성들은 가부장적 사회가 요구하는 출산의 임무를 수행할 수 있거나, 수행하고 있는 존재들이다. 주인공인 소녀와 소녀의 엄마처럼 말이다.

반면, 아이를 낳을 수 없거나 사회의 규범적인 관계하에서 아이를 낳을 수 없는 여성들은 궁극적으로 죽음에 가까이 다가간다. 서술자의 친척 할머니는 아이를 한번도 낳아 본 적이 없다. 여동생에게 남편을 빼앗기고 버려진 그녀는 조카딸인 서술자의 어머니와 함께 살게 된 것이다. 혼혈아인 제니를 고양이의 새끼를 보듯 혐오스러운 눈길로 바라보는 할머니, 새끼를 낳은 고양이에게 "쥐새끼를 낳았구나"라고 되풀이해서 말한 뒤 고양이가 새끼들을 모두 먹어치우고 머리만 남기자 그것을 갖다 버린 할머니. 그녀의 모습은 우리가 일반적으로 모성적인 존재에게 기대하는 자비롭고 희생적인 태도와는 거리가 멀다. 여기에서 우리는 여성의 모성성은 결국 사회가 여성들에게 덧씌우는 일종의 신화적인 이미지임을 보게 된다. 정갈한 성품을 지닌 할머니가 죽을 때가 다 되어서 자신의 남편과 다시 만나 남편의 손을 자신의 가슴으로 가져갔다는 일화는 여성의 육체가 단순한 출산 기계가 아니라 성적 욕망을 지닌 역동적인 대상임을 일깨운다.

> 공원 뒤쪽의 성당에서는 끊임없이 종을 치고 있었다. 고양이를 바다에 던질 때부터 아니 그 이전부터 우리 뒤를 따라오며 머리칼을 당기던 소리였다. 일정한 파문과 간격으로 한없이 계속되는, 극도로 절제되고 온갖 욕망과 성질을 단 하나의 동그라미로 단순화시킨 그 소리에는 한밤중 꿈속에서 깨어나 문득 듣게 되는 여름 밤의 먼 우렛소리, 혹은 깊은 밤 고달프게 달려가는 기차 바퀴 소리에서와 같은, 이해할 수 없는 두려움과 비밀스러움이 있었다.
> 수녀가 죽었나봐.
> 누군가 말했다. 끊임없이 성당의 종이 울릴 때는 수녀가 고요히 죽어 가는 것이라는 것을 우리는 모두 알고 있었다.

미군들이 칼을 던져 죽여 버린 고양이를 바닷가 방죽 아래 버리고 돌아오는 길에 아이들은 성당의 종소리를 듣는다. 지고한 천상의 소리처럼 들리는 종소리 뒤에는 고결한 여성의 죽음이 있다는 사실을 아이들은 모두 안다. 경건한 묘사와 현실의 비정함 사이의 간극이 이 장면을 비극적으로 만든다. 수녀들은 시간의 뒤편으로 사라지고 있다. 사회가 여성을 바라보는 '성스러운 여성—타락한 여성'의 이분법은 한편으로는 수녀의 이미지로, 다른 한편으로는 양공주의 이미지로 나뉘어 나타난다. 사회가 바라는 무조건적인 '성스러운 여성'이란 애초에 존재하지 않는 실체인 것처럼, '타락한 여성' 역시도 존재하기를 그친다. 우리의 현실 곳곳에 파고들어 자리하고 있는 '공공(公共)의 여성'에 대한 신화. 그것은 단지 가부장적 사회가 상상해 낸 여성의 왜곡된 허위적 이미지일 따름이다. 여성에 관한 가부장적 이분법에 맞는 개인으로서의 여성은 어디에도 존재하지 않는다. 이곳에서 살 수 없는 여성들은 다만 사라질 수밖에 없기에 억지로 여성이 될 수밖에 없는 소녀 역시 언젠가는 이 세상의 바깥으로 사라지게 될지 모른다.

### 낯선 시간의 얼굴을 마주하다

이처럼 외면하고 싶은 성장통의 시간을 대면하는 것은 '나'라는 개인과 나를 구성한 사회·역사·정치·문화적 현실을 복합적으로 바라보는 계기가 된다. 현재의 나를 직시하기 위해서는 내 몸에 새겨진 시간의 흔적들을 다시금 어루만져 볼 수밖에 없다.

> "나는 커서 미용사가 될 거야."
> 삼거리의 미장원을 지날 때 치옥이가 노오란 목소리로 말했다.
> "회충약을 먹는 날이니 아침을 굶고 와야 해요."
> 선생의 지시대로 치옥이도 나도 빈속이었다.
> 공복감 때문일까, 산토닌을 먹었기 때문일까, 해인초 끓이는 냄새 때문일까. 햇빛도, 지나다니는 사람들의 얼굴도, 치마 밑으로 펄럭이며 기어드는 사나운 봄바람도 모두 노오랬다.

「중국인 거리」는 성장하고 싶지 않은 여성의 성장을 복합적으로 형상화하고 있다. 작품의 시간적 배경이 되고 있는 전후의 한국 사회에 비해서 물질적으로 풍요로워진 지금의 한국 사회에서 우리는 과연, 자유로운가? 해인초의 노란 냄새처럼 현기증 나는 현실을 직시하기 위해서, 우리는 다시금 「중국인 거리」를 읽는다.

## 더 생각해볼 문제들

1. 마르셀 프루스트의 『잃어버린 시간을 찾아서』 이래로 기억과 정체성의 상관 관계는 문학에서 중요한 주제가 되고 있다. 기억을 둘러싼 현대의 존재론적 화두는 최근의 영화 『메멘토』나 『이터널 선샤인』 등에서도 흥미롭게 형상화 되고 있다. '나'의 자기 정체성은 어떻게 확인되는 것인가? 한 개인이 지니 고 있던 기억이 모두 상실되었을 때, 잊혀진 자아와 현재의 자아 사이에는 연속성이 존재하는가? 「중국인 거리」에서 기억을 현재화하는 것은 어떠한 의미를 지니는가?

2. 인간의 성적 정체성은 사회·경제·정치·문화적 역학 관계가 복합적으로 작용 함으로써 생산된다. 육체가 성장하는 과정에는 눈에 보이지 않는 다양한 억 압이 가해진다. 성장하고 싶지 않은 개인의 의지에도 불구하고 육체가 성장 하는 당혹스러운 과정은 우리에게 어떤 효과를 남기는가? 첫 월경을 겪으면 서 여성으로 재탄생하는 「중국인 거리」의 일인칭 서술자처럼 우리도 원치 않는 성장으로 당혹감을 느끼지는 않았는가? 남성과 여성에게 사회가 강요 하는 보편적 정체성과 '나'의 특수성 사이에서 발생하는 괴리감은 늘 불편함 을 낳는다. 성적 정체성은 남성과 여성이라는 단순한 이분법만으로 설명되 기에는 다양하고 복합적이다.

3. 현재 세계의 문화는 시간적·공간적 격차가 점차 줄어들고 있다. 한국의 거 리에서 외국 문화의 요소들과 외국인들을 보는 것은 쉬운 일이다. 우리는 이 들에게 배타적인 태도를 취할 수도 있고, 우호적인 태도를 취할 수도 있으 며, 양가적인 태도를 취할 수도 있다. 한국인들과 아시아인들이 결혼하는 경 우가 늘어나면서, 코시안[Korean+Asian] 자녀들이 태어나고 있다. 순수한 '한국', '한민족'이라는 집단은 이전에도 존재하지 않았으며, 지금도 존재하 지 않는다. 다양한 문화와 다양한 민족이 혼재하고 있는 상황에서, 새로운 타인들에 대해 우리는 어떠한 윤리 의식을 지닐 수 있겠는가?

**추천할 만한 텍스트**

『바람의 넋』, 오정희 지음, 문학과지성사, 1986.
『유년의 뜰』, 오정희 지음, 문학과지성사, 1981/1998.

---

**허윤진**

문학평론가.
서강대학교 영어영문학과를 졸업하고 동 대학원 국어국문학과 박사 과정에 재학 중이다. 2003년 계간 『문학과사회』 제3회 신인문학상을 수상(평론 부문)했다. 「나의 분홍 종이 연인들, 언어로 가득 찬 자궁이 있는 남성들」, 「프쉬케로스(Psycheros), 시간의 미로에서 영원히 길을 잃/잊다」, 「인큐베이터의 시대」, 「현미경과 망원경이 있는 글쓰기 실험실 1」 외 다수의 평문을 발표했다.

고전의 세계를 찾아가는 지도

휴머니스트
고전을
읽는다
시리즈

ⅰ 한국의 고전을 읽는다
ⅰ 서양의 고전을 읽는다
ⅰ 동양의 고전을 읽는다

한국의
고전을
읽는다

# 한국의 고전을 읽는다 7 – 현대소설 ⬆

지은이 | 강영주 외 12인

1판 1쇄 발행일 2006년 11월 27일
1판 2쇄 발행일 2016년 3월 14일

발행인 | 김학원
경영인 | 이상용
편집주간 | 위원석 황서현
편집장 | 강창훈
기획 | 문성환 박상경 임은선 최윤영 조은화 전두현 최인영 이혜인 정다이 이보람
디자인 | 김태형 유주현 임동렬 최우영 구현석 박인규
마케팅 | 이한주 김창규 이선희 이정인 이정원
저자 · 독자 서비스 | 조다영 채한을(humanist@humanistbooks.com)
스캔 · 표지 출력 | 이희수 com.
조판 | 새일기획
용지 | 화인페이퍼
인쇄 | 청아문화사
제본 | 정민문화사

발행처 | (주)휴머니스트 출판그룹
출판등록 | 제10-2135호(2001년 4월 18일)
주소 | (03991) 서울시 마포구 동교로23길 76(연남동)
전화 | 02-335-4422 팩스 | 02-334-3427
홈페이지 | www.humanistbooks.com

ⓒ 휴머니스트, 2006
ISBN 978-89-5862-146-X  03800

만든 사람들

편집 주간 | 이재민
편찬 위원 | 우찬제(서강대 교수)
기획 | 황서현(hsh@humanistbooks.com) 유은경
편집 | 송성희
디자인 | AGI 윤현이 최지섭
사진 | 권태균
일러스트 | 김경진